仇池十九泉

◎ 张希仁 王雪茹 著

敦煌文艺出版社

图书在版编目（CIP）数据

仇池十九泉 / 张希仁,王雪茹著. -- 兰州 : 敦煌文艺出版社,2022.9（2024.1重印）
ISBN 978-7-5468-2206-8

Ⅰ. ①仇… Ⅱ. ①张… ②王… Ⅲ. ①散文集－中国－当代 Ⅳ. ①I267

中国版本图书馆CIP数据核字(2022)第141580号

仇池十九泉

张希仁　王雪茹 著

责任编辑：李　佳
装帧设计：史有俊

敦煌文艺出版社出版、发行
地址：（730030）兰州市城关区曹家巷1号新闻出版大厦
邮箱：dunhuangwenyi1958@126.com
0931-2131601（编辑部）
0931-2131387（发行部）

三河市嵩川印刷有限公司印刷
开本 710 毫米 ×1020 毫米 1/16　印张 17　插页 4　字数 240 千
2023 年 3 月第 1 版　2024 年 1 月第 2 次印刷

ISBN 978-7-5468-2206-8
定价：65.00 元

目　录

母　亲

1907年，正当家家门上艾条悬垂、柳枝摇曳，户户雄黄盈樽、肉粽溢香之时，母亲呱呱坠地在甘谷县安源镇的一户王姓人家，外公给她起名桂花。母亲五岁时外祖父不幸去世，外祖母改嫁到西李家村一户马姓人家，母亲随着去了马家。十八岁时母亲嫁到了康家滩乡雒家坪村的张家，父亲名叫张世有,弟兄五人,他排行老三,比母亲大十岁。

民国十七年（1928年）秦陇大旱，庄稼严重歉收，不少地方颗粒无收。甘谷地处黄土高原半干旱区，雒家坪村又位于甘谷北部山区，属于甘谷最干旱的地区之一。这里十年九旱，往往是“种三收一”（在三年的庄稼中只有一年的收成较好）。那年，这里的夏田减产九成多，秋田几乎绝收，田野里一片黄埃，山坡上的草比常年少了许多且早早枯死，树叶亦早早变黄或脱落，稀稀拉拉地随风作响。致使在民国十七年仲冬至民国十八年秋末，出现了该地区历史上罕见的大荒灾。

这年雒家坪村的人把麦衣晒干磨细，把玉米棒子砸碎碾细，再和上几把面，做饭吃；把榆树皮剥下来，晒干磨成粉，也用来做饭；有的人还到很远的地方去挖白垩土，与面菜掺合在一起做饭；有些人把柳树叶甚至有毒的野菜也采来吃。实际上，当时有毒的野菜也不容易采到，饿急了的人哪里顾得上去鉴别有毒没毒，只要能充一时之饥就吃。据说，村庄周围的榆树皮被剥光，柳叶被摘光，野菜被采尽，白垩土被掏空。这些东西吃在肚里，很难消化，时间一长，或胃胀腹痛，或肠道堵塞，或中毒身亡。这年头的粮价也腾贵到了天价，一般农民根本无钱购买。灾情发生不久，凡家里没有存粮的农户都各想其法，有的卖儿卖女，有的把孩子无偿地送给别人让逃活命去，有的派部分家庭成员外出乞讨，有的拖儿带女举家逃荒、四处漂流。在逃荒的路上，往往有人被饿死或冻死，村里隔三岔五有死尸被抬出家门，几乎是家家有不幸，夜夜有哭声。即使侥幸存活下来的，也多为浮肿患者。这种惨不忍睹的现象遍布西北数省，陕甘尤为严重，甘谷北山更是到了极点。

我家祖上是村里有一定声望的耕读之家。太爷时，家境殷实，生活宽绰，人丁旺盛；到爷爷时，家境虽有下滑，但仍为庄里的大户。爷爷有五个儿子，三个媳妇，五个孙子，共十四口人。家境不算宽裕，但一般年景还能过得去。由于奶奶已经离世，家里的生活与内眷事务都由大娘掌管。大娘比母亲大十多岁，嫁到张家已有十多个年头，由于干活利索，善于持家，深受爷爷的信任与夸奖。荒灾刚一发生，我家就采取了一系列节粮措施，大娘更是精打细算，一天推磨一天的面，起初一天推一升，后来一天推半升，全家十四口人，一顿只有二三斤面，面粉就像药引子，掺合在野菜、树皮、树叶、麦衣和玉米棒粉中一起做饭吃，饭中几乎看不到面。

二娘与母亲同年嫁到了张家，又于次年先后生养了小孩。二娘生的是女孩，且又有身孕；母亲生的是男孩，比二娘生的略小一点。

推面之事，由大娘掌控，大娘指派谁谁就去推。一天，二娘被指派去推磨，在推磨的过程中，她感到头晕目眩，体乏无力，饥饿难忍，便顺手取了几粒粮食扔到了嘴里，又抓了一把装在了自己的口袋里，不料这一幕撞入了大娘的眼帘。大娘看见后怒火中烧，大声斥骂，并气冲冲地跑到二娘的卧室内去搜查，结果没有搜出一粒粮食。“当家人”虽没有检查出粮食，但从此对她另眼相看了。那年二娘只有十九岁，过门还不到三年，平日她十分谨慎，一切听从大娘和长辈的吩咐与安排，不敢逾越家训一步，今天由于翻滚的饥肠、头晕眼花的饿体，鼓动了她的勇气，偷拿了几粒粮食。就是这第一次的失范行为，恰恰被“当家人”发现，很爱脸面的她本来就十分腼腆和寡言，此事使她丢了脸，在全家人面前抬不起头来，于是更加沮丧，更加少言寡语和闷闷不乐了。此后，二娘的身体一天不如一天，害羞爱面子的性格加剧了她的精神负担，少言寡语的内向特质使忧郁情绪凝聚于心，再加上缺乏营养，时间不长便病倒了。这时，二娘特别需要丈夫的呵护、帮助与关怀，然而二伯出门已经数月，杳无音讯。她失去了最疼爱她的人的保护与关怀，她与女儿及未出世孩子的厄运就在所难免了。

大娘在精打细算的同时，对家里的粮食管理更加严格，把厨房的锅碗瓢盆和油盐酱醋都收到了她的屋内，做饭时她才从屋里往外拿。刚开始时，一天做两顿饭，每顿每人一大碗稠面粥，由轮流做饭的妯娌掌勺。每当二娘做饭掌勺时，她总是先给别人舀满，最后再给自己盛，结果往往是饭已盛光，留给自己的只有涮锅水。母亲看到这样下去，会把二娘的身体搞垮，便给支招，叫她在给大家舀饭前，先给自己盛上一碗，放在暗处，然后再给大家盛。二娘本是一位温顺贤惠的农家女子，但过于憨厚老实的品格使她吃了不少苦头。

随着荒情的加剧，家里的粮食日趋减少，“当家人”怕仅有的存粮接不上来年麦黄，就决定减少每日的口粮，先是把稠粥变成了稀粥，后来又将小孩的减成了半碗，最后改成了一天一顿，并且把小孩的半碗限量也取消了，叫大人与小孩同喝一碗粥。盛饭权由大娘亲自执掌，其他妯娌无法插手。那时，二娘的小孩刚过周岁，母亲的接近周岁，由于大人的奶已经枯竭，野菜、树叶、树皮、麦衣之类的东西又不能吃，就靠一碗稀粥活命。

一连三天，盛来的一碗稀粥都被小孩喝光，母亲没有喝到一口，饿得头晕目眩，四肢发软，心里火急火燎，难受极了。

母亲见此情景，突然觉得死神将至，自己和孩子性命难保，便下定决心：去寻找流落在西和的丈夫，与夫共渡难关。心想留在老家难逃饥馑的虎口，找着丈夫也许有活命的希望，即使自己不测，孩子也有处交代。当时，母亲只有一个念头：不论吃多少苦，受多少罪，都要找着丈夫，把孩子留在世上。

父亲在荒灾发生之前，即民国十七年（1928 年）初夏，给邻村一家大商户吆脚（赶骡马）到云南去贩茶，在回来的路上，四川的一支军队把他吆的骡子连同货物一起抢走，并强迫他扛枪当兵，父亲不从，便被军官毒打了一顿。遍体鳞伤又身无分文的父亲不顾身体的伤痛，拄着一根棍子沿路乞讨，往回走。经过 20 多天的翻山越岭、风餐露宿，来到了甘肃西和县县城，这时正值大地收金的季节。在收秋的人群中父亲遇见了在西和做劳工的亲戚与同乡，从他们嘴里听到了甘谷老家的情况。父亲出门已经四个多月了，本想回家向主人谢罪说明情况，看看自己心爱的儿子和日夜思念的妻子与父亲，但听到邻村商户天天等他回来赔偿损失，否则就让他坐牢，吓得他不敢回去，同时老家又发生了严重旱灾，乡亲们开始出外逃荒，于是他索性留了下来，拖着还未痊愈的身子跟随逃荒来的亲友去打零工，帮人收割庄稼。冬天农事结束，无人雇零工，父亲就买了一对木桶，天天担水去卖，勉强度日。

西和距甘谷老家只有 300 多里，但雨量、气候却截然不同，甘谷属于黄河流域，为典型的黄土高原半干旱气候；西和属于长江流域，为海拔较高、雨量较丰的丘陵半湿润气候（当地人叫二阴气候），这里不论旱涝，一般都有收成，很少出现大的灾荒与饥馑，群众称这里为“福地”“善地”，杜甫向往的“仇池福地”，即笔下的“万古仇池穴，潜通小有天。神鱼今不见，福地语真传。近接西南境，长怀十九泉。何时一茅屋，送老白云边”说的就是这里，他曾设想在这里建一草堂安度晚年。苏轼也把这里视为避世桃园，多次梦见仇池，说“梦中仇池我归路”，“一点空明是何处？老人真欲住仇池”。在靠天吃饭的农村，农民碗里有饭盛，就是最大的福分。荒灾较少的地方，自然就是人们心目中的“福地”。

1928年腊月下旬的一个黄昏，母亲乘人不备，偷了几个大娘为过年准备的馒头，收拾了几件衣服和结婚时的首饰，结成了一个小包拎在肩上，抱着小孩，连夜出走。大灾之年，豺狼野狗忒多，不仅出没于山野，还串村入院，常常伤人，景象极其恐怖残忍；同时强盗劫匪亦十分猖獗，拦路抢劫杀人的事每每发生。这些让人毛骨悚然的境况母亲全然不顾，为了活命，把一切恐惧和危险置之脑后，溜出大门，便迎着呼啸的朔风，在黑乎乎的夜色中，沿着通往县城的崎岖山路疾步行走。沉沉深夜，有时万籁俱寂，静得让母亲心惊胆战；有时传来野兽的嚎叫或不明物体的怪声炸响，又吓得母亲毛发竖立，皮肉紧缩。然而越是惊恐，母亲的步伐越快，她顾不得一切，只是硬着头皮加速赶路，唯恐家里派人追赶阻拦。黎明时分，母亲见没有人来追，才把一颗悬着的心放了下来，坐在路边休息。事实上，母亲离家出走，既可给家里省下一份口粮，又可闯出一条生路，是两全其美的事，爷爷是不会追究的。母亲的担忧解除后，才感到身体困乏与饥渴。她一边休息，一边给哭叫的孩子嚼馍喂饭，待不哭后继续赶路。

晌午时分，到达了甘谷县县城。到县城后，母亲已两脚红肿，腰痛背酸，十分疲惫。按理说，那年母亲只有21岁，正是年富力强的时候，走路不成问题，但她的脚三岁时就被外祖母缠成了“三寸金莲”，长途行走非常吃力，现在又抱着一个不满周岁的孩子，在天寒地冻中跋山涉水，该是多么艰辛。头一夜一天走了近百里，到县城后，已困倦不堪，无法继续行走，只好休息。在熙熙攘攘的人群里，母亲看到不少难民，他们遍布大街小巷，有的拖儿带女沿街乞讨，有的坐在路边瑟瑟发抖，有的蜷缩在廊沿上呻吟；有的小孩尾随在母亲身旁要饭吃，有的小孩衣领上插着麦秆跪在当街求卖，其状令母亲伤心落泪。

夜幕降临后，母亲在一家商铺的廊檐下找了一块空地，和难民们挤坐在一起，靠着门扇睡觉休息，等待天明。这是母亲有生以来第一次在三九严寒中露宿街头，感到寒气透骨、长夜如年。为了不让孩子冻着，母亲用大襟衣裳把孩子裹得严严实实，紧紧地搂在怀里，用体温给孩子取暖。

翌日，从家里偷拿的馍馍已经吃完，母亲计划到县城讨要点食品后继续上路，但当母亲抱着孩子走了几家街坊讨要时却都吃了闭门羹，无人给她东西，原来母亲和其他灾民不完全一样，其他饥民蓬头垢面、衣衫褴褛，而母亲虽有些消瘦，却衣着整洁，头上还有一两件首饰，颇有小家碧玉之质。讨要不到食品后，母亲就用自己心爱的首饰去换食品。在封建社会，已婚女子把首饰看作自己价值的象征，非常珍爱，特别是自己的母亲或长辈们赠予的会更加珍惜，绝对不会轻易割舍。然而这时她不得不忍痛割爱，拿出了两件银质小饰品，到街坊换了几个馒头后，又上路了。

母亲与一位逃荒的同乡女子结为路伴，向天水行走，走的是山间小道，一路上主要靠换首饰住店吃饭。起初一天能走三四十里，后来慢慢减少到二三十里，总共一百多里的路程，走了四天时间。到天水后那位同乡不去西和，母亲再没有找到路伴，就抱着孩子独自前往。

天水到西和要经过不少高山与溪流，特别是天水到盐官，（那时没有公路，走的是四道岭），山高路陡，峡谷幽深，不少山梁冰雪厚积，不少河水没搭桥梁，有的河道虽然结冰，但冰薄或者河心没有结冰，无法从冰上通过，深山河道又无捎河人（收钱背人过河的人），遇到这种情况，母亲只好脱鞋解裹脚，用“三寸金莲”蹚涉刺骨河水。

经过四五天的艰难跋涉与行走，母亲到了盐官城，住进了一家客店，不料被一家土豪的公子看见，硬要母亲给他做妻子，并派了几个婆娘来说媒。他把母亲挡住，一连纠缠了三天，最后把母亲包袱里的一对银手镯抢去，威胁说：“如果给我做媳妇，你要啥首饰我给你做啥首饰，要是不从，镯子别想拿走。”母亲虽然是一个离乡背井、形单影只的弱女子，但性格十分刚烈，不管土豪怎样威逼与诱惑，不论巧舌如簧的媒婆如何劝说，她心如磐石，矢志不移，坚定果断地拒绝了土豪无理狂妄之求。尽管母亲对财富的诱惑不屑一顾，但为失去心爱的手镯留下了伤心的泪水，这副手镯原是姥姥的，母亲出嫁时姥姥将手镯给母亲做了陪嫁。母亲原想，什么首饰都可以换吃换住，唯独手镯不能换，一定要永远保存下来，然而她现在没有任何能力和办法讨回这副自己最“心疼”的手镯，只好含着热泪于第四天拂晓，在好心店家的指点下，偷偷地走出了盐官城。

盐官到西和虽然只有90里，没有山路，但要经过河水丰沛的祁山河、长道河、石堡河、白水河等多条河流，那时由于自然生态好，河水径流量要比现在大好多倍。有的河流还弯转曲折，绕路湍流数次，且多数河流没有桥梁，这给母亲的行路带来了不少麻烦。过去一旦遇上没桥的河，母亲会请捎河人背她过河，给捎河人付点小费，当无人捎河时，才自己脱鞋蹚水，现在身上的钱已花了个精光，再无法请人捎河，只好硬着头皮蹚着刺骨的冰水过河。经过三天的艰难行走，她终于到达了西和县县城，找到了依靠卖水为生的丈夫。这时母亲悬着的心落了地，梦寐以求的愿望实现了，本应尽情高兴，满心欢喜，但满脚血泡与冻伤、周身疼痛与困乏的她已形神疲惫，哽咽无语，只有不断流淌的泪水表达着悲喜交集的语言。

母亲从甘谷老家到西和走了将近半月，一路上吃干馍、喝雪水，吃尽了苦头，受尽了委屈和折磨。记得小时候母亲常常对我们说：“你大哥是我从冰窟窿里抱到西和来的……才保住了他的小命儿。”并常讲述她的这段经历，我们也常常被感动得泪水夺眶而出，一方面同情母亲经受的苦难，一方面敬佩母亲的刚毅坚贞。在我们幼小的心灵里，母亲就像一位神圣的女神呵护着我们。我们懂事后曾责问父亲为什么不去接母亲，即使从盐官接上，母亲又少受多少罪，她喜爱的手镯也不会被土豪讹走。父亲解释说：“那时还没有邮局，书信主要靠托亲友和熟人传递，这还得看有没有熟人去那个地方，传送一封信非常不容易，即使你母亲捎来口信，我也不敢去老家接。”

母亲到西和后，父亲卖水的微薄收入不能养家糊口，母亲的首饰全部消耗在了路上，无钱租房，无钱买面，日子十分艰难。就在这朝不保夕的情况下，母亲建议父亲向同乡亲友借债做小买卖，父亲接受了母亲的建议，开始到西和石峡、洛峪赶集，去时把县城的日用品背到那里去卖，回来时收一些山货或农副产品到县城卖。后来父亲还去西和大桥、礼县王坝、宕昌后山等较远的地方赶集。赶集的人都是起鸡叫睡半夜，早起晚归，一天光走路要走 100 至 180 里，十分辛苦，父亲又是受过伤的人，有几次在赶集的路上晕倒了，母亲知道后难过极了，尽管赶集的生意较好，但从此母亲不让父亲再去，而是叫他在县城卖蔬菜。母亲是个明白人，她心里清楚，父亲不仅是她相依为命的终身伴侣，而且是她在异乡唯一的靠山和全家的顶梁柱，要是把父亲累垮了，全家就在西和无法生活下去了，虽然卖菜的利润微薄，但只要有粗茶淡饭、能糊住一家人的口就行。于是父亲开始在北城墙下卖蔬菜，不再披星戴月地去赶集。后来又改卖山货以及日用杂品。

母亲对父亲的关怀无微不至，虽然家境贫寒，但她想尽一切办法把饭菜做可口，让父亲吃饱吃好。她经常提前和利用空闲时间给父亲做衣服和鞋袜，一般是秋冬做夏衣，春夏做冬衣。父亲在北城墙下摆摊，位于坐南朝北方向，一年四季见不上阳光，冬天特别冷，母亲就给父亲做棉窝窝、厚棉袄、厚棉裤、护膝套裤和厚棉袜等，总让父亲穿得暖暖和和。

父亲是一位“邻里称颂、四方无怨”、诚实守信的农民商人，从不干缺斤短两、掺杂掺假、以次充好之事，也从不欺哄老人小孩和任何顾客，赢得了群众的信任与好评，是村里有名的老好人，然而父亲是一个“大心廓”人，不善于谋划与安排。因此家里的吃饭穿衣、生活用度、求医问药、孩子上学以及与亲友邻里交往等大大小小之事，都由母亲操心。事实上，母亲不让父亲操心，她怕父亲累坏了身子，便把操持家庭事务的重担放在了自己肩头，宁愿自己多吃一份苦，不让丈夫多受一份累，因此把经营家庭的一切酸甜苦辣自己吞咽，尽量不让父亲操劳和分心。

经过一段时间的苦心经营与同乡亲友的帮助，父亲在西和北关租了四间偏房，购置了灶具和简单生活用品，算是安置了一个小家，日子有了转变，孩子也长得活泼可爱。老家听到母亲与父亲在西和有了立足之地，且孩子安然无恙，爷爷叔伯和外婆舅舅等亲友都很高兴，但老家传来的消息却很不幸，五叔和二娘母女没有度过荒灾。五叔与二娘同庚，年方二十，正是吃饭不饱、做活不累的年龄，可恶的天灾夺走了他们的性命。母亲听到噩耗后，烧纸痛哭了一场，为没有把二娘从老家带出来而感到内疚。母亲从老家出走时本想把二娘带上一起走，但考虑到二娘身子有孕且体质极度虚弱，再抱上一个一岁多的女儿，无法在三九严寒中翻山越岭、长途跋涉，假若死在半路，她无法向二伯和家里交代。尽管如此，她还是悲伤了好长一段时间。在听到噩耗的同时，他们知道爷爷健在，大伯一家五口包括三个儿子无恙，四叔侥幸逃过了劫难。几年后，听说二伯流落到会宁的一个村落另成了家。

父亲辛劳一生，享年九十二岁

母亲到西和后，过的消闲日子不长，又生了一个儿子，其后又接连生了三个男孩和一个姑娘，一个比一个大两岁。我身前有三个哥哥和一个姐姐，身后有一个弟弟，兄弟姐妹共六人，我在儿子中排行老四。一个三口人的小家在短短的十多年间变成了八口人的大家庭，家里的生活也随着人口的增多又陷入困难境地。一户做豆腐的同姓邻居，膝下无子，看见母亲抓养我们有困难，就一再向母亲讨要姐姐或我去喂养。当时我们家的确有困难，母亲也曾动摇过，但就是舍不得把自己的骨肉送人，于是一推再推，最后终于婉言谢绝。母亲对自己的孩子个个都很疼爱，她总是想尽法子，让孩子吃饱、穿暖、穿干净，还要尽最大努力供孩子上学读书。她从冰天雪地的甘谷抱来的老大长到六岁时，就送到小学去读书，老二刚到读书年龄又送去上学。同乡亲友与街坊邻居看到我家生活清苦，供孩子上学要花好多钱，认为不如早点送到商铺当相公，既可学点做生意的本事又有微薄收入，或者干点其他有收入的活儿，尽快积攒点钱置地修房，把家里的生活搞好，于是都来劝母亲不要供孩子读书了，母亲没有采纳他们的建议，继续供我们读书。在母亲看来，供孩子上学比购置地产与修房盖舍还要紧，她说："地是死财，娃是活宝"；"有人生万物，万物不生人"。父亲也常说："地是招牌，房是累，赚下的银钱是催命名的鬼。"我的父母没有文化，根本不知道"书中自有黄金屋，书中自有千钟粟，书中自有颜如玉"和"读书做官，读书发财"以及"光宗耀祖"的传统说教，也不懂"知识就是财富，知识就是力量"和"知识可以改变命运"的道理。但他们坚信：读书可以使孩子变得聪明，有心计，懂道理，明是非，别人讹不住。兴许学好了，还能为乡亲们办事或者为国家做事。于是，我们兄弟姐妹六人，除老三外，其余五人皆上了学。1949 年前，社会动荡、物价飙升、生意惨淡、家里人多收入少，甚至有时无钱从正规面铺买面，而是买价格比较便宜的"五花面"（各种粮食的面粉掺合在一起形成的杂面）度日。就在这极其艰难的情况下，只有二哥因国民党抓壮丁被迫辍学，后又被抓去当了兵，我和弟弟仍坚持了下来，因为母亲不允许我们辍学。正因为有母亲的坚定主张和全力支持，姐、弟和我读完县上的中学后又先后到兰州、天水继续读书，姐姐在天水一中毕业后考上了师专，弟弟在兰州工业学校中专毕业后又继续上了大专，我也在天水一中完成了高中学业，后来又到兰州、西安完成了大学和研究生学业。毕业后，我们分别走上了为国家效力的岗位。当我们兄弟姐妹一个个端上了国家的饭碗后，同村居民都投来了羡慕的目光，曾经劝母亲不要供子女上学的亲友与街坊邻居也都称赞我的父母有眼力。

我们家人口多，且六个孩子有五个相继上学，全靠父亲的小摊摊供养，日子推得很艰难。为了减轻父亲的负担与压力，母亲承担了全部的家务劳动，八口人的一日三餐、大人小孩的冬衣夏衣都要她来做，洗洗涮涮、缝缝补补、扫扫擦擦等活儿也要她来干，孩子的上学读书、求医看病与家庭的生活安排等依然要她操心。对于一般家庭主妇来说，光这些家务琐事和家务劳作就让她精疲力竭，然而母亲除承担了这些繁重的家务外，还搞一些手工制品让父亲去卖，以贴补家用。

一是用白布制作缠腰马甲。“麦客”在收麦时穿上这种马甲既凉快又便于装常用物品，如打火石、烟叶、小手帕和钞票等。每年麦收季节西和有大批农民出外“赶麦场”，外出时一般都要买一两件带上，母亲每年都要缝制二三十件，在“麦客”赶场前去卖。

二是用羊毛或小麻捻线，然后再用毛线织成毛练或毛背心，用麻线织成麻布作麻衫。西和远乡多为高寒阴湿地区，冬天雪厚冰多，天气冷，一般进山背柴贩炭或“背脚”的人都要用毛练裹脚缠腕、穿上草鞋或系上铁爪子才能上路，毛练既保暖利汗又能防止雪水渗入，是山区或半山区劳动群众必备用品之一。每年秋冬母亲都要起早贪黑挤用一切空余时间捻线织练，后来哥哥和姐姐有时也帮着母亲捻线织练子。除此之外，母亲有时还用麦秆编织草帽。尽管母亲每年织的练子不足20丈，编织的背心不到四五件，缝制的缠腰马甲不到30件，补贴家用的效果也微乎其微，但具有中国女性传统美德的母亲把协助丈夫养家糊口、抚育子女当作自己的神圣职责，“宁可自己受尽千般苦，不让家里断了炊”。

小时候，母亲常对我们讲：“粗米淡饭养人”，“浪费粮食遭罪”，“宽处节省、紧处用”，“过日子要细水长流、不要大手大脚”等，要求我们自幼养成“脚手勤快、干活麻利、艰苦朴素与勤俭节约”的习惯。实际上，我们兄弟姐妹自小就很爱自己的父母，都想为家里做点事，尽量减少父母的负担。大哥12岁高小毕业，练就了一手好字，又能双手打算盘，毕业后就被人请去当了私塾教师，从14岁开始利用三个假期为当时的衙门誊抄文书资料，挣来了三十个大洋，大大缓解了家里的经济压力。二哥在小学只读了两年多书，就去给机关当勤务员和做杂工。三哥自小在家帮母亲做零活，没有上学，非常聪明的他在部队里才学到了一点文化。姐、弟和我在外读书尽量省吃俭用，在食堂里经常打的是最便宜的菜，即一份四分钱的丁菜或八分钱的丙菜，很少品尝二角四分的甲菜和一角五分的乙菜；衣着简单朴素，其他生活用品能减就减，能省就省，尽量不向父母伸手索要。

母亲到西和不久，有一位姓李的老妪，是母亲的同乡，她的亲人在荒灾中相继离世，孤身一人来到西和，母亲见她在西和无亲无友，无依无靠，就主动把她认作娘家人，让我们弟兄把老妪叫李婆，母亲称她为李姨，并决定留家赡养。李婆是19世纪80年代出生的人，头上梳着很高的“羊胰头”（形状像山羊角），顶着一方黑纱巾，脚同样是“三寸金莲”，眼力不好，做不成针线活儿，她很想帮助母亲干些家务，但年老体弱，力不从心。那年头，我们家的日子十分艰难，常常是吃了上顿没下顿，现在又要增加一位老人，可以想象该有多难。好在李婆身子骨还硬朗，没有杂病，我们吃啥她吃啥，和我们相处得很融洽，在日复一日的共同生活中建立了深厚的感情，她疼爱我们兄弟姐妹，我们也很尊敬她。后来李婆看见我们家境实在困难，就背着母亲去了朝阳观（坐落在县城东面的山顶上）寺庙，侍奉神佛。她住在黑乎乎的一间小僧房里，单独起火，生活主要靠进香的信男善女的施舍。那时西和县县城人口较少，年景又不太好，平日上山进香的人不多，就连初一、十五烧香的人也寥寥无几，李婆的生活依旧是饥一顿饱一顿，没有保障。李婆离家后，母亲不放心，便拿了些食品去看望，还隔三岔五地派姐姐和我去看望。

记得有一次，母亲让我给李婆送食盐与火柴，那年我只有六岁多，提着母亲用手帕包好的一小袋食盐与两匣火柴去朝阳观。朝阳观距县城二里多路，有两条上山的路：一条是大路，比较平缓但迂回路长；一条是小路，路陡路窄但路捷，且要经过一段林木茂密的丫儿沟，那时沟里常有被扔的夭折的婴幼儿尸体，狼和野狗经常出没。我把东西交给李婆后，她老人家又给我采摘了一手帕庙里种的半月形大刀豆。我拿上豆准备走，她又把我叫住，老人不放心我一人下山，于是就锁上房门，送我回家。

这时太阳已经落山，金秋的晚风在山间开始鸣唱。老人提上了刀豆，我拿着一条细竹棍蹦蹦跳跳地跟着老人下山往回走，走的是捷径小路。走到半山腰，前边不远处立着一条耷拉着尾巴的大狗，头转向我们，睁着一双蓝莹莹的大眼睛一动不动，李婆顿时拉紧了我的手停下了脚步，我不知道老人止步的原因和此刻的心情，只是一边喊着打狗，一边甩着手里的竹棍。过了一会儿，那条狗拖着尾巴慢慢地向丫儿沟走去。我们看见大狗走远之后，才开始向前挪步，李婆的眼睛一直盯着那条狗，我依然是大声喊着打狗！打狗！又过了一会儿，那条狗在我们的视线中消失了。老人拉着我加快了步伐，从一条地埂旁的小径拐弯，向大路走去。直到走进县城，李婆才把我的手从她潮乎乎的手中松开。回到家里，李婆坐在凳子上，浑身瘫软，半天没说一句话，当她把母亲递来的一杯水喝了之后，才把路上碰见的情况一五一十地说了出来，并说母亲福大命大洪福高，是庙里的菩萨保佑，今天才没出问题，要不然她一个六十多岁的老婆子怎么对付一只大恶狼呢！母亲听完之后，吓了一身冷汗，当即跪倒在供桌前焚香烧纸，感谢菩萨保佑。李婆把我拉在怀里，一边抚摸着我的头，一边责怪母亲不该让这么小的娃来看她，母亲又劝她回家来住。这时我才知道路上碰见的是狼而不是狗，狼会吃人，袭击的主要是老人、妇女和儿童。在我脑海里，大多数童年往事已消逝得无影无踪，唯独这件事，给我留下了抹不去的记忆与后怕。

李婆上山之后，母亲一直惦记着她老人家，只要父亲的生意略有起色，大人娃娃的肚子略能吃饱，她就赶快上山把李婆接回来，和我们一起吃住。当李婆看到家里快要断炊时，又偷偷地上庙里去了，后来她还到距城五十多里的铁谷坪梳妆楼去侍奉佛事。就这样，李婆在我们家住几个月，又到庙里住几个月，来来去去十多年，走完了她人生的最后旅程。

母亲信仰菩萨与神灵，在家里的供桌上摆置了菩萨像，早晚上香磕头，初一、十五点蜡化纸，祈求菩萨保佑赐福，有时还跟随一些信仰笃深的老妪到大香山（相传是庙庄王之女庙善公主修行成仙的地方）、小香山、梳妆楼，以及城周边的寺庙或佛院进香，在那里也跟随僧人或尼姑诵经。她没有文化，既记不住经文又不能深刻理解其意，也没有参加任何教派，但信仰虔诚，相信“菩萨能救苦救难，能保弟子清吉平安”，相信“行善得福，行恶得祸”与“慈航普度，天下太平”的教义。我们家只要有人头疼脑热，母亲就烧香化纸，祈求菩萨驱邪除恶，保佑平安。父亲是一个无神论者，但很少干涉母亲的这些行为。

母亲是一个心地善良的人，又蹚过“饥馑肆虐、赤地千里”与“寒风刺骨、只身飘零”的河水，饱尝了“饥寒交迫”的苦难人生，对积德行善、救助贫弱有着更深刻的感悟，烧香拜佛进一步强化了她的菩萨心肠，使她的心灵更加纯净如水、简单如轨。她不求为儿孙积聚财富和置产谋业，只想为儿孙积德行善。她常说：“家有千贯，不如儿孙安康能干”，“自有儿孙自有福”等，只要儿女们“长义乖爽、自在平安”就感到很满足。她认为：“穷帮穷是天经地义的事情”，“帮助别人是为自己积德”，“菩萨保佑的是有德行有善心的人”。在这些信念的驱使下，只要邻里或者与她一起的善女有困难，她就会主动去帮助。记得小时候，母亲常常背着父亲叫姐姐或我去给中山街一户姓方的老妪送面送菜；从甘谷来的远房亲戚董海子住在距城三十多里的钱家峪村，家境贫寒，母亲常常给他送点我们的旧衣物，或者食盐、火柴之类的东西，他进城时便给我家背来一背柴，有时母亲还留他吃住；卢河乡陈家山村的一户我叫姑父的亲戚，1949 年前家境不好，母亲曾给过一些帮助，1949 年后家境有了改善，常常给我们送来一些自产的洋芋、鲜苞谷等；平时凡到我家来讨饭的人，母亲总要设法给他们弄上一碗热饭吃，即使没有饭也要给他们半碗面或几个洋芋；三年困难时期，城镇人口的供应粮由每月的二十八斤减少到二十四斤，我们家的成员基本上都是青壮年，每月供应的面粉不够吃，还需要添加一些代食品，然而母亲在做饭时尽量多加点豆渣、豆饼粉、糖萝卜叶、野菜或其他代食品的量，以节省点面粉，用来接济同村的两户农民亲戚。由于母亲的帮助，这两户农民亲戚增强了抗灾和战胜困难的信心。当一户亲戚家的主妇为给丈夫和儿子节省口粮而丧生后，母亲心痛了好长一段时间，并为没有挽救回她的生命而感到遗憾。母亲的这些佛心善举和仁慈睦邻的品格像雨露一样滋润着我们的心田，从孩提到不惑之年，从母亲离世到我们两鬓斑白的今天，我们依然享受着雨露的甘美，她使我们懂得了做人的基本原则。

我在幼年时和哥哥弟弟一样，身体很健康，到五六岁时出挑得更加活泼可爱、讨人喜欢，母亲没舍得将我送人。后来房东邱老夫人看见了我，非常喜爱，硬要我住在她家给她做伴儿，当时我家住房紧张，母亲听到后心里很高兴，就爽快地答应了。邱夫人是邱老爷的续配，比邱老爷小二十多岁，邱老爷早已去世，唯一的亲生女儿出嫁已逾十年，感到孤单寂寞，就把外孙女叫来给她做伴儿，看见我后，又让我与外孙女一起给她做伴儿。外孙女姓何，我不知道她的名字，大家叫她妹妹娃，年龄与我相仿，比我早去半年。然而邱夫人患的是肺痨，我去后不久，看见老人经常请郎中看病，有时还咯血。半年后，妹妹娃染上了痨症，开始咳嗽、盗汗，脸面变得越来越黄，她母亲接回去给她治病，后来听说没治好。我继续给老太太做伴儿，老太太很疼我，晚间吃烧鸡时总要给我一个鸡翅或鸡爪，但不久我也染上了痨症，郎中在给她看病抓药时顺便给我也抓一两副，可是我的病情不见好转，且日益加重，母亲便把我接回家来，请北桥头的杨医官瞧治。由于家里无力支付高昂的药疗费，只有在病情严重时才请医开方吃药，当病情略有好转就放弃治疗。就这样，治治停停，使病情没有得到有效控制，反而不断地加剧。我回家半年后，邱夫人终因治疗无效而归天，此时我的病也恶化到了极点，面颊上布满了红血丝，咳嗽不止，瘦得皮包骨，整天贪睡，浑身困倦无力。

有一天，我不知道什么时候睡着的，也不知道睡了多长时间，醒来之后，只见供桌的蜡台上燃着蜡烛，香炉里上着香，桌前有焚过的纸灰，母亲与同院的邱阿姨静静地看着我，好像是刚刚绽开紧锁的眉头，嘴角挂着一丝沉静的微笑，湿漉漉的眼眶里闪烁着喜悦的光芒，她俩轻轻地问我："想吃点什么？"我觉得好生奇怪，今天怎么了！家里既点蜡又烧纸，她们的眼神也与平常不大一样，正在纳闷儿，突然二哥从外边回来，急匆匆地走进房间对母亲说："人已找好了，人家不等候，赶快……"母亲没让他继续往下说，并叫他赶快把人辞掉。那是初秋的一个正午，我看见院子里白花花的阳光，好像一盆火在心里烧烤，特别难受，就向母亲要梨吃，母亲当即让二哥去买。没多一会儿，二哥买来了一个油馍和几个梨，我拿上梨大口大口地吞咽，吃完了梨，心里凉快了好多，觉得浑身爽快，也不觉得有什么病，似乎头脑特别清醒。

后来才听人说，那天我已昏睡了两天两夜，母亲守候在身旁，不知大呼小唤了多少次，一直叫不醒，大家以为魂魄出窍，便请人诵经，昼夜香烛不断，以挽救我的生命。同时也做好了料理后事的准备，但是母亲并没听将我赶快送走的建议，坐在我身边静静地守候，细心地观察着时有时无的呼吸，然而意想不到的奇迹发生了。我的苏醒是不幸中的万幸，但没有母亲的护犊之心，没有母亲的冷静、耐心与坚持，就很难说了。那年我已7岁多，这件事深深地印在我童年的脑海里，难以忘却。

邱老太太的喜爱与关切给我带来了不幸，在美好的童年就染上了那个时代还无法根治的肺结核，母亲虽然把我从死亡线上拉了回来，但顽固的结核菌依然折磨着我的身体，使我的健康状况比兄弟姐妹差了许多，幸运的是头脑的聪慧与思维的敏捷未减，特别爱好学习。母亲见我疾病未除，身体瘦弱，就对我倍加照顾与关怀，吃得比姐弟可口，穿得比姐弟暖和，家里的活儿也不让我干。姐姐是母亲唯一的姑娘，弟弟是"老生台"（最小的儿子），他们最应该享受母亲的偏爱，却没有得到，母亲把偏爱给了我，同时母亲为我治病花了不少钱。我成年以后，常为这件事而感到内疚和不安。说实在的，正因为有母亲的呵护与关爱，我才彻底战胜了病魔，并完成了各个阶段的学业。没有母亲的呵护就没有今天的我。母亲不仅赋予了我第一次生命，还给了我第二次生命，同时还呵护着我的健康与成长。母亲，只有母亲，是我生命的支柱与守护神！

在母亲的心血与汗水的恩泽里，在母亲精神雨露的滋润下，我们一个个长大成人。老大于1949年初当上了县银行会计股长后又升为行长；老二进了基层供销社；老三响应党的号召参加了志愿军，去履行“抗美援朝、保家卫国”的神圣职责；姐弟和我又于20世纪60年代分别走上了工作岗位。而含辛茹苦、操劳一生的母亲却累积了一身病，体质一年比一年差，经常头昏、头晕、头痛，严重时就在头上扎一条布带止痛。1961年暑期我回家探亲，不几日母亲腹背突然剧痛，疼得她头上冒汗，坐卧不安，寤寐不宁。我们请了大夫来家检查治疗，说是胆结石引起的胆囊炎，要求马上住院动手术。然而母亲硬要大夫给她开止痛消炎药，不去住院。母亲心里清楚，家里缴不起住院治疗的费用，怕我们弟兄背上债务。我们再三劝说，她依然不肯住院。那时我们家的经济状况依旧拮据：我刚刚跨入工作单位的门槛，试用期的生活费不够在食堂买饭票；弟弟还在兰州上学；大兄被错划为右派，每月只有30元的生活费还要维系一家六口人的生命；二兄一家六口也仅靠每月36.5元的工资维持生计；三兄月薪35元，身后亦有妻室儿女，幸好还有未用的复员费和在部队的一点积蓄，他全部拿出后又向单位和战友借了些款，凑够了400元，缴付了入院费，才硬将病情急剧加重的母亲送进了住院部。手术很成功，母亲恢复得较好，不到20天就出院了，这完全归功于大夫的精湛医术和姐姐的精心护理与服侍。做完手术后，哥哥和我回了单位，只有姐姐守护在母亲身旁，继续服侍与护理。1962年国家有减免困难职工家属药疗费的政策，母亲住院所欠的700元医疗费被全部豁免，党的政策解除了我们一家的经济压力与苦恼。

母亲基本恢复健康后，和先前一样，54岁的她依旧拖着瘦弱的身体，天天洗衣做饭，操持家务，辛劳不止。但体质大不如手术前，刚强的性格掩盖了每况愈下的健康和潜伏的疾病，有时我们看见她脸色蜡黄，头上扎着布带止痛，想请医生给瞧瞧，她总是挥手拒绝，说休息一会儿就好了，总怕看病花钱多，给儿女增添负担。

1968 年夏月，不知哪里的一位王大娘心血来潮，说了句“我们也有两只手，不在城里吃闲饭”的多情话。西和县革委会当即掀起了下放城镇人口的高潮。同院的一户姓乔的人家首先找到了农村落户点，开始搬迁，院子里摆满了家具，母亲看到这种情景，又想到了我们一大家人将往哪里搬，心里产生了一股慌乱紧张的情绪，适逢一个两岁多的外孙女跑到院子里玩耍，母亲怕家具把孩子砸着，前去拉孩子，突然，焦急烦躁的情绪波使血压冲破了血压的临界线，大脑出血的她倒在了院子里。那时我正在洛峪公社下乡，家里只有回家探亲的姐姐与小弟，他们一面请大夫抢救，一面给洛峪公社打电话通知我。公社接到电话后即刻派人给我送信，在未收到信前，我焦躁不安，有一种不祥的预感，这大概是亲人之间的心灵感应。接到信后，我小跑般赶回了公社，已是黄昏时分。次日清晨，我乘一辆拖拉机往回赶，经过两小时的颠簸，到达了县城。下车后，我急忙跑回家，进门只见屋里挤满了人，我贴近母亲的头，大声地喊：“妈妈我回来了，你的病能治好。”不省人事的母亲似乎听到了我的声音，似乎知道我已经站在了她的身边，歪斜的脸面上露出一丝安然的神情，据身边的人讲：我到之前，母亲不时地叫着我的乳名，此时不再叫了。由于大夫的全力抢救，和我们兄弟姐妹的共同努力，终于把母亲从死亡线上拉了回来，五天之后母亲苏醒了，但已半身不遂，瘫卧不起，病情亦不稳定。我们就请大夫继续治疗，天天打吊针、熬中药、针灸、按摩。起初由县医院的中医大夫甘谷老乡刘世德针灸按摩，一月后我爱人承担了针灸按摩和打针的任务，因为她本身就是一个医务工作者，又曾跟随省医疗队甘肃著名针灸专家裴兴泽先生学过一年的针灸，基本掌握了要领。母亲偏瘫后的吃喝拉撒、翻身与日常护理，主要靠姐姐和还在高中读书的二哥的长女玉英操劳。

经过一年的治疗，母亲的病情有所好转，麻木的半身有了知觉，手指开始能够握调羹喝水喝粥，并能自己梳头，但仍不能下床，仍需要人贴身护理。这时，姐姐的假期已满，回了新疆，我与爱人皆由县城调到了基层，我由县委调到了距城 70 里的石峡公社，爱人由县卫协调到了距城 50 里的洛峪卫生院，把年近七旬卧病在床的老母留在了家里，无人照管。

鉴于当时的环境我未敢向组织提出留县城的申请。

就在这种令人心酸的情况下，我们只好把母亲暂时托付给了年仅十七岁的侄女玉英去护理与服侍。然而祸不单行，我调到乡下之后，市管会将租给我的公房又转租给了他人（那时县城的公房由市管会管理），天天逼着我腾房，我不得已又将半身不遂、瘫卧在床的母亲送到了弟弟家。这件事使我终身感到内疚，老人身体健康之时，为我做饭、看家，她卧病在床不能做活时却推给了弟弟。但弟弟一家高风亮节愉快地接收了母亲，并精心地照顾与护理，特别是二哥的长女和弟媳天天为母亲熬药、洗漱、清洁、喂饭、喂药等，再加上大夫的有效治疗和我爱人的针灸按摩与母亲超常毅力的锻炼，一年后，她的病况大大好转，开始下床拄棍行走。就在母亲身体基本恢复之时，第二次脑出血夺走了她的生命，于 1970 年农历十月三日驾鹤归西，终年 64 岁。

母亲没过上一天好日子，就离我们而去。归西之时，我们弟兄虽有工作，但工资低得可怜，我是“佼佼者”，月薪只有 49 元，其他皆在 42.5 元以下，而身后各有妻子儿女不少人口，仅够维持小家的糊口，没有力量送母亲到北京、上海去看病。今天，国家正值“百废俱兴、政通人和、经济繁荣、社会发展、人民安康”的历史盛世，并坚持“以人为本”的科学发展观，就在这中华崛起、万象更新、尊重知识、尊重科学、尊重人才的“春风”里，我当上了教授，现在有能力供养母亲安度晚年，然而我没有办法让母亲复活，也不能扭转时空重现历史情景，失去了、永远失去了孝敬母亲的机会。

母亲把一生的膏血倾注在了我们身上，她却受尽了我们子女无法想象和体会不到的苦难，而我没有很好地报答母亲的养育之恩，没有很好地报答她对我无微不至的关怀和疼爱之情。我犯了一个永远无法改正的错误！小时候，我觉得母亲是温暖的阳光，是甜美的甘泉，是动听的歌谣，是快乐的摇篮和成长的绿荫，曾暗下决心，将来一定要报答母亲，让她过上好日子。然而，长大后我只顾自己的学业、事业，淡忘了儿时的誓言，淡忘了反哺，淡忘了报答，淡忘了孝敬，陪母亲的时间太少，给母亲的爱也很有限；当自己成为父亲时，才真正体会到母亲抓养自己的艰难与辛苦；当自己两鬓霜染时，才深刻地了解和体味父母老年生活的酸楚；当父母长辞后，才泛起了思念的波澜，才痛哭流涕与反省自责。只恨自己懂事太晚，没有及早地孝敬给予我生命与一切的慈母，留下了终身抹不去的遗憾。

在母亲诞生100周年，辞世37年的今天，我带着追悔莫及的沉痛心情缅怀慈祥的母亲，感到无限惭愧！思念与愧疚的潮水在胸中涌流，无奈的我只能仰天长啸，只能让愧对母亲的悲伤继续，让内疚的泪水继续在心底流淌！

愿母亲的英灵在菩提宫安息！

2007年端午完稿

老红军冯玉俊

老红军冯玉俊是20世纪60年代西和县民政局局长，是我从事行政工作的首位领导。在他的人生旅途中蕴藏着一些鲜为人知的传奇故事，不时地激荡着我的灵魂，迫使我不得不拿起笨拙的笔……

冯玉俊

一

1912年深秋的一个夜晚，陕北延川县刘家旮旯的一间破窑洞里一个男婴出生了，取名冯玉俊。他家独居在村边旮旯之处，祖上曾有两亩薄田，到他出生时已全部抵债，一贫如洗，全家的生计靠租佃东家土地维持。后来由于旱荒频频发生，给东家缴不上地租，父亲就让年仅9岁的玉俊给东家放羊顶债。这时母亲已经离世，种地的收成还是不够缴租，父亲和叔父就去煤矿挖煤。为了还债，他不得不离开相依为命的父亲，拿起了羊鞭。不论是刮风下雨，还是酷暑烈日，或是三九严寒，他都要早早起来赶着羊群去放牧，一天的干粮只有怀里揣的两个糠皮窝窝头，喝的是山沟里的渗水或牛蹄窝窝里积聚的水，直到傍晚才能收牧，回来后还要背土垫圈、出粪，或者担水劈柴。晚间他睡在牛棚里的土炕上，铺的光席子，盖的麻布片。有时由于他太累失睡了，东家就用皮鞭抽他起床；有时由于羊圈没有打扫干净或者其他的活没有干好，狠毒的东家又挥鞭抽打，甚至不给饭吃。

12 岁时，他放养的羊只由三年前的 20 多增加到 40 多，翻了一番。一天傍晚收牧时，下起了大雨，他急忙将羊收拢起来，赶回家，主人在圈里点数，发现少了一只羊羔，命即刻去找，他冒着瓢泼大雨到收牧的山坡去找，结果未找到。东家一边臭骂一边狠打，痛得他无法入睡，第二天清早东家又呵斥起床，他忍着疼痛，一跛一瘸地又赶着羊群去放牧。

还有一次，东家犒劳长工，给他们做了一顿新玉米面的馓饭，冯玉俊饱餐了一顿，他刚吃罢，突然胃痛，便把吃下的吐了出来，东家看见后火冒三丈，用皮鞭逼着他把吐出的重新吃下去，他含着泪水硬着头皮往下吃，刚咽下去，一发嘹（方言：恶心之意），又吐了出来。东家又怒目呵斥，叫他再次往下吃，骂他故意撑开肚皮吃饭，浪费他家的粮食，叫他长记性。他闭住气，强忍住阵阵的恶心，捡起来往下咽，然而一咽下去就恶心，就又呕又吐，最后还是未能吃下去。东家便下狠手，将他毒打了一顿，使他遍体鳞伤。后一天又没给他饭，但还要他上工放羊，他只好将泪水、苦水与仇恨咽在肚子里。

就这样，他在东家的皮鞭下生活了十多年，过着牛马不如的日子。1964 年他在西和人委（县政府）机关的一次忆苦思甜会上讲述了这段心酸经历，与会干部无不潸然泪下，不少人泣不成声。也许这种残忍的阶级压迫已从现实生活中远离而去，淡出了人们的记忆。然而正是这段已经尘封的辛酸历史点燃了中国民主革命的火炬。

正当他身陷苦海，无法忍受欺凌之时，刘志丹和谢子长领导的红色革命运动的烈火已在陕北熊熊燃烧。1932 年夏月，当地党组织的负责人白高拐向他讲述了“受苦人团结起来，打土豪、分田地，翻身闹革命”的道理，动员他参加革命。在苦水里泡大的冯玉俊，一听说红军是为穷苦人打天下，帮穷苦人翻身的，便满心欢喜、满口答应。他先跟着白拐子做些发动青年、宣传群众的工作。后经石建义介绍，加入了青年团，随后派他去做区乡特派员。这时他刚满20周岁，从事的革命工作还是在地下秘密进行，难度非常大，也非常危险，为了保护他的真实身份，组织便给他起了个化名，叫刘加保。此后，他以刘加保的名字与组织联系和开展工作。

1935年1月，延川县西部解放，成立了赤光县，2月改为延川县。随即他入伍，成为陕北工农红军的一名战士。入伍后，他感到事事新鲜、处处温暖，充满了革命的朝气，像一只冲出铁笼的小虎，活力充沛，再穿上一套合身的军装，显得格外精神，便被遴选到红26军（后改为28军）军部，为刘志丹军长当了警卫员。同月，由高凤秀介绍加入了中国共产党，次年5月转为正式党员。1935年11月，他在攻打鄜县（今富县）的战斗中胸部负伤，几乎丧命，在望雀堡卫生处的精心治疗与护理下恢复较快，半年后基本痊愈。出院后，他仍回军部警卫连。

组织为了培养他更好地履行职责，当一名合格的警卫战士，派他到红军学校学习了三个月的军事知识。归来后，他提升为副排长。1936年4月，他随军部东征（抗日）到了山西，遭到了国民党军队的阻击，我军处于不利位置，伤亡惨重。尽管全军将士英勇抗击，警卫连的战士个个奋勇杀敌，军长刘志丹在山西中阳县三交镇指挥战斗中不幸牺牲。冯玉俊看到他最崇敬的首长牺牲，不顾“枪弹如雨、血肉横飞”的危险，便捶胸痛哭，为没有保护好陕北人民最热爱的首长感到内疚和自责，心里难受了好长一段时间。

刘志丹牺牲后不久，冯玉俊调延安总司令部警卫团，在毛主席警卫连当战士。其间，组织派他学开汽车，待学成后给中央领导开车，但由于他没有文化，不易掌握机械原理和技术，未能如愿。这件事使他终身遗憾。事实上，一个丁卯不识的放羊娃要在三个月内学会开汽车确实难度很大。于是，他又回到了中央警卫团为主席站岗放哨，过了一段时间，组织派他去学习军事爆破技术，随后转入抗日军政大学学习了五个月，结业后调地方工作。从此，他离开了中央警卫团。为主席站岗放哨的两年间是他一生中最愉快的时光，给他留下了美好的记忆。

从1939年起，他先后到延安会计学校、延安保安处等单位工作。在1942年的精兵简政中，他被调回家乡延川县，先后到乡、区任指导员、营长。1944年他在永坪区工作成绩突出，获得了“劳动英雄”称号。次年9月，黄河东岸的山西永和县解放，组织派他到新组建的县政府工作。一年后，永和县城沦陷，国民党军占领了该县大片地区。此时，永和县委组织了游击队，派他到游击队工作，他先后担任了指导员、营长、大队长等职，以配合主力，打击敌人。在一次拉锯战中，他身先士卒，英勇杀敌，独自一人缴获了敌人的一匹战马、一杆枪，受到了县委的表彰与奖励。1946年11月，我军收复了永和县城。那时县上经济困难，急需发展生产，便派他去农场担任生产主任，由于工作成绩出色，县委授予他“劳动模范”称号。

他在战斗中，常常冲锋在前、英勇杀敌，多次立功受奖。然而枪林弹雨使他九死一生，累累的弹伤给他留下了终身的痛苦，组织给他发了三等伤残证，伤痛伴随了一生。面对这一严酷现实，他依旧无怨无悔。经过抗日战争、解放战争的洗礼，他成长为一个立场坚定、指挥有方、作战勇敢的军队干部，同时也掌握了一些地方基层工作的实践经验。

二

1949年，他随解放西北的大军挺进陇上。甘肃礼县解放后，他被留下来参加新政权的组建工作，担任了城关区委书记兼区长之职，后又调任文县民政科科长，委任状是由甘肃省人民政府颁发并由时任甘肃省省长的邓宝珊署名的。

由于文化知识的匮乏，给他带来了不少困难。首先他无法阅读党内文件和上级的信函，更不能及时准确地上报下达，就连填简历表都要请人。文化知识的匮乏不仅影响了个人的进步，还严重影响了工作的开展。正当他暗下决心学习文化知识之际，甘肃省委组织部通知他到省委党校去学习，待毕业之后另有任用。

1949年后，像冯玉俊这样文化程度不高的“老革命”在各条战线上担任着领导职务，一定程度上影响了工作的顺利进行。对此，甘肃省委决定，在省委党校举办文化班，学制4年，为这些老干部补习文化知识。1954年8月，冯玉俊带上行李到省委党校初级文化班报到，与他同班学习的学员中，有不少县级和地厅级干部，由于冯玉俊接受革命风雨考验的时间较长、资格较老，学校任命他担任了该班第九党支部书记。

一个驰骋疆场、戎马一生、44岁的人，成天像小学生一样坐在教室里识字、写字、读课文、背警句，该有多么艰难。他却以饱满的热情，坚持早起晚睡，死记硬背，通过三年的蚂蚁啃骨头式的学习，认识了三四千字。随后，学校逐步开设了中共党史、国际共运史、苏联社会主义经济问题、马克思主义哲学和学习毛主席的《实践论》《矛盾论》等课程，以提高他们的理论素养。但对于粗识字的他来说简直比登天还难，然而他硬是通过反复地学、反复地问，一字一句、一节一章地细读慢嚼，做到了基本理解。

为了学好《实践论》和《矛盾论》，他把两本小册子装在衣袋里，一有空闲就拿出来看，封面磨得皱皱巴巴，字里行间画的红道道、蓝道道、黑道道，密密麻麻，布满了全书，不知看了多少遍。也许他对什么是历史唯物主义，什么是辩证唯物主义，理解不大透彻，但对“真理的标准只能是社会的实践。实践第一的基本的观点”与“实事求是”的观点铭记于心。也许，他对“唯物辩证的法则”“矛盾对立统一规律”“质量互变规律”“否定之否定规律”的理解不深，但对抓“主要矛盾和矛盾的主要方面”和“抓本质、抓主流、抓重点的工作方法”烙印脑海，并能熟练运用。

冯玉俊的努力得到了学校的认可。支部和甘肃省委党校初级文化班对他的鉴定评语，是客观公正的。对他认真学习、遵守纪律、团结同志、开展支部工作等方面给予了肯定，同时也指出了他工作方法简单、态度“粗糙”的毛病。然而，这时已经潜伏着一种矛盾和危机，在第九支部的学员中，大部分是县级干部和一些地厅级干部，作为小小科长的冯玉俊怎么能给他们当书记呢？恰巧冯玉俊是一个非常认真的人，也许他以自己的资历较长为本钱，理直气壮地要求大家，犯了“下管上”的错误。

1957年，甘肃省委党校和全国各条战线一样开展了整风和反右派斗争，一些老师受到了批判。冯玉俊觉得这些老师都是好老师，没有什么大错误，不应该受到批判，流露出了同情心理。

1958年，“大跃进”运动开始，甘肃省委党校也开展了“大辩论”。从农村出来的冯玉俊觉得“挖地三尺，亩产万斤”的理论不符合实际，也违背了农作物生长规律。他又翻看了老师讲过的笔记和毛主席的《实践论》《矛盾论》等著作，认为应该“讲真话，办实事”且“实事求是”。于是在一次小组讨论会上发言：“我是从农村长大的，一亩地能打多少粮不是由人说的；人可以吹牛皮，但地不会吹牛皮；小麦亩产几千斤，洋芋几万斤是不可能的。”还说：“挖地三尺，寸草不生；翻地太深、密植过度、施肥过量，不但不能增产，反而会减产。”

然而，他万万没有想到，这次发言让他大祸临头。

此后不久，他所在的第九小组即第九支部的学员对他的“错误言论”进行批判，后来全班批判，有部分教师也参加到批判的队伍中来。大大小小的批判会持续了一两个月。刚刚学了一点点理论知识的冯玉俊怎么也想不通，明明翻地三尺，把生土翻上来，庄稼不长，这是庄稼人的基本经验和基本常识，怎么不对呢？思想单纯、质朴、坦率的他一下转不过弯来，激烈的思想斗争使他苦恼了好长一段时间。

1958年7月中旬，他们临近毕业，学校让冯玉俊在组内和班上分别检讨，性格倔强的他心里一直不服，认为自己没有错。但在班主任、组织员和一些好心同学的“开导”下，他作了违心检查，但主持者认为“不认真、不深刻”。其后，他又作了几次检讨，校方认为比较深刻。7月23日，他的毕业鉴定如是写道：该同志在整风前思想不够健康，个人主义名誉地位较为严重，思想观点模糊……经同志们的帮助后，对自己的错误观点，有了深刻认识，也能很快地改正，能检查自己的错误，也能善意地帮助别人，吃苦精神很好，能够积极地参加各项体力劳动，并能积极地完成党校交给自己的各项任务。

今天看来，冯玉俊所背负的所谓的众多“罪名”是欲加之罪。

然而，在此之前，即7月4日省委党校对支部意见作了批复，“同意你们意见，给冯玉俊同志党内严重警告处分，工资降一级，从1958年7月起执行。请宣布并通知本人。”

入校前，原计划待学业结束后任命他到某县当县长。他毕业后，职务非但未升，反而背了一个处分。对此，他想得很开，没有一点儿怨言与悔恨，常常对人讲：“我本是一个一字不识的放羊娃，生活在社会的最底层，是党把我从火坑里救了出来，才有了今天。与我一起参加革命的不少人已经在战争中死去，我还活着，就很幸运了。”

1958年8月，初文班学员毕业，其他同学都拿着任命书“上任”，冯玉俊却被贬到礼县洮坪公社，任主任之职。然而，他没有任何不快，当下就动身去这个偏远山区工作。实际上，他自参加革命就在心底确立了一条约束自己思想行为的总绳：“党叫干啥就干啥，因为没有党就没有我自己；不求个人名利，只愿为民办实事。”他还常说：“军人以服从为天职，我是一名红军战士，服从组织分配、听从党的指挥，是我的神圣职责。”正因为有这样的思想，他能够经受各种挫折与考验，能够很快地爬起来，振作精神，积极再干。

与冯玉俊一起毕业的人，不少已身居要职，但他从不把职务地位放在心上，也不与别人攀比。但一些资历比他浅的人却给他戴上“个人主义名誉地位思想较为严重”的帽子，并写在他的鉴定中。当时这顶“帽子”的分量很重，许多人都被这顶“帽子”压垮了。他对此不作任何解释与说明，只是埋在心里，让事实去说明，让历史去见证。

1961年，他调礼县城关任公社书记。1962年元月西礼两县分县，他被调西和县民政局任副局长，正局长因病长期休假，全局工作实际由他负责。

我原是一名中学教员，在天水工作，1962年调西和县人委会民政局工作，冯玉俊就是笔者的顶头上司。在朝夕相处的日子里，他的“吃苦在先、享受在后、艰苦奋斗”的精神以及“说真话、办实事、实事求是”的作风，熏陶着身边的每一个人，给笔者留下了不可磨灭的印象，也影响了笔者的一生。

三

冯玉俊到西和之时，正值特困时期。像苏河公社的一些村庄，人烟稀少、鸡犬不闻、房舍零落，一派凋敝景象。他作为民政局负责人，看到此景，不只是同情、痛心，更重要的是责任。他领导全体职工，积极工作，担负起自己应该担负的责任。一是与有关部门携手仔细调查各地灾情，弄清需要救济的人口数目，特别是水肿患者人数，需要的粮食、衣物数量等。二是及时上报，争取上级及时下拨款物与粮食。三是及时发放，同时搞好发放过程中的监督工作。他要求全局员工一律住在单位，有突发事件便于联系与沟通。由于全局同志的积极努力，上级下拨的救灾款物及时地发到了灾民手中，帮助灾民度过了危难，受到了灾区群众的称赞与社会的好评。

那时的民政局，担负着人事、监察、劳动工资、编制、城市建设、土地管理、精兵简政、城市户籍审批、工资基金管理、社会救济、优抚复原、退伍安置、助残福利等项职责。但全局只有九人，其中科员七人，局长二人，然正局长告病休养。实际上，只有八人承担着这么庞杂繁重的工作。特别是救灾与精简下放工作，时间紧迫、任务艰巨，工作量大，且件件都是关系群众切身利益的大事，要求全科人人竭忠尽智，恪尽职守，全力搞好工作。当大家天天加班到午夜十二点时，他又心疼大家，及时向相关部门申请夜餐，让同志们有一个好的身体与精神状态。每天清晨七点他叫大家按时起床，当我们起床时，他已经将院子打扫得干干净净。正由于他的带领和关心，全局同志个个精神饱满，尽力工作，民政局的各项工作都出色地完成了，受到了上级的肯定。1962 年年底，县委通知他担任了正职，又派了一名副局长协助工作。

那时，民政局管理着行政干部的调动、任免、监察监督，每年要办理不少此类业务；还要招工招干、审批城镇户口；要向基层发放大量的款物。找他的人络绎不绝，但他都是秉公办事，按政策处理，从不徇私情，从未收过任何人的礼品，就连来访者的纸烟都没有抽过一支。1962 年秋月，一位姓黄的中年妇女提着两斤点心找他，申请落城镇户口。他一见拿着礼品便将此妇推出了门外，那女人将点心搁在窗台上撒腿就跑。他没有赶上，便将点心交给我，让我还给那人。那位黄女士原住西和南关村，城镇户口，1960 年由于生活无着落，便与城郊的一位农民结婚，户口转到了农村。两年后，因感情不和，二人离婚，要求落户原住地自谋生活。实际上，冯非常了解当时西和人的生活状况，农村人口基本上“吃粮靠返销、穿用靠救济”，城市人口的供应基本够“维持生存”，哪里有钱买礼品送人。他深恶痛绝行贿送礼和收受贿赂的不良作风，也深深同情群众生活的艰难，送礼迫使困难群众更加困难，让他们雪上加霜。

当他了解该女士的困难后，便在减少城镇人口办公会议上提出，批准黄女士落户城镇原住地。并宣布：凡送礼者的诉求一律不上会研究。黄女士原以为冯局长将她推出了门，申请之事肯定没戏。我通知她前来办理批准手续时，她半信半疑，当我把冯局长的意见给她传达之后，她激动不已。说出了心里话：“冯局长真是个好人，到现在还保持着不拿群众一针一线的红军作风。”她拿到了批件，带上未收的点心回家，逢人就说：“老红军冯局长是个不收礼的好人。”此后，北关街的一位姓卢的老妪的情况与黄女士一样，申请落户被冯拒绝，后被批准。她办理后，也感慨地对人说：“冯局长是个不收礼的好人，找他办事绝对不能带东西，你带了东西反而给你不办。”就这样老红军冯玉俊的清廉形象在全县传开了，凡是找他办事的人，不论招工、招干、调动，还是迁转城镇户口，再无人敢给他拿东西了。此后，全县人人知道老红军冯玉俊是个不收礼的倔强人。

冯玉俊在关心民瘼的同时，对职工的福利待遇也很重视。1964年，国家走出了经济困难的窘境，中央依据“生产长一寸，福利增一分”的原则，给公职人员加薪，升级面为40%。我随他在省城兰州参加全省工资工作会议，会上我们从统计汇总表中得知：在天水地区12个县市中西和县的平均工资最低，人均只有56元，与西和相邻的礼县是63元，比西和整整高一级；天水市比西和高两级，为70元；其次是秦安、甘谷比西和高一级半以上；清水、武山、张家川、徽县、两当、漳县等都比西和高一级多。据说是第一次国家调整工资时西和没有将升级指标用完，地区将西和上交的剩余升级面划拨给了其他县市所致。对此全县职干意见很大，至今耿耿于怀。看到这种西和职工受委屈的状况，我和冯局长都很痛心，这是以前民政局办事人员的不慎与粗心造成的失误，这次再不能留下遗憾。于是我们下定决心，要充分利用这次机会，尽最大努力，通过一切办法多增加西和的升级指标，以缩小与其他县市的差距。一是设计制定对西和最有利的升级方案。会上我们设计了四种方案，通过对每一种方案的测算比较，寻求一个对西和各系统、各类人员都有利的方案。根据“边际利益最大化”的原则，我们选择了“升级面控制＋资金控制＋调整低工资”的方案。二是低工资全员提升，不计升级面。当时西和有不少营业员的工资是26元，卫生界有不少护士的工资仅有15元，这些人员一律提到36元，只算资金，不占升级面。三是套级金额不超过一个级差的不算升级面，超过一个级差不足两个级差的算一个升级面。四是要求地区向西和倾斜，地区给西和增拨了一定的机动指标。

冯玉俊虽然不懂数字间的关系和方案的测算、比较、优选，但要求地区对西和倾斜的态度是明确与坚定的，而且对我分项计算、多要指标的思路十分支持与肯定。

由于县委、县政府的重视和冯玉俊同志的积极努力，很快召开了全县工资工作会议，调资工作迅速在各系统进行。第一拨调资结束后，我们及时按照政策核对计算，发现升级面已经用完，但金额仍有剩余，便扩大升级面，向有关系统下达追加名额。第二次扩大后仍有剩余，便第三次扩大，就这样一共扩大了四次，才将升级面和金额全部用完。部分低工资干部提了两级，如县财政局副局长钱其实、文卫局副局长徐永新，他们都很优秀，但原工资为行政 25 级，42.5 元，提了两级，为 23 级 56 元，与他们所担负的职务不相称，但那次政策规定只能提两级。

由于冯玉俊局长的具体领导与积极努力，这次调资工作进行顺利，得到了县委、县政府的肯定和地区的表扬。通过这次调资，西和与其他各县的差距有了明显缩小，但距完全平衡还有一定距离。

冯玉俊对群众疾苦和职工生活非常关心，对大家、对他人的事非常重视，而对自己的事或利益并不多么重视。1962 年，他和全县的不少干部一起被改正错误，恢复工资。但在补发工资时，由于国家财政困难，一时拿不出钱给所有人同时补发扣薪，只能分期分批地发放。他作为县委甄别领导小组的成员之一主动提出：把自己的放在最后，先给家庭生活困难和基层工作的干部补发。然而那时国家正处于经济困难时期，无力同时全部支付这些同志的扣发工资，于是在补发中途，又规定按各人家庭困难状况发给一定的生活补助金。在此次补发中，冯玉俊只领了 160 元的生活困难补助金。按理说他是县上乃至全地区资格最老的红军战士，县委和县政府的领导都很尊重他，他最应该拿到全额补发的工资。但红军熔炉里给他铸就了“冲锋在前，吃苦在前，享乐在后”的品质，当县上主要领导征求他的意见时，他表示完全同意和支持县委决定，他对作为下属的我们说：“我已经很幸运了，有工作、有饭吃，和死去的同志相比就像在天堂里。”他的这种“不计较个人利益，乐于吃亏”的品质给我们烙下了深刻印记，大家无不从心眼里敬重他。

四

他没有奢望，不求腾达，只愿能够为群众办些实事和好事。每当基层发生灾情，他就主动下乡了解或派我们下去调查，尽快拿出救助方案向人委会和县委汇报。西和的大桥、银杏、蒿林、马元、晒经和石峡、西高山、六巷等乡镇，多为高山峡谷地区，雷雨冰雹较多，灾情频频发生，他就积极配合农业部门帮助那些乡镇建立防雷雹哨所，如发现黑云异常就发炮轰击，取得了较好效果。每年在发放救济粮、款、物之前，他总要让我们先下去调查核实，然后再审批，尽量让救灾款物发放得准确、及时，让那些真正受了灾的群众和困难群众得到帮助，渡过难关。

每年春节，正当其他部门的干部回家团圆享受天伦之乐之时，他总要组织我们分头下乡到各村镇慰问烈军属、复退军人、五保户、困难户与伤残人员。他把群众的疾苦挂在心上，急群众之所急，帮群众之所需，解群众之所困。1962 年，大批精简职工返乡后来县民政局领取汇入社队的公积金，我办理审批发放手续。一天中午下班后，我没有向局长汇报，私自去距县城五公里的玉泉村了解一位下放工人的公积金问题（因为他与赵五乡的一位回乡职工同名同姓同单位，且参加工作时间与工龄不一样，公积金的数目不同，我不能确定哪一位该领哪一项），原想下午上班前赶回来，但由于找大队干部花去了较多时间，回来已是下午 3 点，迟到了半个小时，办公桌前围着许多等待办理领取公积金审批手续的人，他看到此种情况，把我狠狠地批评了一顿。事后他给我解释说：“那些人都住在农村，有的路程很远，办得迟了回不去家，就得住店，增加费用。”当时我感到很委屈，但听了他的这番话，顿时醒悟，心里的怨气被他“处处为群众着想”的红军精神一扫而光，反觉格外清爽。这件事对我影响很深，在我年轻而焦躁的心田里种下了这位老红军战士“一切为群众利益着想、一切为群众利益服务”和“时时遵守纪律”的秧苗。此后，我在工作中更加谨慎小心，并开始逐步确立“忘我工作、处处为民、服从组织、严守纪律”的工作原则与办事理念。

冯玉俊同志不仅热情为群众排忧解难，而且是全县出了名的执行政策、坚持原则、秉公办事的“硬朗干部”，他既不徇私情，又不畏权势；既不媚上，又不欺下。

1962年，国家为了克服“大跃进”造成的经济困难，实行了“精兵简政、压缩城镇人口”的政策。西和县遵照中央指示，进行了“精兵简政”和“压缩城镇人口”的工作，不少机关干部响应党的号召，申请还乡生产，不少家属随夫迁移农村。正在这时，一位局长无视中央精简领导小组关于“精简期间不准吸收职工”的规定，未经人事部门批准，便将妻子安排在了下属单位。对此全县反映哗然，严重影响了精简工作的顺利进行，一些写了申请的人要求撤回申请，一些已经办理了退职手续的人开始反悔或牢骚满腹，大家等待观望县精简办公室的态度。作为县精简领导小组副组长和精简办公室主任的冯玉俊，坚持原则不怕邪，多次在县精简领导小组和县人委工作会议上当着那位局长的面提出坚决清退的建议，并要求该局长自动清退，最后那位局长接受了他的建议，主动辞退了自己的妻子，县精简领导小组也没有再发清退通报。这件事情的圆满解决得到了组织和群众的肯定，也消除了部分同志的怨气与意见。

1963年，西和税务和银行缺员较多，县委决定招收30名城镇待业青年予以补充，招收工作由民政局负责。那次招干是分县后的第一次，也是精兵简政后的第一次，由于近五年的时间没有招过干部，社会上积聚了不少知识青年，因而报名人数较多。为了选拔优秀人才，便采用了公开考试，依据成绩遴选的办法。考试中，有一位县委秘书进入考场，要求监考老师关照他的妻妹，监考人员（中学教师）虽未答应，但不敢将他请出考场。冯玉俊见状，毫不客气地将那位秘书请出了考场。那位秘书气急败坏地回到县委，便大声叫骂冯玉俊，造谣说考场有人拿夹带、漏了题，等等。其后他又来找冯玉俊，要求查看成绩，并要求给予照顾，冯未答应。张榜后，那位秘书见妻妹未被录取，更是胡说一气。冯将这位秘书的作为和考试组织、考场秩序、阅卷评分、政治审查、录取等情况向县委组织部部长和分管书记作了汇报。组织部部长和县委书记都找那位秘书谈了话。此后，那位秘书认识了自己的特权思想与错误，主动向冯道了歉。

实际上，那次考试组织得非常好，只考了语文、数学两门。考题对外说是上级出的，实际是我出的，至今没人知道那次考题是我出的。记得语文作文题占一半分数；数学六道题，初中占两题，高中占四题，没有大学的考题。因为那时报考的人员中没有一名大学生。题出完后，只有组织部部长一人前来审题。考题通过后，他将我派到了乡下调查五保户、困难户与烈军家属的生活及退伍军人的安置情况，待考试结束后，我才回到县上。那时我还是一个调入西和不久的“小年轻”，虽在天水当过中学教师但年龄尚小，根本无人关注，也想不到题会由我出。为了防止考题泄露，没有刻印，考试时才将题抄在黑板上。阅卷时请了县中的两位老练正直的教师评阅，其考试成绩与录取由我局人事监察干部和组织部的人事干部联合办理，其他人员不参与也不能过问。总体来说，井井有条，没有什么漏洞可钻。

冯玉俊对这些问题的处理，得到了人委和县委机关干部的赞扬，说他“有胆量、不怕邪、敢碰硬”，“执行政策不走样”。也有人说：“只有冯玉俊敢这样，其他人绝对做不到，因为他是老红军，别人不敢把他怎么样。”我们却为他握了一把汗，担心他在这个位置上坐不长，然而他却很超脱地说：“大不了我回家种地去，要我干一天，我就要执行政策，维护党的利益。”他的这种“不计个人得失、不保护自己、恪守原则、执行政策”的红军精神赢得了大家的尊重。

五

冯玉俊是全县出了名的朴素干部，经常穿着打补丁的衣服，多半是抗战时期和解放战争时期的衣服。特别在冬天，他常穿着一件灰色的红军时期的棉衣，上面打着30多个补丁，有些人戏说他“给共产党丢脸”！有些领导提醒他“注意点形象，穿得新鲜点”，但他依旧照穿，丝毫没有改变。

1964年7月，我随他参加全省劳动工资工作会议，入住兰州饭店。第二天10点在中苏友好馆（省政府礼堂）开大会，我和他于9点40分出发，凭会议出席证进入。在会场入口验证，我拿出了出席证，验证干部一看就放行，我便匆匆前去找个靠前的合适位置，因为会议精神主要靠自己记录，秘书处又未排定座次。当我找了两个合适位置放下提包之后，回首等冯局长进来入座。我等了好一会儿不见他进来，就跑到门口去看，只见门卫正在盘问冯局长。

“你是开会的吗？”

“是。”他将出席证交给门卫看，看后又问：

“开的什么会？”

“劳动工资工作会议。”

……

正在盘问中，突然门前几辆小车停下，几位衣冠楚楚的厅局长向门口走来，其中有省工业厅的副厅长等几位领导都是冯在省委党校文化班的同学，一下车就看到了冯玉俊，老远地就喊：“老冯！”

相见后一一握手，分外热情，他们拍着冯的肩膀问：“是来开会的吗？”

“是。”

“在哪里供职？”

“在西和县。”

“当县长吗？”

“不，在民政局。”

……

门卫见此，再未发问和阻拦，而以惊讶的目光看着他们说说笑笑地步入会场。我接上冯后，便领他入座。

原来，他进会场时穿着一身浅灰色制服，洗得虽然干净，但袖肘和衣领处仍有几块补丁。门卫不是现在的保安，而是省劳动局的干部，他们非常认真。看到冯的穿着，不像与会干部，因为这次会议是1949年后第二次涨工资的会议，与会者一般穿着整洁，像他这样的根本没有。

这件事对他的刺激太大了。他虽然忍住了心中的怒火，却窝了一肚子的气，“其他人出席证一亮就放行，偏偏要把我问来问去，纠缠不休”；“真是以貌取人……”但又一想，“这是他们的责任”。以前他也穿这样的衣服参加一些会议，不但没有受到歧视，反而赢得了人们的尊重。1963年在天水地区招待所召开的民政人事工作会议上，我与冯局长坐在台下中间的位置，地委书记武修亮发现后硬要冯上主席台就座，他不肯，便亲自下来将他拽上主席台。地区民政局局长杜璟琨对他亦很尊重，讨论中常常征求他的意见，与会同志对朴素的他都投来了敬重的目光。这次是个例外。

“衣帽取人”虽然不对，但现实生活中比比皆是，谁能杜绝它呢？于是他下了决心，要用平反补发的160元钱缝制一套漂亮衣服。利用休会时间，叫我陪他上街选料，在一家大商场里有浅绿色的日本海军呢，一米55元，一铜钱厚，高档极品。他买了2.6米，拿到一家缝纫社制作。10天后他取了回来，穿上十分合身得体。他准备再买一双皮鞋，心想穿上这套衣服不会有人再难为他了。不料，与会的张掖行署民政局局长从报道簿上看到了他的名字，前来看望他，这位局长是他的老乡又是延安时期的老战友，年纪比他略大。交谈中，得知冯玉俊做了一套新衣服，让他拿出来看看。

冯玉俊拿出来，他穿上一试，感到十分可身气派，就叫冯玉俊让给他。冯不好说什么，他便掏出了150元钱放到桌子上，让他重做去。实际上，那套衣服他花了将近180元，重做还要再添30元。

衣服被拿走了，我心里一凉，觉得好不容易做了一套合身衣服，反叫别人拿去了，而且还要亏30元钱。第二天午休，我陪着他再到那家商铺去买，结果那种毛料已经售完，其后我俩走遍了兰州市大大小小的商铺，再未找到那种毛料。后因距会议结束时近，索性没有再去重找重做。

回县后，我将冯局长的这段经历向局里的同事讲了，大家心里都很难受。以前我对冯局长的家庭经济状况不甚了解，认为冯是18级干部，月薪99元，和副县长拿的一样多，但大人小孩穿得都很朴素，吃饭和家用都很简单，心里总有点迷惑不解。局里的老同志向我介绍了他家的实情，后又到他家里去了几趟，才知道他如此困难、如此拮据的原因。

其一，他抚养了一位烈士的女儿。1955年，一位姓张的老乡，夫妻二人都在部队工作，生了一个女儿还不到半岁，接到了进驻某地剿匪的命令，便将孩子寄放在冯玉俊处喂养，临别时对冯玉俊讲："如果我活着，我来接走；如果不在了就是你的孩子。"那时，他只有一个女儿，已经6岁，爱人又没有工作，就答应了，并给这个女儿起名"和平"。他希望和平，希望孩子的亲生父母早日平安归来，与自己的骨肉团聚。但这两口子走后，杳无音信，他虽想尽办法多方联系，但未能如愿。他将和平抓养大，上完初中，又送到武威黄羊镇机械学校上学，直到参加工作与结婚。和平至今不知道她的身世，更不知亲生父母的姓与名，其他儿女亦不知此事。

1964年的一天中午，冯玉俊的爱人给儿女们说：和平不是她亲生的，她爸爸姓张，孩子们都很纳闷儿！他回家吃午饭，一进院，孩子们便围拢过来问："妈妈说，和平不是她生的？"他听到此话，大发雷霆，将爱人臭骂了一顿。他下午回到单位，怒气仍未消，我们莫敢问原委，他却主动地向我们说了此事。此刻我才知道他的二女儿冯和平不是他的亲闺女。

由于此事已相隔 47 年，他与爱人于 39 年前相继故去，和平本人当时年幼不记其事，当年我也不在意，没有向他了解和平亲生父母的姓名及经历，今天再无法弄清此事，留下了永久的遗憾。

其二，他响应国家号召从县福利院领养了一名孤儿。三年困难时期，西礼县的灾情比较严重，1961 年“下水救人”时在西和大水街天主堂设立了福利院，主要是收养孤儿。福利院归民政局领导，冯玉俊经常去福利院检查工作，他对孩子们的吃饭、穿衣、看病非常关心，一看到这些不幸的孩子就想起自己的童年。他总是尽最大努力，改善那些孩子的生活条件。在福利院的孤儿中，有两个是从礼县三峪公社来的姐弟，姐姐叫王苏毛，14 岁；弟弟叫王吴顺，12 岁。1960 年，他们父母和爷爷奶奶等五口亲人在饥荒中先后死去，只剩下姐弟俩无依无靠，在邻村流浪乞讨。他们被收到西和福利院时，已饿得脸面蜡黄，肌瘦如柴。两个孩子长得非常精灵可爱，姐姐已能帮助福利院的阿姨照看年幼的孤儿了，小的也很懂事。那时国家号召有条件的人士可以领养福利院孤儿，以减轻国家的负担。冯玉俊作为民政局的领导，首先响应国家的号召，就将小的男孩王吴顺领到自家喂养，供他上学，取名冯忠。他对男孩的姐姐也是无微不至地关照，都当作自己的孩子。

此时，他已经有了三个女儿和一个儿子，三年后又生了一个男孩儿，取名冯宏。到这时，他们已有三个女儿，两个儿子，其中三个孩子上了学。全家七口人的吃穿用，三个孩子的上学，全靠他一人的工资负担，困难是可想而知的。

其三，他让大女儿的一位同学在家吃饭。1963年，大女儿冯荣上了初中，回家时，将同班的王雪梅同学领到家里来吃饭。王雪梅家住玉泉公社玉泉村，距县城 15 里，是农民的女儿，家里拿不出钱让女儿上学校食堂就餐，女儿在校做饭又有诸多困难与不便。他就让女儿把雪梅领到家里来吃饭。这一吃就是两三年。

到此，我们才完全了解年过半百的顶头上司要利用工作之余挖地种菜的真正原因，以前政府大院的人对他的这一做法颇有微词，我们也有些不太理解。到此，我们才完全明白顶头上司经常穿着打补丁的衣服，妻子腰里多时系着一根草绳，脚下踏着一双没后跟的鞋，很少见她穿新衣服的原因。至此，大家对他的迷惑与不解便一扫而光，并为他的“爱心无痕，乐于奉献”的精神所感动。

妻子刘玉琴，山西永和人，1915 年生，出身于贫苦人家。解放大西北时，她跟随丈夫西进，1949 年生了长女，1955 年收养了一名烈士的女儿，1958 年生了第二个女儿，三年后又收养了一个孤儿。其后又有一名长女的同学在家吃饭，这时在家吃饭的共有七人，有三个孩子上中小学，有一个上幼儿园。这些孩子的吃饭穿衣、上学接送、买菜购物，以及缝缝补补、洗洗涮涮、清洁卫生等都由她一人承担，其辛苦是不言而喻的。

1964 年，她已经 49 岁，就在这年又生了一个男孩。孩子出生后，他俩非常高兴，但又泛起了愁，因为她身体不佳，自身没有奶，要靠买炼乳或奶粉喂养，这对他们拮据的生活又是雪上加霜。更不幸的是，她在怀孕期间感染了肺结核，由于经济紧张，挤不出钱来，就一天推一天，没有去看医生。孩子出生后，她得全力以赴去照看孩子，时间又抽不出，同时家庭的花费比以前更大了，就这样三拖两拖，病情愈来愈严重。后来送到县医院去检查治疗，但为时已晚，医生责怪冯局长，为什么不早一点给夫人治病?

那时冯玉俊手里掌握着不少困难职工补助金，帮助不少职工渡过了难关，然而自己的妻子却因差钱错过了最佳治疗期，于 1966 年小儿子不到两周岁时被病魔夺走了生命。此前，有人提议给冯局长评一点福利，解决一下家属的看病问题，或者向人委党组写一份关于冯局长家庭生活困难的报告，但都被他拒绝了。

爱人去世后，家里陷入了难以维系的困厄之中，不满两岁的儿子无人照料，其他四个孩子的吃饭、穿衣、上学无人操心，这些都给他造成了巨大的压力和负担。再加上单位的工作，使他心力交瘁，身体也每况愈下。

1966 年，冯玉俊受到批斗。已经染上了结核病的他，体力、心力皆已疲惫不堪，怎能经受住如此打击。自此冯玉俊一病不起，从 1967 年 6 月住进了西和县人民医院再未走出。

1968 年 3 月，西和县革命委员会成立，各级干部陆续到革委会报到，冯玉俊无法离开病床，也没有继续工作的可能了。1969 年 11 月 18 日革委会要求他退休，并报天水地区革委会政治部审批，上级于 1971 年 1 月 2 日发文批复：同意退休供养。但退休后到哪里安家呢？西和县他举目无亲，老家亲人都已离世，且无住房，故要求组织帮他在天水安家。他在病榻上请人向县革委会写了要求帮助解决住房的申请，但石沉大海。

冯玉俊提出申请不到一年，即于 1972 年 4 月 16 日离开了人世。他没有看到组织对他申请的批复，没有看到儿女们安居的希望，在心愿未了时心脏停止了跳动。他去世后，县上召开了追悼会，以示告别与追悼。

一个平凡的生命离去了，但这个平凡生命却留下了一些不平凡的足迹。他曾给刘志丹、毛主席当过警卫员，却很少向人炫耀；他家境十分困难，但又收养了一个烈士和一个福利院孤儿；他掌握着数额不少的困难职工补助金与社会救济金，解决了无数人的困难或燃眉之急，自己的老婆却因差钱医治而早逝；他因一句大实话受到了处分，却毫不介意；纠正错误后他本应全额领取扣发的工资，却把机会让给了生活更加困难的同志，自己仅领到了数额很少的生活补助金；他是三等残废，却不分昼夜地忘我工作，给我们留下可贵的精神财富。而他在生命旅程中绽放的“红军精神”和“不谋私、不图利、说真话、办实事”的高尚品德与作风，值得我们缅怀与学习！

冯玉俊同志离开我们将近40周年，但他的音容笑貌犹在昨天，历历在目。其坚如磐石的理想信念，全心全意为人民办实事、办好事的情怀，坚定不移地执行党的政策、原则和敢于“碰硬”的精神，一丝不苟和任劳任怨的工作态度，以及公而忘私、先公后私、先人后己的品德，对我的影响太深。

而他的这些思想作风都源自红军大熔炉的陶冶与锤炼，他的一举一动，时时事事处处，都充溢着红军精神的光芒。正是由千千万万红军战士凝练出的红军精神汇聚成了革命洪流，砸碎了套在中国人民身上的镣铐，推翻了蒋家王朝，一轮红日从世界的东方冉冉升起。从此，中华民族复兴的大船朝着光辉彼岸乘风破浪，勇往直前……

2011年3月完稿，2012年7月再次修葺

此文在收集资料过程中得到了西和县档案馆的大力支持，得到了冯玉俊的子女和养子冯忠、姐姐王苏毛的支持，在此一并谢忱。

人民怀念焦裕禄

焦裕禄

清明节到了，兰考县梁孙庄双目失明、年近九旬的张晴大娘要人拉着架子车把她送到焦裕禄墓前烧纸钱。她怎么也忘不掉大雪封门的日子，焦裕禄推开她家的柴门，嘘寒问暖，她用颤抖的双手上上下下摸着焦裕禄问："你是谁？"焦裕禄说："我是你的儿子！"

一个又一个农村妇女，从家里带来新蒸的白面馍摆放在焦裕禄墓前，哭着喊着，要她们的焦书记走出来尝一尝。大家永远忘不掉焦裕禄与他们在一起吃糠咽菜的日子；永远忘不掉焦裕禄端起大家凑来的“百家饭”泪水簌簌落地的情景；永远忘不掉瓢泼大雨中焦裕禄拖着满身泥水、拄着棍子挨家挨户察看灾情的景况；永远忘不掉一只手紧紧压着肝脏的剧痛、额头渗着汗珠的焦裕禄察看水情，设计着治沙、治涝、治盐碱的身影；他们永远忘不掉……

焦裕禄离开人世已经27年了，但兰考人民怀念他的情思尤甚尤切。当人们看到当年的飞沙地、涝洼窝长起了纵横成网的泡桐林；过去风吹沙移、天昏地暗的茫茫沙滩泛起了层层麦浪；旧时寸草不生的盐渍碱滩，变成了郁郁葱葱的刺槐林，仿佛又看到了焦裕禄仍蹲在沙丘上，与农民群众促膝谈心。人民呼唤焦裕禄，更主要的是呼唤党一贯同群众血肉相连的好传统、好作风。

然而，在我们的干部队伍里，有一部分人却忘记了自己是“人民的儿子”，忘记了自己的根本任务是“急群众之所急，想群众之所想，全心全意为人民服务”，焦裕禄不像那些损公肥私、损人利己的人，他“敢在困难面前逞英雄”，“心中装着全体人民，唯独没有自己”。

焦裕禄在狂风怒吼、黄沙弥漫之中，在滂沱大雨之中，在漫天飞雪之中……在群众危难的时刻，下乡挨家挨户地察看帮扶，而现在的某些领导却是“下乡坐着车子转，调查隔着玻璃看，专业户家吃顿饭，群众问事不见面”的官僚习气，有些单位则是“门难进、人难见、脸难看、事难办”的衙门作风。

焦裕禄常和群众一起吃糠咽菜。而现在个别干部下乡，先电话通知基层，示意准备好美酒佳肴，群众称他们是“上午端酒杯，中午满天飞，下午早早归，再把宴席进”的“吃官”。他们用公款请客，吃吃喝喝，吹吹拍拍，挥霍国家资财。

焦裕禄的夙愿是领导群众同自然灾害作斗争，让兰考人民吃饱穿暖，临终前还要求组织把他埋在沙丘上，说：“我活着没有治好沙丘，死了也要看着你们把沙丘治好。”而现在个别干部哪里管群众的冷暖寒热，只顾上谄领导，下欺群众；争名于朝，争利于市；大搞“家族管理”“权利专业户”，“一人得道、鸡犬升天”。群众骂这一部分人是“为官一届，祸害一方”的蛀虫。

焦裕禄在兰考实际工作只有一年多时间，却给人民留下了一个共产党员的高大形象和可贵的精神财富。他永远活在兰考人民和全国人民的心中，是我们各级领导干部的楷模。奉劝那些只谋一己之私的干部们，照照焦裕禄这面镜子，迅速醒悟，幡然改图，做群众拥戴的廉洁奉公、勤政为民的好干部，好党员。

1991 年 2 月 16 日

发微阐幽，开显千古之秘

——我国著名楚辞学家赵逵夫

赵逵夫先生　2011年4月18日摄

1982 年盛夏，一篇 4 万多字的硕士学位论文引起了众多专家的兴趣，其文的第二部分《屈氏先世与句亶王熊伯庸——兼论三闾大夫的执掌》，被提交到 1983 年 8 月召开的辽宁省首届屈原学术讨论会，收入《楚辞研究论文集》，引起了学术界的轰动，有多种学术专著加以引述。1985 年 10 月，中华书局出版的《文史》第 25 辑刊发了该文，使轰动效应延伸到了海外。从 20 世纪 60 年代开始，日本有学者鼓吹新的“屈原否定论”，他们不像廖季平一样说“没有屈原这个人”，而是说《离骚》等作品是由不知名的多数人根据民间歌谣集结而成的。而这篇论文恰恰解决了屈原研究方面两千年来一直未解决的疑问，以确凿的事实否定了民初以来国内外一切“屈原否定论”者的谰言，是楚辞研究方面的重大突破。这篇文章的作者是赵逵夫。

1942年，他生于西和县北关村。1958年，他在天水新华书店买了一本姜亮夫的《屈原赋校注》，在去兰州的路上阅读，这是他正式读《楚辞》之始。1963年4月他在天水准备参加高考之时，又买了陆侃如、高亨、黄孝纾注的《楚辞选》。他在天水参加高考，住天水师范（原伏羲庙）。从他上中学到大学毕业，到天水一二十次，在天水各个书店和旧书摊买了不少书。他常说：“天水的乳汁哺育了我。”

赫赫业绩　捷报频频

崭露头角的新秀并未陶醉于这一荣耀，而是在这片充塞着众多未知数的原野上继续艰辛地耕耘开拓，后又解开了楚辞研究上的又一个未知方程，相继发表论文40多篇，被誉为求解《楚辞》哥德巴赫猜想的佼佼者。1993年12月12日，美国《世界日报》刊登题为《甘肃学者多次解开中国古典文学之谜》的报道，文中说：“西北师范大学中文系主任赵逵夫教授，在楚辞、宋前戏剧史及氏族史研究等领域，成功地解开了一道又一道中国古典文学之谜，在国内外学术界引起轰动。”台湾《中国唐代学会会刊》等多种学术刊物及报纸，香港的《大公报》《文汇报》，以及《人民日报》海外版、《文学遗产》、国务院古籍整理规划小组《古籍整理与出版情况简报》等相继刊文介绍他的学术成果；《文史》《中国社会科学》《文学评论》《文学遗产》《中国文化》《中华文史论丛》等权威性刊物发表了他的论文。十多年来，甘肃在《中国社会科学》上发表论文的寥若晨星，他是其中之一，西北师大目前只有他一人。由香港中华书局、台湾风云时代出版社、新知三联书店办的《中国文化》，亦是高档次刊物，甘肃学者在这一刊物发表论文的截至目前只有他一人。美国、日本和国内不少知名学者亦纷纷致函，评价和赞扬他的研究成果。日本汉学家、德岛大学朱治贞夫教授评价赵文是“发微阐幽，开显千古之秘”，美国华盛顿大学东亚语文系主任、研究院理事、中国古代文学博士生导师康达维教授致函：“你的关于屈原早期不为人知的作品的发现，太令人激动了”，“我完全赞同你关于某些日本学者的‘屈原否定论’根本不可信的观点”。有的致函：“大作展诵一过，殚见洽闻，原原本本，凡所考辩，甚多发现，信而有据。”还有不少学者专门撰文评述赵先生的学术观点，当代楚辞学家周建忠教授评述赵文，题目分别为《考证翔实，辨析精微——赵逵夫楚辞研究评述》[①]《旧学根底，新学气派——赵逵夫论》[②]；在他的专著《当代楚辞研究论纲》中多处提到赵逵夫及其学术观点，在下编一万多字的《赵逵夫论》中，指出：“与萧兵、恭维英同志相比，赵逵夫同志是一个‘地道’的楚辞学者，这表现在，他把更多精力放在解决楚辞本身的问题上”[③]，“作为中国屈原学会的常务理事，学界公认他是当今楚辞学中年学者中实力最为雄厚的学者之一”[④]。赵先生近年来撰写的100多篇论文中，近40%是属楚辞和楚文化方面的。楚辞学方面的不少疑团迷雾被他揭开。

赵逵夫教授在古典文学，特别是在楚辞研究上成果辉煌，跨入了一流学者的行列。他先后获得甘肃省社会科学优秀成果奖一等奖3项，二等奖2项。在甘肃省教委举办的三次高等学校哲学社会科学优秀成果评奖中，均获一等奖。另外，他还先后获得中国屈原学会颁发的“屈原研究十年”优秀成果一等奖、曾宪梓教育基金会高等师范院校教师奖二等奖和国务院发放的政府特殊津贴，被评为甘肃省优秀专家。

事业的成功，使他在学界和社会上的影响与日俱增，他被选为甘肃省第八届人大常务委员会委员，担任甘肃省对外文化传播交流协会执行常务副理事长，中国屈原学会、中国诗经学会常务理事，甘肃省诗词学会学术顾问。

他现任西北师大中文系主任、校学术委员会委员、甘肃文教系统高评会委员、新闻系统高评会委员、伏羲文化研究会顾问等。

殷殷果实 灼灼其华

一、在楚辞研究方面

近年来，赵逵夫发表论文40余篇，专著1部。不可一一开列，主要的如：

《屈氏先世与句亶王熊伯庸》（中华书局《文史》第25辑），是赵先生第一篇引起学界轰动的力作，该文的主要突破是："朕皇考曰伯庸"之"伯庸"即熊渠的长子句亶王熊伯庸，是屈氏始封君。围绕这一中心，又有许多新的发现和见解，主要有：纠正了两千年来陈陈相因的一些误说，如过去都说屈氏始于楚武王之子屈瑕，赵文证明屈瑕不是楚武王之子，他们之间仅是君臣关系；屈氏是在屈瑕之前已经存在；屈赋中提到的"三后""三王"，历史之解释人言人殊，赵考证西周末年封熊渠所生三子为楚三王，即句亶王熊伯庸、鄂王熊红、越章王熊执疵，三王为三族之祖，故名楚人西周末年春秋初年所居之地为"三户"；三闾大夫为教育王族子弟之官，也是从三王之后统指楚王族，等等。此文还解决了屈氏始封地的问题，解开了屈氏何以为甲氏之谜，为屈原与《离骚》的关系找到了铁证。从而使弥散在屈原家世方面的疑团烟消云散。

《〈战国策·楚策一〉张仪相秦章发微》（中华书局《古籍整理与研究》总第6期），是继《伯庸考》之后的又一具有重大突破的精审之作。该文的主要突破是确认"有人谓昭滑曰"中的这个"有人"是屈原。并根据地下出土的《战国纵横家书》体例，确认"有人曰"以下的那段文字，是屈原给昭滑的一封信。在论证过程中，还附带解决了一些其他问题，如原文说，张仪让昭雎告诉楚王，如果楚国从朝廷逐走昭雎、陈轸，则秦归还楚汉中，鄢郢之地。今人注解、标点《战国策》者，都将"鄢郢"作为"鄢""郢"

两个地名，而原文中与秦国亲近及秦国欲逐之者俱作“昭睢”。赵文考订，鄢郢在楚怀王十七年为秦所占；亲秦者为昭睢，而抗秦合纵者鲍彪本作“昭过”，实为昭滑，“滑”“过”（繁体字）二字隶书形体相近。昭滑为合纵派人物，贾谊《过秦论》已言之，其事亦见《战国策》《韩非子》等。赵文考屈原要求使齐之事在楚怀王十八年，于时、于事、于屈原由郢至临淄返回道里及秦国之人两次往返道里悉合。

再如《〈离骚〉的龙马与两个世界的艺术构思》（《文学评论》1992年第1期），主要贡献是：根据古本《尔雅》《周礼》的训释，及周穆王“八龙之骏”的传说，赵文考定《离骚》抒情主人公所乘驾的是神骏。诗中凡写一般乘驾以标示行程及表现人间故土之恋，皆作马；凡表示腾空而起，超然高举，脱离人间社会，则作“龙”“飞龙”“玉虬”。所谓“驷玉虬以乘鷖”的“鷖”，其鸟并不大，身五彩，群飞而行，遮天蔽日。诗人想象凭借鷖拥起来如车一样，有四龙为前导上下出入于现实世界和幻想世界之间。

《〈离骚〉的比喻与抒情主人公的形貌问题》（《中国社会科学》1992年第4期），论《离骚》中不存在抒情主人公形貌不一，忽而为男，忽而为女，或以女喻男的问题，推翻了从南宋以来朱熹近几十年中仍被奉为圭臬的旧说。

《吴回·南岳·不死之乡——探索一个与楚民族有关的神话》认为，楚民族说的“高阳氏”是吴回，也即《天问》中说的“吴获”，高阳是氏族的名称，而“祝融”是首领之号；关于吴回的神话与传说最早产生于丹水、淅水下游一带，是以荆山为背景的，以后才以今之衡山为南岳，纠正了过去人们把颛顼作为楚人远祖的误见。

除上述几篇之外，还有《〈楚辞〉中提到的几个人物与班固、刘勰对屈原的批评》《〈离骚〉释词》《屈原对诗风格情调的继承与创造》《屈原未放逐汉北说质疑与放逐汉北新政》等。其中不乏“新见迭出、多有发明”之篇或有一定突破性之章。

赵先生在楚辞学方面的突破与新见远远不止于此，由于篇幅所限，不能一一尽述。

逵夫先生在楚辞研究上的成就意义匪浅，首先肯定和捍卫了屈原这位古代世界文化名人的历史地位。自20世纪20年代我国学者廖季平提出“屈原并没有这个人”以来，尽管包括闻一多、郭沫若大师在内的一批学者严厉批驳了这种论调，但终因找不到屈原的生平、家世和其作品直接联系的证据而显得苍白。近年来，在国外，特别是日本，“屈原否定论”又甚嚣尘上，我国学者虽群起而驳之，但正面找出论据肯定屈原其人者却寥寥无几。而赵先生的这些论著不仅找到了确信无疑的铁证，而且合情合理地分析了过去产生疑义和误解的原因，从而使“屈原否定论”成为不攻自破的气泡。

二、在宋前戏剧史、汉简、帛书、氐羌史、敦煌学、《诗经》等方面

《我国最早的歌舞剧〈公莫舞〉演出脚本研究》（《中华文史论丛》1989年第1期），是宋前戏剧史研究上的重大突破。中国《宋书·乐志》中有一段“巾舞歌辞”《公莫舞》，全篇声辞杂写，无从句读，难以理解，成为中国古典文学研究的一大难题。赵先生通过研究中国古代戏剧、音乐、舞蹈史料、戏曲理论，以及汉魏时代政治、经济、兵役等方面的大量著述，考证出《公莫舞》为西汉后期三场歌舞剧脚本。后来他发现汉代一漆樽上的画面，描绘的正是《公莫舞》第一场的表演场面，以此为印证，彻底弄清了《公莫舞》的体例、术语、结构及内容。对这个天书的破译，使我国现存最早戏剧脚本及戏剧的产生时间均提前了1000多年。

另外，他的《唐代的一个俳优戏脚本——敦煌石窟发现〈茶酒论〉考述》（《中国文化》总第3期），以充足的证据考证，《茶酒论》是一个唐代俳优戏演出脚本，填补了我国唐五代戏剧脚本的空白。这些成果已被写入《中国戏志·甘肃卷》。同时，《中华戏曲》上发表的《汾阴扇鼓傩戏的形成时代与文化蕴蓄》《参军戏〈攀道〉研究》，在唐代参军戏、傩戏的研究上，也弄清了一些学者未能弄清的问题。

赵先生研究了汉简、帛书，亦收获较丰。因为他校理的几篇东西，都没有传世存本，无可参照，国内外有些很有名的专家也都研究过，有些问题未能解决，或结论未定。解决这些问题，完全是“攻坚”，是进行社会科学方面的尖端研究。

山东银雀山出土的大批竹简中，有一部分是论驭术的，断烂严重，缀合困难。学者们关于其篇名、书名、作者的看法分歧颇大，在简文的复原方面，也未能找到一个令人满意的线索。赵的《唐勒〈论义御〉与楚辞向汉赋转变——兼论〈远游〉的作者问题》认为，此简是《唐勒》书中的一篇，根据新确认的一段残简，定名为《论义御》。并依据宋玉《风赋》、庄辛《说剑》等，大体展示原文脉络。该文对屈原之后楚国襄、考两朝意识形态和文学创作风格的变化，进行了深入探讨，提出了一些极有价值的见解，并考订《远游》的作者是唐勒。其证据班班可考。自汉代王逸断《远游》为屈原所作以来，学者多从之。清末吴汝纶《古文辞类纂评点·远游》提出疑问，此后或以为屈作，或以为汉人作，或确指为司马相如《大人赋》初稿，或归于班嗣名下。赵文则以确凿的文字资料，透辟的分析与多方考证，其为唐勒所作。至此，一个千古悬案又被赵先生断明。《〈孙膑兵法〉交补》（中华书局《文史》第39期，1994年3月出版），对银雀山出土汉简《孙膑兵法》进行整理，缀合断简、调整位置、释读文字、恢复原貌。在国内外专家补充之后，又解决数十个疑难，为《孙膑兵法》的普及注本和理论研究打下一个更好的基础。它代表了《孙膑兵法》研究的最新水平。

《马王堆汉墓帛书〈相马经〉发微》（《文献》1989年第4期），是赵先生研究帛书文献方面的重要著作。这篇帛书，学者们原以为是一部书的残卷，只是对内容的重复无法解释，亦不知篇名和确切书名。赵研读汉墓帛书后，发现这只是《相马经》中的相马眼的一部分，章名《大光破章》，本在篇首，而学者们误作正文；该书并非全书，同时它包括该章的经、传、故训三部分，并非全是《相马经》经文。

在氐族史前史研究上，已完成国家社科基金资助项目“西部文化与氐族渊源”课题，其中《刑天神话钩沉与研究》[5]发表，恢复了刑天神话中被湮没的情节，揭示了它的文化历史蕴含，证明刑天为雕题氏的祖先，即后来氐人的祖先神。在我国55个少数民族中，虽未列入，但氐族史的研究，对中国史前史、先秦史、民族史、古代神话和原始道教形成等方面都有突出的意义。赵文通过考证、研究，认为氐族起源于甘肃天水以南地区。学术界认为，这是赵先生继《伯庸考》以后的又一重大贡献，也是对国际学术界几十年来“中国文化西来说”的有力回击。

在敦煌学研究上，在诸家之后研读《敦煌变文集》，亦取得丰硕成果。他的《〈捉季布传文〉校补》[6]《〈伍子胥变文〉补校拾遗》[7]《〈李陵变文〉拾遗》[8]《〈敦煌变文集〉第一卷六篇补校》[9]《〈韩朋赋〉补校》[10]等数篇文章，受到了学界的赞许，有专家评价说：“见人所失察，发人所未悟，使不可卒读之篇句，得以文从字顺，导诸家纷纭之见趋之于一。”

在《诗经》、汉赋研究上，建树亦不小。其中《论西周末年杰出诗人召伯虎》一文和收于《诗经国际学术讨论会论文集》中考《汉江》等诗作者的论著，着重从诗本文找内证，定《假乐》为宣王行冠礼时召穆公所作，“假”读“嘉”，“乐”读“音乐”之“乐”，正朱熹以来读“乐”为“洛”之误，均两千年来治“诗”者未发，而证据确凿，令人信服。论召穆公（召伯虎）之诗风，展示其作为一代政治家、诗人的风采，为先秦文学研究上的突破之作。

其《七体赋滥觞与汉赋的渊源》（赵逵夫主编《诗赋论集》，甘肃人民出版社，1995年版）一文，亦新见突兀。过去很少有人注意到：“七体赋”同楚国对问散文的关系；同莫敖子华《对楚威王》，屈原《招魂》《大招》《卜居》《渔父》，宋玉《对楚王问》《风赋》，庄辛《谏楚襄王》及《高唐赋》《神女赋》之间存在的渊源关系，以及这些作品与楚王根深蒂固的巫觋习俗间的关系。而赵先生通过对楚文学领域的漫游探窥，看到了幽隐神秘的地方，探查到了楚文学各个分支间连接点韧带与脉络布局，展示了战国末年楚国文学整体面貌，论述了《七发》在楚国散文辞赋与汉大赋之间承前启后的作用。目下，他为总主编的《历代赋评注》《魏南北朝赋评注》《唐赋评注》，及另两部著作即将完稿。在作品的简拔、注释方面可雅俗共赏，为赋的进一步研究奠定了基础。

目前，赵先生正在主持国家教委“八五”计划十年规划项目“唐前辞赋与诗之关系研究”，并主编“辞赋研究丛书”（该丛书已出版六册）；还任《诗经要籍集成》编委，承担撰写提要或进行校点的《诗经》《楚辞》等方面的四部著作，将由南开大学出版社和台湾地区出版。

在地方文学方面，有《〈张康侯诗草〉校点》，张晋、张谦研究等，成果颇丰。

治学育人　一丝不苟

近年来，赵先生的论文、著述像涌动的泉水，源源不断，而且是“捷报频传，好戏连台”，在短短的十多年间，为什么能够两度跃龙门，八次获得科研成果奖，成为蜚声海内外著名学者呢？对此，我们不得不从治学之道看他成才的轨迹。

赵逵夫出生于书乡之家。在其父赵子贤的影响下，自幼酷爱古典文学。学龄前就背了不少古诗词，入学后，父亲就给他讲了屈原的故事和屈原的一些诗句。上初中时，他读了郭沫若《屈原赋今译》，姜亮夫《屈原赋校注》。入高中后，他更加热爱古典文学，如饥似渴地寻找“文学小丛书”《古典文学普及读物》《中华活页文选》，并且能够背诵《古文观止》《屈原赋校注》《诗经选》中的大部分篇章。上大学后，除学好专业课程之外，他还利用一切闲暇时间，阅读了大量汉魏和先秦的诗书，得到了李鼎文先生的指点。1979年他考取西北师院郭晋稀教授的研究生后，把全部时间用在打基础上，先后研读了《诗经》《尚书》《春秋》三传，《史记》等，并在《尔雅义疏》《广雅疏证》《方言疏证》、段注《说文》等训诂学著作上，下了很大功夫。三年来，他没有看过一次电影和电视，把全部精力倾注在了学习上，即使在“文革”和12年的中学执教期间，在教学、开会之余，仍是关起门来在书的海洋中遨游，遍读诸子之书，研读《敦煌变文集》和中国戏剧史方面的有关著作，写成了《小学汉字教学的笔画问题》《论〈史记〉的讽刺艺术及其对〈儒林外史〉的影响》等文，于“四人帮”垮台之后发表。又完成了《天问正读》，对《天问》进行整理、校勘、翻译，恢复原貌。所写《公莫舞》研究论文约4万字，因所论系中国戏剧史上的重大问题，故一直压在箱底，准备进行更深入的探讨，直至1988年看到别人论述该问题的文章在一些关键性问题上尚未弄清，才删改自己的文章，予以发表。

正因为他在这“半亩方塘”中艰辛地耕耘了30多个春秋，阅尽了“天光云影”，才收到了“问渠哪得清如许，为有源头活水来”的效果。没有“焚膏油以继晷，恒兀兀以穷年”的磨砺，就不会有“思接千涛”“下笔如有神”之妙。赵先生深有体会地说：“我觉得自己在这10多年中取得一点点成绩，主要得益于两点：一是读作品、读原书多；二是在传统小学方面下了一些功夫。”[11]一句话，就是博览群书，广积学富。正是这些广博厚积的学富，使他插上了腾飞的翅膀。

除了广积学富之外，赵先生的治学之道和研究特点还体现在以下几个方面：

一、厚积薄发

厚积，就是赵先生说的“尽可能直接地、全面地认识研究对象，最大限度地占有材料”。[12]只有“厚积”，才会面对“事实”，而不会被虚假所误；“薄发”，就是不要想到一点就写一点，急于发表。赵在读书期间写读书笔记10余本，但他不愿马上发表，《〈战国策·楚策一〉张仪相秦章发微》是学位论文的第一部分，于1982年完成初稿，但直到1991年考订清楚了其中的全部问题，才发表，相间9年。他要求自己：对研究对象一定要通盘考察，然后再作各方面探索，提出自己的整体看法。所以他的论文有的只是谈局部问题，但在宏观上又与自己的整体看法一致，“那种连大学问家也难以避免的随文训释又相互失照的矛盾，在赵逵夫的现有研究中，是很难找到的”。[13]

二、穷根究底，磨砺本色

为了保证求得“是”而不至于陷入“非”，围绕主攻方向往往要研究所涉及的方方面面。他为了掌握先秦的新材料，集中一段时间，翻阅和研读了地下出土文物的一些文字资料；为弄清《九歌》戏剧因素的发展转变之迹，研读了古代戏剧、音乐发展史和不少文献；为了弄清《离骚》中“鹥车”想象的民族心理特征，考察了牛郎织女故事及乌鹊填河情节产生的时代；为弄清汉魏六朝和唐五代赋、俗赋同讲唱文学的关系，研读了《敦煌变文集》。

剖析磨砺，去伪存真，是赵文的显著特点。不管论者身份权威何等显赫，也不管时代多么之遥，它都能精研细琢，除却谬误。例如朱熹的“男女君臣之喻说”在《离骚》研究中、在学术界占据统治地位，而赵阅读了大量文献和考证后，一针见血地指出：“一些学者认为《离骚》抒情主人公形象前后不一，其根源乃在朱熹‘夫妇君臣之喻说’”，“《九歌》大部分写男女情爱，朱子却从中讲出‘忠君爱国的深意’；《离骚》专讲忠君爱国，他又要造出情爱的系统比喻以为表象，他们都成为表里对应的格局”，“‘男女君臣之喻说’破坏了《离骚》人物形象的完整性和一致性”。[14]又如对王逸在楚辞研究上种种误见的纠正；对班固、刘勰由于对屈原及其作品的误见而对屈氏批评不当的阐述等。他从不拘泥于权威人士已有的结论，而总是剖根究底，找出确凿的证据和满意的答案。要做到这一点，就必须占有丰富的材料和具有殷实的功底，他深有感触地说：“如果我不是从研读先秦典籍和有关先秦文史第一手材料出发，而只是斟酌去取别人的论著之见，是不可能有什么新的发现的，而如果不在音韵、文字、训诂、历史地理等方面下一番功夫，即使碰到有用的材料，也看不出价值，难以致剖璞见玉之效。”[15]赵先生就是因为在古文字学、古音韵学、训诂学、历史地理学、考古学、民俗学、宗教学等方面具有雄厚功底，才能执庖丁之刀，游刃于古典文学特别在楚辞之中，剔骨剖筋，察其精微，辨其正误，见他人之不及，识他人之未识。

三、微观研究，宏观把握，突破一点，带动全盘

赵先生研究问题，首先总是进行通盘研究，总体把握，然后再分段精雕细研。凡是较大的课题，一般是将有关方面都研究之后，再写文章，而且常常是将全部初稿完成之后，才一部分一部分地修改发表。这样既避免了随文训释引起前后失照的弊病，又能构建自己的理论体系。他把要研究的问题当作一个大系统，而把某一段、某一专题当作一个子系统或要素。这样，系统和要素之间，要素和要素之间，也就是宏观课题与微观课题之间，前后照应，上下勾连，在严密逻辑纽带张力的作用下，构成了一个完整的协调的理论体系，使单个篇目的小光点、小突破自组织成一个大光环、大突破。在具体研究方法上，往往是迂回包剿，步步为营，各个击破。

四、求实创新，一丝不苟

赵先生在《治学之道·读书与研究》中写道：“我以为不论自然科学还是社会科学，都要遵循一个实事求是的精神”；“做学问，既要大胆设想，勇于探索，又要掌握科学和有效的手段”。赵先生一贯尊重事实，尊重材料。尽管在寻常的事实材料中他能概括出新的观点，具有敏锐的眼力，但他仍在执着地寻找最直接的材料。材料和事实是创新的基础与条件，创新必须以事实为依据。同时，创新又能丰富拓展事实的内涵。赵文中的创造甚多，但无一处不是以事实为依托的。求实与创新的辩证结合，是赵文的又一显明特点。

一丝不苟，是赵先生的治学风格，不管是科研，还是教学，都表现出严肃认真、一丝不怠的高度负责精神。在中学执教时，为了尽快克服学生错别字太多的状况，他写了《容易写错的字》等；在大学教学中，发现一种《大学语文》教材有不少错误，就写出来寄给《华东师大学报》编辑部转给该书编委会。修订本出来后，他发现纠正了一部分，但又出现了一些新错误。对此，就一些主要问题写成论文发表，其中一篇被收到中华书局出版的《古籍疑误录》，被列入第一篇。

笔者与逵夫先生（右） 2011年4月18日摄

赵逵夫先生在长期的科学研究和治学育人的实践活动中，形成了一些可贵品格与学风，如学养深厚的旧学根基，“剖璞见玉”的慧眼与能力，“发前未发”的悟性与水平，“精于扶微”的大家气度，“一丝不苟”的求实精神，“通盘考虑，分段研究”的方法等，都是值得我们学习和借鉴的。愿这位“硕果累累、功绩卓著”的陇原学子，在开显中国古代文学之秘的山巅上继续攀登，直至顶峰。

注：

①《社联通讯》1988 年第 2 期

②周建忠《当代楚辞研究论纲》湖北教育出版社，1992 年 8 月

③、④周建忠《当代楚辞研究论纲》第 348 页；355 页

⑤《民间文学论坛》1988 年 5、6 期合刊

⑥《唐代文学论丛》第 9 辑

⑦《社科纵横》1990 年第 6 期

⑧《甘肃社会科学》1991 年第 2 期

⑨《兰州大学学报》1992 年第 2 期

⑩《社科纵横》1993 年第 1 期

⑪、⑫赵逵夫《读书与研究》，载《文史知识》1994 年第 12 期，第 5；3 页

⑬周建忠《当代楚辞研究论纲》第 344 页

⑭以上三段文字，均引自赵逵夫《读书与研究》，刊《文史知识》1994，年第 2 期，第 8—9 页

⑮赵逵夫《读书与研究》，刊《文史知识》1994 年第 12 期，第 7 页

1995 年仲夏

补　记

赵逵夫先生与我是同乡近邻，两家同在西和县北关村。他父亲是县上有名的文化人，在其父的熏陶下，他自幼酷爱读书，进入大学之后，更是痴迷于古典文学；在中学执教和“文革”中，他巧用时间，阅读了大量先秦文献；在三年研究生学习期间，他没有看过一次电影和电视，把全部时间和精力用在了学习上，奠定了雄厚的旧学基础。从 1982 年大学任教至今 40 年间，他依旧保持了不看电影、电视的习惯，节假日亦很少休息，把别人用来休闲娱乐的时间全都用在了学术研究与教学上。他不浪费一分一秒，不虚度一朝一夕，才积聚了山海般的学富。每当子夜，师大校园灯熄人静之时，四号专家楼常常有一户灯光依旧铮亮，那盏灯下总是逵夫先生伏案耕耘的身影。他的

这种忘我工作、奋发进取的精神为广大师生所敬佩，并激励着他的学生以他为榜样，刻苦研读，力争成才，尽早为国家效力。我深知他视时间如生命，想把一天当作两天用，每与他会晤交谈总是长话短说，不可空耗时光，因为他的一分一秒都是精神财富。

他惜时如金的品格与数十年夜以继日，潜心研究，一丝不苟的科研精神，使我崇拜敬仰之情油然而生，曾暗下决心，要将赵先生的这种治学态度、治学精神、治学之道以及他的研究成果宣传出去，以激励乡里和更多的人不畏艰辛，刻苦学习和研读我国古代文学，繁荣和传承我国优秀传统文化。

我先后撰写了三篇介绍赵逵夫学术成就与治学之道的文章，并分别发表于有关刊物，《发微阐幽，开显千古之秘——我国著名楚辞学家赵逵夫》是第一篇，也是全面介绍赵先生赫赫业绩的开山之作。此前，当代楚辞学家周建忠曾两度撰文高度评价赵文，但只评价了楚辞一个侧面，美国、中国港台地区的一些报纸或刊物也曾介绍过赵老师的成就，但均未全面系统地介绍与评述。记得 1995 年荷月，我从赵先生处找来了一包有关他的各类资料，包括发表的学术论文、国内外报刊的报道介绍以及知名学者给他的信函。我整理了一个多月，以日本朱治贞夫教授对赵文的评语为题，撰成初稿，后经赵先生亲自审定认可，投送于《天水学刊》编辑部，当年第 4 期发表。次年，又以《开显中国古代文学之秘的大师——记西北师大中国古代文学博士点的创建者，博士生导师赵逵夫》为题撰文，刊登于《发展》1996 年第 6 期。这段时期，赵先生的科研成果如地热井喷，海岸起潮，令人耳目一新的真知灼见频频涌现。我随后又写了一篇《海内翘楚，四方精英——记西北师大原文学院院长、著名古典文学专家赵逵夫教授》评述文章，载于《西部魂》2005 年第 2 期。

这次我选文编集时，决定选择第一篇入册，因为第一篇具有纪念意义，虽有级别较低，又缺少先生后期辉煌成就之嫌，但它毕竟是开山之作。此文发表后，我拿了 20 本到县上，送给了宣传文化界的领导、文化名人、赵先生的长兄，以及我们的同学、亲友等。大家看了之后，欢欣雀跃，为乡里出了一位“文学大家”而欣喜自豪，轰动效应延及乡里，赵先生的大名亦传遍四乡。此文发表不久，有人向赵先生央求，要以此文为蓝本撰写推介赵先生的文章，或改头换面，或照抄照搬，在较高层级的报刊上登载，赵先生电话征询我的意见，我欣然答应：只要能扩大宣传，让众人咸知这位“文坛新秀”，我不吝啬版权专利和署名权。其后，我撰写的第三篇推介、评价赵的文章，以同样的方式，被他人改头换面，在更权威的报刊上面世，因为他们捉刀于核心刊物，而我不及。对此，我无怨言，亦感满足；能做人梯，放弃自己的著作权，也算是一种乐趣或修行。

如我所愿，赵先生不负众望，在我的第一篇推介文章发表后的20多年间又创造了涉及多个领域的一流学术成果，正是这些一流成果将他推上了一流学者的行列，成长为楚辞等多个学科的领衔者，多家权威学术机构或项目邀约聘用，并创建了西北师大博士后流动站，被授予“甘肃省优秀专家”“陇原骄子”“全国先进工作者”“国家级教学名师”等称号。

随着先生名望地位的抬升，学习、研读或浏览他的学术著作的人越来越多，写推介文章的人亦与日俱增，其作者遍布东西南北，讨论十分热络，虽命题、角度、文体各有不同，但不少人使用了我文中的材料与观点。见此，我十分欣慰，一则逵夫先生已跻身于一流国学家行列，名播国内外，关注他的学人亦比肩翘首于四海，我可悠哉，悠哉！二则拙文已经起到了抛砖引玉和基础材料的作用。

赵先生还有一个显著特点，就是“宠辱不惊”“临渊不乱”“永志向前”。2011年春，有人对赵先生的《屈原先世与句亶王熊伯庸》《公莫舞》文中的个别问题提出了质疑，这本是学术问题，无可厚非。但后来演变成了人身攻击，在《楚辞界的赵逵夫现象》等网评中，恶言恶语甚嚣尘上。此时，我以“青青斋”的网名发表了自己的看法，现录于后：

易重廉先生说得很好，“赵逵夫先生纵横捭阖，博大精深，对屈原研究的建树，久为海内外同行钦佩，其中一二问题别人有不同看法，完全不会掩盖其学术光辉于万一。”这种观点是客观的，愚顽非常赞成。

不同学术观点的探讨与争鸣是促进学术健康发展与繁荣、理论园圃百花茁壮的强大推动力。我们要坚决反对目前学术界的不正之风，既遏制抄袭剽窃，又反对不切实际的溢美逢迎。目的是为了去粗取精、去伪存真、获得真知灼见，尽可能地接近真理。这是学界和学人的共识与基本素养。然而，我看到国学数典网在此文下，有个别楼主评论却抛弃了这一原则，好像怀有恶意，不评学术观点，只辱其人。

赵先生在先秦文学特别在屈原楚辞研究上，成果就像一片大森林，葱茏茂密，海内外同行钦佩赞誉。在这片林中有一两株病树，是可以理解的，我想古今中外没有人能够做到“竭泽而渔”或“穷尽真理”。在“信息爆炸”“知识潮涌”的时代，有谁能够将“信息源一网打尽”呢？我想赵先生没有看到1956年段熙仲教授在《文史哲》上发表的文章，出现笔误是可以理解的，不能以此全盘否定他的建树。不以“一眚掩大德”是国人的传统美德。再不能让“枪打出头鸟”的劣根性捆住我们民族前进的步伐，伤害民族的“出头鸟”！

青青斋：即张希仁　　2011.10.25

此评发表后，我发现网评中的理性成分徐徐增长，恶言讥讽逐日减少。后来全部消失，只剩“青青斋”一评论依旧在网。然赵先生在长达数年的恶语责难中始终未出面辩解或驳斥。我问其故，他说：“我不虚耗时光，做那些无意义的事；让事实去鉴别，坚信真理胜于雄辩。”于是，他继续废寝忘食，耕耘不辍，科研成果犹如雨后春笋，纷纷破土，十多年间培育出了古代文学的一片佳木秀林，登上了国家名师、国学大师的顶峰。

2020年春于金城青青斋补记

瞻仰红军长征纪念碑

1990年5月下旬的一天，我随乡镇书记班学员一起去四川松潘县参观即将落成的红军长征纪念碑。启程时，武都骄阳似火，炎热难耐，正午时分，烈日直悬当头，车厢就像一个大蒸笼，车座上，人人汗水淋漓。经过一天的炙烤与颠簸，我们夜宿南坪（今九寨沟县）。翌日清晨，我们在烟雨轻风中出发了，车在泥水中奔驰，穿过浩浩莽林，又驶进了茫茫荒原，公路两旁的草丛与荆棘也稀稀拉拉，隔三间五才有一株。行驶了三四个钟头，未见一个村庄。好在天公赏脸，云开雾散，阳光洞照，路面的积水与泥巴全然消失。

下午时分，我们抵达了目的地。山面豁然开朗，远处隐约可见的一处藏族村寨，就是松潘县川主寺，红军长征纪念碑就建在与它遥遥相对的山峁上。山峁呈金字塔形，背依岷山主峰雪宝鼎，其后是绵延数百里的雪山峰峦。山前，便是“人踪不至，鸟兽绝迹”的茫茫草地。山下，岷江源头之水激流下泄，竞相浸润富庶的天府平原。

将红军长征纪念碑碑园建在这里，是因为这里是雪山与草地的交汇处，是红军长征路上最艰辛、路线斗争最突出的地区之一，纪念意义和教育意义更加凸显。它奠基于1988年6月12日，1990年8月落成。邓小平同志亲自题写碑园名“红军长征纪念碑碑园”，江泽民、李鹏、杨尚昆、聂荣臻、徐向前、李先念、邓颖超、王震、萧克、刘华清等领导为碑园题词。它不同于其他地区修建的纪念红军长征某一事件或某一战斗的建筑，而是红军长征全过程的总纪念碑。

还未下车，一座直插云霄的纪念碑首先映入眼帘，它耸立在树木葱茏、芳草萋萋的元宝山，碑顶上挺立着一尊右手持钢枪左手握花束的红军战士的铜像，双臂呈“V”字形张开，伸向蔚蓝的天空，在阳光的辉映下，金光四射，显得格外靓丽与威武，象征着胜利和开辟未来。碑身为三角立柱体，代表红军三大主力结为一体，密不可分。碑体总高41.3米（其中铜像高14.8米，碑体24米，底座2.5米）。大家被其庄严肃穆、宏伟壮观的形象与气度所吸引，忘记了一天旅途的辛劳，下车后没有休息，就爬上了山冈。碑园内的一些扫尾工程尚未结束，还未交付使用，也没有讲解员介绍，因我们远道而来，工程处破例允许我们参观，并派了一位工程管理人员引导介绍，我们深表感谢与敬意。大家觉得机会难得，参观听讲，格外认真：仔细地观察每一座栩栩如生的巨石群雕、浮雕画廊、展厅资料及拔地而起的曲径转阁、亭榭等建筑，静静地聆听管理员的介绍，特别是对“开路先锋、勇往直前、团结北上、山间小憩、草地情深、征途葬礼、前赴后继、回顾思考、英灵会聚”九组巨幅石雕的内涵细读精讲，艺术地再现了红军长征的战斗历程，回顾和重温了红军翻雪山过草地的历史情景……

这里属四川省阿坝州松潘县川主寺所辖，北临甘青，东通三秦，南接成渝，战略位置十分重要。中央红军原计划要从这里通过松潘战役，取道南坪，进入甘肃陇南，建立川陕甘边界根据地。但由于张国焘的阻拦与延宕，贻误了战机，致使胡宗南主力集结松潘，其伍成仁师占据了漳腊，薛岳一部进驻了文县、平武，迫使红军不得不取道草地，重订了夏洮战役计划。最后，由于张国焘继续搞分裂，红一方面军单独北上穿越草地、进入甘南，而张国焘命令红四方面军将士挥师南下，再次翻越雪山。到次年四月上旬，红四方面军由南下时的 8 万人锐减到约 4 万人……

听到这里，大家义愤填膺，仿佛挤进了红四方面军的队列里，与战士们一起振臂高呼，愤怒声讨张国焘“另立中央”“分裂红军”的罪行。4 万多英雄的魂灵在雪山草地上燃烧起来的不泯之火，将永远告诫人们：分裂走向灭亡，团结就是胜利！

大家从雕像上看到身着单衣，脚蹬草鞋，手拄棍子的红军战士，在寒风呼啸的漫天飞雪中，一步一步地向雪山顶峰攀登。他们攀登的不仅仅是一座夹金山，而是 2700 多里川西北高原上的 5 座雪峰，即梦笔山、长板山、苍德山、打鼓山与夹金山。红一方面军翻越了这 5 座，红二方面军先后翻越了 20 座，红四方面军曾往返三次翻越，亦多达 20 次。在翻越雪山的路上，有红军战士掉进了雪隙、雪坑，有的滑落峭壁，有的被活活冻死或累死山坡。为了增强广大战士的抗寒能力，红三团的炊事员在雪山顶上支起大锅烧辣椒汤，把一碗碗热气腾腾的辣子汤送给了过路的战士，自己却没喝上一口而倒在了锅边，长眠于雪山之巅。后来者见此状，无不痛心裂肺，鞠躬洒泪。

从康猫寺出发的右路六团，在前进中受到敌骑兵的阻击，损失惨重，折返回来，困扎在距马河坝 20 里的一个小村庄，断粮四天，战士们靠茹草饮水延续生命，其中三分之一的战士已经变成了雪山白骨，剩余的犹如饿殍，僵卧在冰天雪地里等待救援……

大家还看到了内无果腹之食，外无御寒之衣，疲病交加，饥寒交迫的红军战士，在瘴气弥漫的牛轭湖星罗棋布，手牵着手，深一脚浅一脚地在泥潭沼泽里挣扎；有战士陷入泥潭，大家眼睁睁地看着，越陷越深，慢慢地沉没，却没办法救援……晴天霹雳、惊魂不定、伤痛揪心之事时有发生。

要通过鸟兽无影，人烟荒芜，道路缥缈，纵长500余里，横宽300余里，面积约15200平方公里，海拔3500米以上的草甸湿地，至少要带够10天的干粮，可是在人烟极度稀少、极度贫困的毛尔盖一带，哪里能够筹集到这么多粮食呢？他们只带了三四天的口粮就出发了。断粮后，战士们挖野菜，刨草根，充饥肠；或吞嚼火烧水煮后的皮带、皮鞋、枪带、马鞍等，就靠这些东西填充辘辘饥肠、维持着羸弱的生命。

没有帐篷、没有被盖，战士们围着篝火坐拢一堆，你挤我，我依你，靠着相互间的体温抵御着高原刺骨的寒风和凛冽的霜霰。每当黑夜过去，宿营地上总会留下盖上一层薄霜的英雄……

红军在这里发生的每一件故事，无不让人撕心裂肺，六腑沸腾；无不让人感激涕零，泪水奔涌；无不让人灵魂震撼，肃然起敬！

过雪山、走草地的这段时期，是红军长征最困难、最艰辛的时期，也是中国革命的至暗时期，亦是独夫蒋介石“狂想症”的“高潮期”。然中国工农红军在以毛泽东为首党中央的正确领导下，终于粉碎了蒋介石集团的围追堵截、剿杀的阴谋，走出了错误路线的囹圄，扫除了分裂的阴霾，创造了令世界震惊的人间奇迹——二万五千里长征，将革命的火种撒播在沿途各省，迈上了中国革命的新征程，为迎接新高潮、开创新局面而继续奋勇前进。

这里的一山一水铭刻着红军的伟大壮举，一石一木颂扬着英雄的昭彰业绩，处处感人肺腑，件件催人泪下。学员们心里个个饮泪泣血，喉管哽咽。他们采来山花野柳，编成花环祭献在纪念碑下、雕塑像前，一致表示：要永远牢记红军翻雪山过草地的精神与毅力，学习他们为实现党的使命与宗旨，为全国人民的解放与建立新中国舍生忘死、英勇奋斗的精神，对党忠诚，对人民负责，执行政策不走样，遵守纪律不乱来，努力实现“任职一届，致富一方”的宏愿。他们说：“我们是党在农村中最基层的代表，我们的一言一行代表着党的形象；党的旗帜鲜亮不鲜亮，就看我们这些人的所作所为；我们只有以前仆后继的红军战士为榜样，不怕牺牲，忘我工作，帮助广大农民脱贫致富，过上好日子，才能赢得农民群众的信任与支持，才能为党的旗帜添色加彩，使其更加鲜艳！”

这是一次深刻的党性锤炼与党史教育，每个学员受到了红军长征精神以及雪山草地精神的洗礼与陶冶，并在心里烙下了深深的印记。

1990 年 5 月 20 日于甘肃陇南

红军长征路上的“加油站”

——哈达铺

哈达铺，这个鲜为人知的陇南小镇，在红军长征中却有一段辉煌历史，党中央一些关系中国命运与前途的重大决策和军事活动是在这里进行的。

哈达铺位于甘肃省宕昌县北部。北与岷县相峙，南与宕昌相对，既可镇守武都、文县及蜀川北上通衢，又可扼住甘南草原咽喉，胜似雄关屏障，战略位置十分重要，红军三大主力在长征途中都经过此地，深受其益。

1935 年 9 月 7 日破晓，王开湘和杨成武领导的红四团突破了长征路上的最后一道天险——腊子口。翌日，党中央率一、三军团和军委直属队 7000 多人顺利通过腊子口，攀越了上下 50 余里的大拉梁。19 日，红四团占领了哈达铺。次日，晴空万里，金辉铺地，山水旖旎的哈达铺更加妖娆，在和煦的阳光中毛泽东、彭德怀率领的主力部队到达了哈达铺，张闻天、周恩来等中央领导相继抵达。广大指战员看到哈达铺：蓝莹莹的天，黄澄澄的谷穗，一群群的绵羊，一排排整齐的树木，与“六月白雪飞，兽鸟行踪绝”的雪山草地相比，“仿佛换了一个世界”，“个个喜形于色，心情为之豁然开朗”。红军的到达，打破了小镇往日的宁静，出现了历史上从未有过的热闹场面。长期在国民党鲁大昌军队蹂躏下的贫苦农民看到不拿群众一针一线的红军战士，犹如天降神兵，突然出现在眼前，惊喜万状。他们从四面赶来，围拢住红军战士嘘寒问暖、问这问那，好像久别重逢的亲人一样，格外亲热。有的端来了茶水，有的送来了吃食，有的腾出了自家的住房让红军战士歇息。在毛泽东、周恩来、张闻天等中央领导人从旋窝起身到哈达铺的路途中，受到了沿途回汉群众的热情欢迎。一贯重视群众工作的毛泽东，一到这里，不顾戎马辛劳，就深入群众之中，访贫问苦，了解情况。当看到一些贫苦农民无隔夜之粮时，立即指示部队用大米、白面、食盐赈济他们。

为了更好地发动群众、宣传群众和扩充红军，红一方面军在中街戏楼前召开了有 500 多人参加的群众大会，毛泽东在会上讲了话。他用通俗的语言、深入浅出的道理，讲述了红军的宗旨、北上抗日的方针及自己组织起来翻身闹革命的道理，并号召群众大力支援红军、踊跃参加红军。讲话时，他还不时地询问坐在面前的一位叫颜协曾的贫苦农民，是否能听懂他的话，当颜点头表示听明白了以后，才接着继续往下讲。此后，毛泽东还接见了这位被当地群众选举出来的群众代表，鼓励他好好地为穷人办事。

哈达铺是一个回汉杂居的比较富庶的地方，盛产小麦和药材，物美价廉，一头肥猪只卖 5 块大洋，一只肥羊卖 2 块大洋，鸡鸭蔬菜都很便宜，是部队休养生息的理想之地。为了尽快恢复战士极度虚弱的体质，军团供给部给每个战士发了 1 块大洋，用以改善伙食，政治部要求各连队办好伙食，“要大家吃得好”。红军战士人人兴高采烈，好像过年一样，杀猪宰羊，再加上缴获来的大米、白面和小贩运来的蔬菜，伙食办得相当不错。

在部队改善伙食的同时，政治部发出了新的命令，要求各伙食单位邀请驻地附近的老百姓一起来会餐。各连队接到命令后，纷纷邀请驻地周围的群众，以最好的饭菜招待他们，为回族群众还另办了清真席。当乡亲们坐在餐桌前望着红军战士为他们拿筷箸、端饭菜、敬热酒时，激动得泪水直流，连连致谢。与王开湘团长一起就餐的房东老大爷再次接到王团长的敬酒时，泪水盈眶，解开领扣，站起来慷慨激昂地说：“红军乃仁义之师，如此尊敬老百姓，自古至今实为不多。红军乃天降神兵，一夜攻克天险，自古至今亦属少见。老汉今年六十有七，愿代表乡里向诸位一拜！”说完离席，右腿屈膝下跪。当王团长和杨政委（杨成武）搀扶起来后，他又说：“你们初来，就如此赤诚相待，尊敬老人，令人终生难忘！”后又竖起大拇指说：“有这样的军队，老百姓就有指望了。”

毛泽东领导的中国工农红军纪律十分严明，所到之处秋毫无犯，不仅亲眼见过红军的哈达铺人众口皆碑，就连远隔数十里、数百里的周边群众无不交口称赞红军的纪律和热爱人民的功德。距哈达铺数百里的夏河县美武寺法台热旦加措得知红军纪律严明，十分感动，派人将两驮糌粑、一驮酥油及麝香、狐皮和一条哈达送给了哈达铺红军。红军离开驻地时，又把住房、院落、锅台、灶房打扫得干干净净。这一切，都给哈达铺人民留下了不可磨灭的印象。

哈达铺，是红军长征路上的“加油站”。它以丰富的粮、油、肉、蛋壮实了红军战士的体质，拂去了雪山草地酿成的饥寒疲惫与瘦弱。在这里，部队买到了棉花与布料，给部队做了一批军单衣和棉衣；买到了烟草和纸张。进入雪山草地以来，一直买不到这些东西。在这里，一些吸烟的指战员买到了纸烟，心情更觉爽快与舒畅；还买到了红绸，补做了军旗，装饰了号兵；更重要的是买到了药品和盐巴，保障了广大战士的健康与体力。总之，在这里红军的粮草军需得到了极大的补充。彭德怀在《自述》中回忆说：“出腊子口，行军中常见道旁有同志无故地就死了。那时干部和战士真是骨瘦如柴。”杨成武同志在回忆这段历史时说：“哈达铺整编，是长征中名副其实的加油站！”

事实上，广大红军指战员在这里才理了发，洗了澡，并拆洗和缝补了衣服与鞋袜，改变了前些时日衣破鞋烂的外观形象。

哈达铺，是中国革命征程中的“定位针”和北上抗日的“起航点”。

在这里，红一军团政委聂荣臻得到了一张国民党的报纸，即刻派人送给了毛泽东。从这张报纸上得知：陕北有一块巨大的“赤化区”，有刘志丹、徐海东的革命军队。见此，毛泽东、张闻天、周恩来、博古谈得眉开脸笑。在“山重水复疑无路”之时，看到这条消息该是多么高兴，又是多么宝贵。这条消息，使党中央确定了向甘陕根据地前进的正确方向。

9月22日上午，党中央在毛泽东住地召开了中央领导同志会议。下午，党中央在哈达铺关帝庙前的院落里召开了全军团以上干部会议。会上，毛泽东作了关于形势和军事整编的报告。首先，他讲述了红军长征近一年来的基本情况和成绩，蒋介石醉心于打内战的反动态度，我党北上抗日的决心以及张国焘分裂党的错误行径等。最后，他以洪亮的声音号召大家：“胜利前进吧！到陕北只有七八百里了，那里就是我们的目的地，就是我们的抗日前进阵地！”

在这里，党中央不仅决定了红军最后的落脚点，而且还正式组建了由彭德怀任司令员、毛泽东兼任政治委员的中国工农红军陕甘支队（又称北上抗日先遣队）。陕甘支队的成立，进一步加强了党对红军的直接领导，增强了部队的战斗力。从此，中国工农红军又以新的路线方针和军容风貌出现在中国革命的征途上。

光阴流转，时序更替。哈达铺人民以其丰富的乳汁润济了红一方面军的健儿，送他们上北去抗日的征程。一年之后，又迎来了红二方面军和红四方面军的英雄战士在这里休整，又以她充盈的膏液滋补着指战员疲弱的肌体。1936年7月初，在艰难困厄中跋涉了一载，三过雪山、两过草地的红四方面军与贺龙、任弼时领导的二、六军团在甘孜胜利会师。张国焘南下路线在人员损失过半的严酷事实面前彻底破产，他另立中央分裂党的活动亦无市场。在朱德、刘伯承、董振堂等人的斗争和坚持下，在贺龙、任弼时等人的促使下，他不得不同意与二方面军一起北进。在茫茫草地上又经过了近一月的艰苦行军，于8月初抵达包座、毛尔盖地区。稍事休整后，继续向北挺进，红四方面军先行，红二方面军紧随其后，实施“岷洮西固战役”计划。8月9日，红四方面军程世才、李先念之部与骑兵师一部突破了腊子口，10日，邵立坤、张文德率领的89师到达了哈达铺、大草滩一带。24日，由陈后钧、王震、彭绍辉领导的红二方面军第六军越过大拉梁，到达哈达铺。9月1日到5日，红二方面军的总部与第二军等全部到达哈达铺。至此，哈达铺一带先后驻扎着红二方面军和红四方军的部分战士共1万多人。二方面军总指挥贺龙、政委任弼时、副总指挥萧克、副政委关向应、参谋长李达等首长都住在了哈达铺及其周围，这里成了二方面军的指挥中心。

二方面军到达哈达铺之后，按照党中央8月1日电报精神，休整了5到10天。9月8日，二方面军在哈达铺根据中央指示，由贺龙、任弼时、萧克、关向应联名签署发布了第二方面军基本命令。

红二方面军在哈达铺仅住了10多日，红四方面军也只住了月余。但他们却帮助地方作了大量工作。

首先，红军在哈达铺周围各村进行了广泛的宣传活动，在各村墙壁、沿途路旁都书写了“红军是穷人的亲兄弟”等标语。

其次，红军战士还发动贫苦农民组织起来，打倒土豪，分田地。

再次，是在红军的帮助下，建立了人民政权和群众武装。

第四，在红军的教育和影响下，哈达铺人民积极支援红军，保护红军和参加红军，为保证部队休整作出了贡献，不仅为红军筹集了充足的粮秣，为红军战士烧水、洗衣、缝补和送菜、送物外，还想尽一切办法抢救和掩护遗留下来的伤病员。红军离开后，国民党回哈达铺反攻倒算，凶狠地屠杀红军伤病员、流落战士及革命群众，哈达铺人民则舍生忘死地抢救与掩护，甚至有人还为抢救与掩护献出了宝贵生命。根据1952年民政部门的统计，岷县、宕昌县、哈达铺镇一带群众掩护和救治下来的红军战士达七八十人。

红军因通过雪山草地和战斗，减员严重。为了保持红军的战斗力，壮大红军队伍，十分重要。一经动员，报名者蜂拥而来，仅哈达铺、布树沟两个村就有300多青年农民报名参加了红军。

毛泽东、周恩来和红军部队在哈达铺居住时日虽然不长，但在人民心目中却留下了艳阳般的形象和金子般的记忆。哈达铺人民每当想起那段幸福时刻，感到无限温馨与甜美。

在举国上下，共同纪念毛泽东诞生100周年的日子里，哈达铺人民更加怀念为贫苦大众翻身解放与谋求幸福而操劳一生的毛主席，更加怀念为国捐躯的红军战士和哈达铺的优秀儿女，更加怀念与红军战士一起会餐的幸福时刻。哈达铺人民殷切希望：红军时代的那种党与人民血肉相依的关系和红军的优良传统与作风永远保持下去，并不断发扬光大。

1992年5月

历史沧桑见作风

作风不仅是体现一个人的文化、修养、思想、道德、素质和精神风貌的标尺，而且还是决定一个政治集团、党派、民族或国家盛衰兴亡的根本性因素。“得民心者得天下，失民心者失天下”，这是不依人们意志为转移的王权更迭和统治力消长的规律，然而“得民心”和“失民心”的分水岭便是“作风问题”。作风决定民心向背，决定权力更迭，这是历史的结论。在人类历史上，凡“违背民意”“剥夺民利”和作风腐败的统治者都无法逃避“水能覆舟”的命运；凡具有“顺乎民心、体现民意、代表民利”作风的政治集团，一定会得到“水能载舟”的功效和历史的褒奖。中国的封建王朝一般都经历了从“得民心而兴”到“失民心而亡”的历史过程，民心向背的根源与实质是执政者的“作风”。

我国历史上第一个封建王朝的建立，就是顺应了人民要求结束“诸侯混战”与“天下太平”“生活安定”的“民心”所致，正是这一“天下思定”的“民心”使秦“席卷天下，包举宇内，囊括四海，并吞八荒”，使“天下之士，斐然向风”，最终统一了华夏、统一了文字、统一了度量衡，创建了中华大一统的封建专制制度，开辟了中国统一的先河，建立了与天地长存、与日月同辉的不朽功绩。但人们不会忘记，横扫六国如卷席的“秦鞭”，虽然创建了华夏大一统的伟业，但又残忍地指向了芸芸众生。“焚书坑儒”的结果是“坑灰未冷山东乱”，“苦徭重赋”与“严刑峻法”的结果是“揭竿为旗”，“收天下之兵（兵器），销锋铸鐻”的结果是“瓮牖绳枢之子，氓隶之人”的“斩木为兵”。不可一世的秦始皇万万没有想到“铁甲长剑”和“驷马高车”的统治竟会“一瞬即逝”。苦心修筑的万里长城却无法抵挡残暴政风酿成的“强权”崩塌，留下的则是“秦人不暇自哀而后人哀之”的历史惊叹！秦倘若有“复爱六国之人”的胸怀和作风，虽不能“可至万世而为君”，但至少可传递三世四世。然而他只是一味残酷地掠夺民财、压榨民力、杀戮民众，修建极度豪华奢侈与雄伟壮观的阿房宫，且霸占六国嫔妃，豢养数千佳丽，胭脂成河，尽天下美色于一人，尽天下财富于一身，尽天下权力于一族。就在这强权暴政、践踏民心的作风中秦王朝覆灭了。

“六国”的灭亡同样不是秦国的“良将劲弩，信臣精卒”和“坚车利刃”所致，而是由于六国的统治者没有“各爱其人”的作风造成的悲哀。

名噪天下的盖世英雄楚霸王虽拥有十倍于刘汉之兵，但“刚愎自用”的作风和霸气使他节节溃败，直至身陷“四面楚歌”“十面埋伏”的绝境，不得不“别姬”垓下，留下了霸业未成、愧对江东父老的遗恨而自刎乌江。

隋炀帝继位时，全国经济比较兴旺，国家实力比较雄厚，人民生活比较安定，开始时他也想有所作为，重建西域交通并在西域召开万国商品交流与博览会，修驰道，筑长城，开通大运河，对维护国家安全、改变交通运输条件和扩大商品交流等发挥了积极作用。但他“竭泽而渔”和“苦役民力”的作风愈来愈盛，再加上他穷奢极欲、纵情声色的糜烂之风日趋加剧。人民不堪重负，难以生存。在这民不聊生的环境和条件下，人民不得不揭竿而起。正是由于贪婪残忍与生活作风的腐败，他命丧江都。

唐太宗李世民即位，以隋亡为鉴，“居安思危，戒奢以俭”。采取了选用廉吏诤臣，反贪征腐，推行“均田”、休养生息等政策，创造了社会安定，生产发展，物价稳定，人口快速增长的“贞观盛世”。唐玄宗即位初期，革除了武周后期的一些弊病，继续推行“贞观之治”的一些良策，加速了社会经济的高速发展，创造了经济繁荣、民殷国富、万国来朝的“开元盛世”，国都长安成了亚洲经济的中心。然而后期的他，却沉湎于“回眸一笑百媚生”的“天生丽质”，只知道“芙蓉帐暖度春宵”“缓歌慢舞凝丝竹”，不再早朝问政，亦不关心国运民情，致使生活腐化，朝纲腐败，最终酿成长达七年的“安史之乱”，山河流血，百姓流泪，使繁荣昌盛的唐王朝从此走向了衰败之路。正是李隆基作风的改变，结束了“万国衣冠拜冕旒”欣欣向荣的盛唐景象，取代这一景象的则是“藩镇割据”“江河日下”。

明崇祯帝曾想力挽狂澜，当机立断，重整朝纲，拯救统治大厦于不倒，然而官风日下，内部已腐败不堪，“君虽非亡国之君，但臣皆亡国之臣。”就在统治者内部“寸权必夺”“寸利必争”“无官不贪”“无官不腐”的作风劲吹之时，燃起了农民起义的熊熊烈火，明王朝在烈火中覆灭了。

农民起义领袖李自成被《明史》称赞为“不好酒色，脱粟粗粝，与其下共甘苦”，且能礼贤下士，收揽民心，敢作敢为，与起于草泽的刘邦、朱元璋之辈相比，很有过之而无不及的英雄气概，曾以摧枯拉朽之力、急风暴雨之势攻陷了北京，覆灭了明室。然而数十万大兵同居京城享乐，在过分陶醉胜利之中，军风军纪日渐败坏，抢劫民财、杀戮民众、欺辱民妇之事频频发生；急于黄袍加身的李自成身居皇宫，忘记了内忧外患；丞相牛金星忙于筹备登基大典，对败坏的军风军纪无暇顾及，甚至视而不见，大部分上层军卒沉湎于敛财和酒色之中。就在这昏聩糜烂作风肆虐之际，李自成建立大顺朝的美梦破灭了。

历时 130 多年的“康乾盛世”，是我国封建社会最后一个辉煌时期，在这个历史时期内，中国社会的各个方面的发展在原有体系框架内达到了极致，其国力殷实，经济领先于世界水平。乾隆末年，中国经济总量居世界第一位，人口占世界的三分之一，对外贸易长期出超。其中，农作物的总产量居世界之首，人均商品流通值达 1.5 两白银。到 19 世纪初，在全世界拥有的10个50万人的大城市中，中国就占了6个。然而就在这一时期，世界的另一面发生了资产阶级的社会革命、技术革命、产业革命，西方的科学技术和生产力以惊人的速度向前发展。但当时的清王朝统治者却看不到也不愿看到这个世界的巨大变化，拒绝学习西方的先进科学技术与经济、政治和社会制度，反诬说是“奇技淫巧”“异端邪说”，根本没有改革、创新和与时俱进的胸襟与作风，只是顽固地保守和维护封建统治阶级权力的窠巢。康熙是我国历代皇帝中绝无仅有的一位喜爱科学技术的皇帝，曾请洋人专门给他讲授西方的数学、物理、天文和地理知识，并对西方科技产品很感兴趣。但他没有像日本明治天皇、西乡隆盛等人那样把西方科技当作改造国家经济、改造社会、改造民族和提高国力的工具，组织、动员全社会学习效仿，而仅仅局限在个人的兴趣爱好之中，实际上，他怕民众学习了西方的礼教和科技后民心开化、民不服管，会动摇他的统治。慈禧太后起初也曾赞成和支持“变法”，也讲过“今宜专讲西学”的开明之词，但她支持“变法”的底线是“不能损害她个人的权力和王公贵族的利益，不能改变封建的政治体制”。其他各位皇帝对西方的科技产品也很喜爱，但只是收藏在宫廷里欣赏玩乐。他们没有“睁眼看世界”“科技强国”的胆略和“与时俱进”的作风，特别是那些八旗王爷极力反对洋务外事，抱着封建“祖制”的旗幡不放，竭力维护王室和贵族权力，故步自封，夜郎自大。乾隆皇帝虽在整治吏制上有所建树，但游山玩水、寻花问柳、纵情声色的作风对官风日下也影响不小。就在这保守思想、保守作风的支配下，清王朝的生产力发展就像蜗牛爬行，而西方的生产力就像高速列车飞速前进，到了1840年，中国的年产铁量只有2万吨，不足法国的十分之一，不及英国的四十分之一。1825年，英国建造了世界上第一条铁路，到1840年，全世界的铁路总里程已达9000公里，而中国百姓不知道铁路为何物。从康乾盛世末年至甲午战争的短短100年间，中国的经济总量由占世界的32%降到了6%，而西方的经济总量由占世界的32%跃升到62%。中国的科学技术也由以前占世界的 54% 降到 0.4%。至此，偌大的清王朝在西方的“船坚炮利”面前不堪一击，闭关自守的国门狼烟四起，“康乾盛世”的光环已经衰变为“残阳余晖”。正是这种“封闭保守”和“闭关锁国”的作风，使大清帝国一步步走向衰微，直至灭亡。

中国共产党之所以能够把“星星之火”燃遍大江南北，把红旗插遍全中国，就是因为中国共产党在长期的革命斗争中秉持“攻无不克、战无不胜”的法宝，这个法宝就是毛泽东同志总结的党的三大优良传统和作风，即“理论联系实际的作风、和人民群众紧密联系在一起的作风、批评与自我批评的作风”。随着革命与建设事业的发展，这个优良传统和作风的内涵不断丰富与发展，主要有：求真务实的作风、实事求是的作风、全心全意为人民服务的作风、群众路线的作风、民主的作风、依法治国的作风、公开透明的作风、不断解放思想和创新的作风、科学决策的作风、与时俱进的作风等。为了确保这些优良作风的有效实施和贯彻，党中央作出了一系列加强党的建设、改善党的领导作风的决定，制订了有关条例和法规，以约束和规范党的各级组织和各级领导干部的行为与作风，使党的制度机制和思想作风建设取得明显进步。尽管我们党在作风建设上取得了明显的成效，但仍然有一些不尽如人意的地方，党内还有一些腐败分子践踏着民心，破坏着党的优良作风，玷污着党的光辉形象；“损害民心”“违背民意”“剥夺民利”的事在我们身边还不时发生；“权钱交易”“权权交易”“权色交易”“家长制”“一言堂”“欺上瞒下”“以权压法”“以言代法”，以及“专权武断”和“顺我者昌、逆我者亡”的霸道作风还屡见不鲜。这些还需要我们作长期艰苦不懈的斗争。

作风是促进历史发展的助推器，然而历史又是检验作风的试金石，一切有益于社会进步、顺应历史发展的作风，将会通过时间的隧道而创造历史，彪炳千秋；一切阻碍社会前进、违背历史发展的作风，必将被历史的车轮碾得粉碎，遗臭万年。

历史是智慧的眼睛，又是最好的老师，我们必须遵循历史的逻辑，汲取历史的养料，时时检查我们的作风是不是“合民心、顺民意”。只有这样长期坚持下去，我们才能顺利地通过作风建设上的“卡夫丁峡谷”，才能跳出“历史周期率”的羁绊。

1999 年仲冬

筑巢引凤与吹箫引凤

当大邱庄突破单一经济的坚冰，以耀眼夺目的姿态升起在渤海之滨时，人们看到了中国农村再次腾飞的希望。10 年前的大邱庄和我们大西北的农村不差上下，粮食亩产不过百八十斤，人均收入不过几十元。10 年后，为何一跃而成为年产值 40 多亿元的中国首富村呢？

筑巢引凤已经是东南沿海发展战略的一个重要组成部分。1989 年工业产值达 1.8 亿元的山东岜山村，10 多年前是一个穷得叮当响的沂蒙小山村，环境条件比西北山区好不了多少。他们为了招聘人才、留住人才，在村北修建了五栋漂亮的浅蓝色的点式六层楼，已住进了 60 多位外来的专家和工程师。现在又有五栋点式招聘楼即将竣工。海南省根据本省实际，采取了先以低价把洋浦地产售给几家公司或经济实体，由这几家公司和实体开发房地产，筑巢引凤，吸引国外资金、资源和技术，然后由引来的“凤”再筑巢，以筑巢再引“凤”。就这样，不断扩展和壮大海南经济。

筑巢引凤，促进经济发展，已是全世界的共识。然而，在黄土高坡上，还有不少地区和部门至今模仿萧史，企冀吹箫勾引弄玉下界落尘，实现无本万利的美梦，或者乞求粗犷的西北风卷来一批凤雏。他们也认识到：发展的关键是科技，科技的核心是人才。因而他们吹奏吸引人才的动人曲，一些赤诚的学子循着箫声飞拢来了，可是既无适宜的工作环境，又无技术或学术研究的条件与氛围，甚至连起码的生活条件也难以保证，何以让他们展开知识的翅膀在振兴经济的蓝天上奋飞呢？

早在唐朝时期，杜甫就看到了“陇俗轻鹦鹉”的不良风气，而今犹然。不重视和爱惜当地人才，让本出于陇右的鹦鹉远飞他乡，对本土人才熟视无睹，或“凤凰在笯”，或“凤栖雀巢”，或“被鸡鹜聒噪围攻”。但主事者仍在那里伸颈鼓腮，吹箫引“洋凤”。舍近求远、舍本求末的现象比比皆是。不是说“洋凤”不行，而是“洋”的适应期更长。对“凤”不能平等相待，不能说不是部分人才外流的原因之一。同时，由于缺乏爱才之心和护才之德，尽管鸣奏了不少高亢之音，引来的凤却甚少。即便是来了，却又被东南沿海的凤巢吸引而飞离了。每当东南沿海开放一批城市，每当东南沿海筑起一批凤巢，中国西部的凤鸟就要飞走一批，使知识贫瘠的黄土地一次又一次地流失知识的雨露和膏血。

盘古至今，凡是要求“凤鸟”枵腹从公，无欲奉献的，弗有成功者也。如果真的为了本省、本地区经济腾飞，就要像杜甫嘱咐的那样，“心以当竹实”，“血以当醴泉”。为饲养凤鸟“剖心血”，“慰孤愁”。切不可要求凤鸟像母鸡那样天天为自己制造蛋白质，提供核黄素，亦不可急功近利，要求立竿见影。要像大邱庄那样，为他们筑凤楼，办实事，提供适宜的条件和宽松的环境，让他们的聪明才智尽早转化为生产力，创造出更多更多的大邱庄。

1993 年 3 月 22 日

阴平景谷道上的神勇与血泪

那年，我与夫人先后赴四川广元剑阁、青川沙洲、江油、绵阳、成都，以及甘肃陇南文县，陕西汉中勉县、略阳、宁强等地，寻访陇蜀古道遗存。看到了文县东南“阴平桥头”下白浪翻卷，奔流不息；看到了甘陕川交界之地嵚岑嵯峨，涧壑横列；看到了沙洲绵长平静的白龙湖湮没了昔日风光秀美的景谷县与景谷古道；看到了江油山川相接、涪水湍流，不走金牛，不路剑阁，毗连涪城（今绵阳），直抵益州（成都），想起了阴平、景谷道上的一桩千年往事，我俩心潮澎湃。他的神奇、神勇与胆略，无人企及，老叟、老太五体投地，而他的结局与引起的血光屠戮又令人寒怵心碎。

公元262年（魏景元三年、蜀景耀五年），魏相国、大将军司马昭因蜀汉大将军姜维接连寇边陇右，计议举兵伐蜀，多数朝臣以为蜀地山高路险，不可轻取，唯独司隶校尉钟会支持；征西将军邓艾以为蜀汉只是犯边骚扰，并非悉数整装挑衅，不必大举进军征讨，并多次上表陈述异议。为说服邓艾，司马昭派主簿师纂到邓艾军中传达他的旨意，进行疏导劝说，艾才表示奉命遵从。

次年，魏下诏：诸军征蜀，由大将军司马昭调动指挥，遣征西将军邓艾督三万余人自狄道取甘松、沓中，以连缀姜维；雍州刺史诸葛绪督三万余人自祁山取武街（按：应是阴平）桥头，绝维归路；钟会统十余万众分从斜谷、骆谷、子午谷取汉中。以廷尉卫瓘持节监督艾、会军事。

蜀听到魏兵将至，遣廖化率兵到沓中，援助姜维；遣张翼、董厥等至阳安关口（阳平关），为诸围外助。命令汉中诸围皆不于战守，退保汉（勉县东南）、乐（城固县）二城，城中各有五千兵卒。

邓艾遣天水太守王颀等直攻姜维营，陇西太守牵弘等去正面挑战，金城太守杨欣等赴甘松围堵。

姜维闻钟会诸军已入汉中，便引军退还。杨欣等追蹑于强川口，大战，维败走，无心恋战。又听说诸葛绪已塞道屯据阴平桥头，便从孔函谷入北道，想出诸葛绪之后。诸葛绪闻之，欲蹑姜维之后击之，便退却三十里。姜维入阴平北道三十余里，听诸葛绪军退却，抓住机会，引军急速过桥头；诸葛绪再去截堵、逆袭；维已于日前过桥头，引军还至阴平，集合士众，前往关城（阳平关）；未到，闻已破；退到白水（宁强县西南，汉白水县），遇见廖化、张翼、董厥，合兵还守剑阁，以拒钟会。

钟会率十万大众，浩浩荡荡，所向披靡，各路军旅平行至汉中，使前将军李辅围攻乐城，护军荀恺围汉城，护军胡烈攻关口。蜀将军傅佥与武兴督蒋舒守关，蒋舒因心怀怨恨而开城投降胡烈，钟会轻松破关城，获取了大量仓库积谷，径直剑阁。此时，姜维与众将，齐心协力，列营守险，钟会数攻不克，欲引军退还。艾上言："今贼摧折，宜遂乘之，从阴平由邪径经汉德阳亭趣涪，出剑阁西百里，去成都三百余里，奇兵冲其腹心。剑阁之守，必还赴涪，则会方轨而进。剑阁之军不还，则应涪之兵寡矣。《军志》有之曰：攻其不备，出其不意。今掩其空虚，破之必矣！"[①]钟会闻知艾要孤军冒险，从阴平、景谷道，直冲蜀汉中心。遂遣将军田章等从剑阁西，径出江油，以配合邓艾。

邓艾追姜维至阴平，"简选精锐，欲从汉德阳入江油，左儋道诣绵竹，趣成都，与诸葛绪共行。"[②]诸葛绪深知此道非阴平景谷商旅驿道，而是阴平道旁边的只能通过一人的单行道，其艰险绝尘，要经过数百里人迹渺渺的荒山野岭，士卒的吃喝供养无处筹集，恐未到江油先死伤大半。这不是自找苦吃，而是坑害将士，自投死路。就以“西行非本诏”（本诏是“取阴平桥头，绝维归路”）为由，进军至白水，与钟会合攻剑阁。

邓艾出身寒微，少以农事养犊为生，后为“田守丛草之吏”，但有军事头脑。司马懿见之奇异，辟之为掾，出参征西军事。先后任南安太守、汝南太守、兖州刺史等；司马师、司马昭辅政时，军事才能更加凸显，平毋丘俭、文钦之乱、解王经之围、败姜维于落门聚、段谷、侯和等。而这次诏书让自己“趣甘松、沓中以罗取维”[③]，就是连缀、牵制姜维，不让离开沓中、洮岷之地，好让钟会的十万大军顺利进军蜀川，一举灭蜀。今姜维已返回剑阁，集合各路蜀军依险据守，自己却没有完成诏书旨令，心里犯毛。邓又听说雍州刺史诸葛绪没有守住桥头，使姜维顺利过桥，回军入川，钟会以此为由，密表朝廷，言诸葛绪怯懦，被槛车征回，其麾下的三万步骑统归钟会。邓想到钟会在司马文王心中的位置比自己高。钟会出身显贵，幼年就有“非常人”之称，“及壮，有才数技艺，而博学精练明理”[④]，景王（司马师，昭之兄）平定毋丘俭作乱时，会就随从，“典知秘事”；文王（司马昭）总统六军，“会谋谟帷幄”，破寿春、诛嵇康，皆献其策，为心腹之臣；这次灭蜀，统兵十万，显然权重于己。邓艾想到这里，心里“毛”上加“毛”，便下定决心，冒死上险峰，走单道，出奇兵，擒蜀王。

邓艾经德阳亭，走阴平景谷道，绝不是“心血来潮，孤注一掷”，而是经过了详细思考与分析，认为：蜀汉国小民疲，资力单竭。又听说，后主刘禅昏庸，宦人秉政，唯一国栋姜维受挤兑，累年游弋陇右边陲，屯垦沓中，内防空虚；越过阴平群山，直抵江油，悄然兵临成都，犹如天降神兵，刘禅魂惊胆破，不得不降；倘若姜维引兵来拦截我，钟会十三万步骑可方轨挺进，要是不来，守涪（绵阳）之兵则寡，可掩其空虚，以迅雷不及掩耳之势冲其腹心，破之必矣！邓艾想到这一进军路线有“出奇制胜”、建立殊世之勋的效能，好似一道彩虹从心底冉冉升起，遂鼓起了横扫一切艰难困苦的神武勇气，信心满满，矢志不移。

冬十月，寒风猎猎，万木凋零，邓艾率领一万多身板壮实的精兵秘密行进。为避开商贾、驿站与亭、县的军备防守，便引兵轻装进入了阴平道边的无人之地，沿山岭绕行七百余里。时遇荆棘密林、巨石凸垒、峰壑裂缺、深谷高涧等封堵绝路，便伐木斩棘，凿山通道，造作桥阁。第六日，军行至摩天岭东侧的马阁山，峻峭崚嶒，极为艰险，其“左儋道”（即左担道）一段更让人胆战心惊，头顶石峰摩天，脚下峭壁千仞，路紧靠山崖，右肩担上东西不能过，只有将行囊放在左肩上，才能通行。一万多兵卒一种姿形体态、一样的步履行速，在“左儋道”上依次有序而行，仿佛一条巨龙在万里晴空中飘动穿行，是何等壮观。然“左儋道”是断头路，走出后再无路可行。于时，粮运将匮，频于危殆，人困马乏的兵卒又衣着单薄，在高山之巅的寒风中瑟瑟发抖。

危急关头，邓艾也许早有预案，一声令下，让大家束马悬车，投入山下；让士卒沿石壁边缘攀爬而下，或用毛巾、衣物将头包好，向下滚落。艾率先以毡自裹，推转而下，将士们紧随其后，或顺坡滚落，或攀木缘崖，鱼贯而下。绝大多数安全抵达山下，也有摔伤，或被滚石砸伤，还有被“咬人草”刺肤奇痒难忍的。然后集合，整理军容，急速前进，先登至江油，蜀守将马邈没有任何防备，也不知邓艾从何处而来，见一万多魏兵已在眼前，即刻投降。邓艾占据了江油，首先有了立足之地，解决了军粮问题。然后组织兵力，急速攻取涪城（绵州），以乘其空虚，攻其不备。

蜀卫将军诸葛瞻自涪还绵竹，列阵待艾。邓艾遣子惠唐亭侯忠等出其右，司马师纂等出其左，两面夹击诸葛瞻。结果儿子忠与师纂战斗不利，并退还说：“贼未可击。”艾想到这一战是生死之战，若不能及时击败诸葛瞻，或战斗拖延数日，或诸葛瞻坚壁清野、守城不战，或守剑阁之蜀兵分一支增援绵竹，自己都将成为“瓮中之鳖”。“孤军深入是兵家大忌！”又想到剑阁有“一夫当关，万夫莫开”之险，钟会虽有十万精勇，但无法越过剑门，没有用武之地，也无法增援我，倒是姜维有可能派一支部队来消灭我。于是雷霆大发，说：“存亡之分，在此一举，何不可之有！”乃叱忠、纂出，将斩之。忠、纂心里也明白，我军已进入绝地，若不能倾尽全力，背水一战，将会全军覆没。于是引兵驰还，拼死浴血奋战，大获全胜，斩诸葛瞻及尚书张遵等首级，进驻雒城（雒县，广汉郡治，后改绵竹县）。

蜀后主刘禅听到绵竹防守已破，犹如五雷轰顶，惊恐万状，不知如何以对，便召群臣廷议。有人提出去东吴，有人说去南中，后主亦倾向奔南中，光禄大夫谯周以为“皆不可”，主张“降魏”，并阐述了理由，众僚没有更好的办法，也没有改变谯周计策的充分理由。于是，刘禅采用谯周之策，遣侍中张绍、光禄大夫谯周、驸马都尉邓良赴雒城，奉赍印绶，向艾呈上请降书。艾得书大喜，行至城北，刘后主舆榇自缚，诣军垒门。艾解缚焚榇，延请相见。后主敕诸围守，悉数缴械投降。

就这样，存在了将近半个世纪的刘氏蜀汉政权被邓艾不到两万的兵卒摧垮。问君何能尔？神勇胆超凡！

邓艾遴选近两万兵卒从阴平、景谷道旁的荒野山路入蜀，是自寻死路。天气已入初冬，倘行军中有朔风摧折，骤雨侵淋，或严霜漫道，马阁山的左儋道该如何行走？马阁山尽头是陡峭悬崖，该如何用衣物裹身，滚下山坡？如何沿峭壁攀木缘崖？如何束马悬车？……是时，我想起了半个世纪前死里逃生的一件旧事。

1970年春夏之交，我与县百货公司经理闫镒同志被派到西和县六巷乡指导群众预防地震。一日，我俩从上巷村去三阳坝，中间要越过一座大山。当地林业站的一位护林员领我俩上山，到达山顶，他给我们讲述了下山去三阳坝的方向与路线后，返回了上巷。我们按照向导所说的方向行走了一段路程，进入了高树密林区，不知何年倒翻的大树变成了朽木，横七竖八。太阳被一层又一层的树枝密叶遮得严严实实，几乎看不到天空的亮光，绕过了几株横躺的朽木，再也看不见小路痕迹。那时还没有手机，也不知道什么“定位”与“导航”，没有了向导，我们只能靠自己的直觉判断，觉得沿山坡向下走应该没错儿。走了不多一会儿，我们看到了天空，无限欣喜，走到更明亮处，才发现是百丈悬崖，无法通行，要折返回去，亦不可能，因为上山同样找不到路，还要从大树朽木间穿行。我们索性硬着头皮，从峭壁边缘的草坡向下爬。手拄的棍子、挎的小包及食品已成了负担，全部丢弃。我们双手抓着葛藤、刺蔓或草根，脚踩着石缝或石棱，全神贯注地慢慢往下爬。每下行一步，都是生命的凯歌；每一次换手挪脚都是生与死的较量；略有不慎，就是生命的终结。我们花了两个多小时，费了九牛二虎之力，走下了百丈悬崖，长长地舒了一口气，转身回望，毛骨依旧悚然，作揖告别，感谢幸运之神的眷顾。

我们以为已经到了山下，紧张恐惧的情绪烟消云散，可走了不多时分，发现前边又是一处更大的峭壁，刚刚放松了的心弦又紧绷起来。我俩顾不得脚酸腿疼，打起精神，和前次一样，胆大心细，继续从石壁边缘往下爬，经过千难万险爬下了峭壁。然向下走了不多路程，又是一面峭壁。此时，我们十分困倦，很想休息一会，但想到山林天黑得早，若夜幕降临走不出，就有不可预测的危险。于是，我俩又鼓足勇气，振作精神，向下慢慢攀爬，经过数小时的手脚并用，终于在黄昏时分走出了这片原始山林。晚上十点，我们走进云山山庄的一户人家，吃饭借宿。我们向主人说了下山的路线之后，主人说：“你们命大，这个地方叫‘三壁岩’，前几天有位采药人就在那里摔死了。”我俩听了，出了一身冷汗，真是死里逃生，三生有幸。幸好，那年我们正是气壮力圆、身手矫健的年华，才逃过了这一劫。但这次经历铭心刻骨、终生难忘。

我亲身经历了心悸一生、后怕一世的“三壁岩”之险，深知邓艾之军在七百多里荒无人迹的蜀山之巅行走是多么不易。人所共知“蜀道难，难于上青天”，而马阁山“左儋道”比一般的“蜀道”更是难上十倍，非神勇者不可达也！山色秀美、风光旖旎的景谷道与景谷县，邓艾之众并没有经过，他们是从景谷道旁边极其险峻的荒山野岭上行走的。倘若马阁山下邓艾兵卒滚落之处有蜀兵埋伏，他们岂不变成了沙滩上的虾蟹或死鱼儿，任蜀人收拾；倘若诸葛瞻屯守绵竹不出，邓艾挑战不应，粮运不济，不用诸葛瞻出击，自己就溃散逃逸；倘若后主早见姜维密表，在阴平桥头、阳安关口设防，邓艾不可能进入阴平景谷道，钟会也不可能突破阳安关口，进入蜀道。有人说：邓艾孤军入蜀，就是自投死地，成为釜中鱼，瓮中鳖；然而鳖游大海瓮釜破，咸鱼翻身荡巴蜀！那些铁关险塞都被邓艾破釜沉舟、背水一战、奋死拼搏的决心与意志一一突破，啊！真是奇迹呀！

这彰显了邓艾的神勇雄风、犀利目光和义无反顾的豪侠胆略，也暴露了犂牛刘禅的昏庸与无能。

姜维，本凉州上士，心存汉室，才兼于人，诸葛亮十分器重，成长为蜀汉的栋梁。但自景耀元年，刘禅听信宦官黄皓秉权弄政，结党逼维，维不得不入陇侯和、沓中一带，表面上黩武拓疆，实际上种麦避祸。维后听说钟会将率兵伐蜀，便急向后主上表："闻钟会治兵关中，欲规进取，宜并遣张翼、廖化督诸军分护阳安关口、阴平桥头，以防未然。"[5]而黄皓接到姜维密表，隐匿不报，朝廷无人知晓。却请巫师在朝堂之上驱邪除鬼，保护社稷安宁；说什么始终未见敌人来犯，让后主安心睡觉；致未能及早设定防卫对策，派兵遣将，固关修塞，加强守备。由于刘禅的平庸暗弱，导致国家防守留下空档，让邓艾见隙而入，如履无人之地，长驱直入，直抵国都，灭亡了蜀汉政权，给后人留下了"天地英雄气，千秋尚凛然。得相能开国，生儿不象贤"的笑料。也成就了邓艾神勇天下的美名。

邓艾以不足两万步骑，用了不到月余时间，平定了巴蜀，震惊了天下；四海攘攘，蜀人悲伤，吴人怜悯，魏人庆幸；魏实际握柄者相国、大将军司马昭更是满心欢喜。当即下诏嘉奖，曰："艾曜威奋武，深入虏庭，斩将搴旗，枭其鲸鲵，使僭号之主，稽首係颈，历世逋诛，一朝而平。兵不逾时，战不终日，云彻席卷，荡定巴、蜀。虽白起破强楚，韩信克劲赵，吴汉擒子阳，亚夫灭七国，计功论美，不足比勋也。其以艾为太尉，增邑二万户，封子二人亭侯，各食邑千户。”⑥

诏书对邓艾的平蜀功勋给予了充分肯定与高度评价，说：“秦白起攻楚拔郢，汉韩信克赵、诛成安君，东汉吴汉灭蜀、擒子阳（公孙述），汉周亚夫灭反叛七国。若计功论美，都不如你。擢升为太尉，增邑二万户（曾先后封为方城亭侯、方城乡侯、邓侯、分邑五百户，六千六百户），封子二人亭侯，各食邑千户。”

此时，邓艾承制封拜，光显华夏，名震朝野。一时飘飘然，居功自傲，绥纳降附，封官授爵，安排人事，独自专之。相国司马昭使监军卫瓘给艾传达口谕“事当须报，不宜辄行”⑦。艾不接受谕旨，反说：“春秋之义，大夫出疆，有可以安社稷，利国家，专之可也”，“若待国命，往复道路，延引日月”⑧，并表示自己：进不求名，退不避罪，终不会干有损于国家之事。司马昭得知后，心里不爽，使原有的狐疑更加狐疑。

宦海茫茫，功利战场，你争我夺，暗箭难防。正当邓艾卧居蜀汉深宫，趾高气扬，喝令巴蜀，专权独断之时，镇西将军钟会想到自己率十万之众滞留剑阁不进，艾领万余人出奇平蜀，恐艾独享其功，适逢艾于时专擅独断，矜功失节，便与监军卫瓘共同构陷，罗织罪名，密表朝廷，同时将军胡烈、师纂皆表邓艾所作悖逆，有反状。司马昭是一个聪明人，遣邓艾、钟会伐蜀前就与邵悌商讨过预案：若艾平蜀后不轨，可敕钟会平之，会之所统是艾的五六倍。今见这些密表后，暗自欣喜，好似天赐剪除心头之隐的良机，即下诏书，槛车征艾，恐艾不从命，敕钟会进军成都，监军卫瓘在钟会之前先行向艾麾下各军宣示司马昭手笔令，遂收艾入槛车。

史学界多将邓艾被槛车征回归咎于钟会的妒忌阴陷，愚以为这只是一个因素，如果摄政者司马昭没有此意，必当派监察御史入蜀核实查证，弄清真相后再予以处置，而不是一见有举报就发令将艾与子忠收监囚禁，在槛车送往京城的途中，被监军卫瓘遣人诛杀。邓艾没有申诉的机会，只能仰天长叹，发泄内心的不平与愤懑，曰："艾忠臣也，以至此乎？白起之酷，复见于今日矣！"⑨其余在洛阳的儿子悉数被戮，将艾妻与孙儿们迁徙西域。将军师纂本是卫瓘派遣与田续一起去报"江油之辱"、诛杀邓艾父子的，反被乱军杀死。至此，攻克绵竹、亡蜀的两位功勋邓忠与师纂全部身亡。是时，我对流传数千年的俗语"狡兔死，走狗烹"，"敌国破，谋臣亡"有了更多的了解与感悟。

实际上，这两句古代谚语，我是在《史记》上看到的。《越王勾践世家》中记载了上将军范蠡和大夫文种辅佐越王勾践兴越灭吴并称霸的故事，功成之后，范蠡便悄然隐退齐地，给文种写了一封劝其离开越国的书笺，曰："蜚鸟尽，良弓藏；狡兔死，走狗烹。越王为人长颈鸟喙，可与共患难，不可与共乐。子何不去？"⑩后勾践赐剑要文种自裁。《淮阴侯列传》记载了汉高帝刘邦用陈平计抓捕楚王韩信的故事，韩信被捕后发出了千古一叹："果若人言：'狡兔死，良狗亨（烹）；高鸟尽，良弓藏；敌国破，谋臣亡'。天下已定，我固当亨（烹）。"⑪这是我国自春秋战国以来王朝更迭、皇权斗争法则的典型案例，也是名震华夏的军事家韩信人生经历的真实写照。

汉初，韩信仗剑从楚，数次献策项羽，不用。后入汉，拜会臣相萧何，说明来意，要求举荐；后听说前来求引荐的十余名将才因不被纳用而奔离，猜想自己也可能不被接纳，便不辞而别。萧何听说韩信已离走，顾不得禀报，亲自去追回来，留下了萧何月夜追韩信的佳话。汉王得知韩信是"国士无双"、争天下的不二人选，便择良日，斋戒，设坛场（筑拜将台），具礼，拜为大将军。听韩信对时势的解析，汉王恨得韩信较晚，遂听信计，部署诸将所击。

八月，用韩信计，明修栈道，暗渡陈仓，还定三秦，所向披靡。

汉三年（前204年），汉王引兵北军成皋，被项羽包围，军情十分危急，汉王独与滕公共车逃出成皋玉门，北渡河，驰宿修武。汉王得韩信军，低迷的军势得以恢复与振兴。

汉四年（前203年），韩信破齐，立为齐王，略有三分天下有其一的实力与国土。是时，韩信成了决定楚汉争霸胜负天平上的砝码，他倒向项羽则楚胜，倒向刘邦则汉赢，若宣布独立，则天下三分；项羽派盱眙人武涉劝韩信反汉自立，“三分天下王之？”韩信表示，汉王重用我，深亲信我，我不能背叛，虽死不易；后齐人蒯通披肝沥胆、推心置腹，并以历史实例恳劝韩信“三分天下，鼎足而居”，则安全无恙；“盖闻天与弗取，反受其咎；时至不行，反受其殃。”韩信以汉王恩重，不愿趋利背义，割据天下，想恪守忠信于一生。

刘邦看重的并不是韩信的“忠贞与诚信”，而是他善于猎捕“狡兔”的“犬牙”。天下大定后，刘邦在一次酒宴上说：“连百万之军，战必胜，攻必取，吾不如韩信。此三者（张良、萧何、韩信），皆人杰也，吾能用之，此吾所以取天下也。”此时，海内的狡兔皆被荡尽，留下猎狗有何用呢？想起“四面楚歌”“十面埋伏”的设计者不仅仅是一只鬣狗，而且是一只勇略超群的猛虎，他涉西河，虏魏王，擒夏说，引兵下井陉，诛成安君、徇赵、胁燕、定齐、南摧楚人之兵二十万，东杀龙且、西乡以报，此所谓功无二于天下也；此祸不除，必将危及刘氏江山，于是设计剪除。

第一步，夺其兵。调出齐地，将强大的齐兵掌握在儿子刘肥手中，徙韩信为楚王，都下邳。

第二步，削其势。使人诬告韩信反，用陈平计，高祖伪游云梦，实袭韩信，信不知，前去迎，令武士缚拿。因无证据，后命为淮阴侯。

第三步，灭起身。陈豨反，高帝亲自出征，吕后用萧何计，诱韩信入宫庆贺，被捉，戮于长乐钟室，夷其三族。创造了“成也萧何，败也萧何”的传奇人生。

其后，又将另一位开国功臣梁王彭越以莫须有的罪名剁成肉酱，盛其酱，遍赐诸侯，警示非刘姓者。并夷彭宗族。

剪除了韩信、彭越，吕后并未满足，感到老臣宿将的威胁依旧存在，想尽数诛灭。高祖驾崩后，四日不发丧，与舍人审食其谋："诸将与帝为编户民，今北面为臣，此常怏怏，今乃事少主，非尽族是，天下不安。"欲尽除之。这一风声传出宫外，朝野形势骤然紧张，将军郦商去见审食其，询问真情，说："果真如此，天下则危矣。"各地"闻帝崩，诸将皆诛，必连兵还乡以攻关中。大臣内叛，诸侯外反，亡可翘足而待也"。[12]审食其听此言后，即入宫向吕后报告了外界的呼声及问题的严重性，吕后知其后果，才打消了清除老臣宿将的念头，便以丁未发丧，大赦天下。这既避免了"兔死狗烹，敌破臣亡"悲剧的再次发生，保护了大批开国元勋，更重要的是避免了大汉江山的崩溃。否则，后果不堪设想，或许天下大乱，或许初建的大汉王朝成为众矢之的，沦亡于内乱的深渊。

在我国封建社会皇权至上、家族统治中，这种"功成身退"之事不胜枚举。介子推功成身退，宁愿焚死不公侯；范蠡隐姓埋名，身退从商；文种自杀；商鞅车裂；白起赐死；乐毅逃赵等。这好像是王朝更替或王权竞争中的一个"自然法则"。

说到底，"功成身退"是人性"私欲"在特殊环境与条件下形成的，是"私欲"在权利争斗中的一种表现与产物。"私欲"的膨胀要求权利最大化。"私欲"，人皆有之，生而有之，可以说是人本性中的一个组成部分。汉王刘邦是秦末群英并起中的佼佼者，捷足先登，掌握了时与势的主动权，他绝不允许卧榻之侧有猛虎存在。不论是"功高盖主"还是"声威震主"，主政者都觉得不安，想方设法铲除这一威胁。多少处在人臣之位而有震主之威，名高天下的忠信之臣因莫须有的罪名而惨死。韩信感汉王知遇之恩，誓死不自王，效忠于刘邦，以建万世之业，而没有逃脱夷三族的命运。邓艾灭蜀，已有功高震主之威，怎能逃脱呢！况司马文王在遣邓艾、钟会、诸葛绪出征之前就想好了诛灭功臣的"预案"。对防范钟会叛逆亦设定了处置办法。"野兽尽，而猎狗烹"，似乎已成为自然规律，直到今天，我们还可看到这一余毒的影子，妒才、斥才、损才，以及“武大郎开店，高于我这不用”的事情每每发生。

邓艾受命忘身，龙骧麟振，勇气凌云，将士乘势，军不逾时，荡定巴蜀，功名以成，当书之竹帛，传祚万世。然忠而受诛，信而见疑，头县马市，诸子并斩，时人垂泣，后世叹息。人们对邓艾的束马悬车、投入死地、耀威奋武、斩将摧坚的“神勇”无不钦佩。而这一神勇带来了一系列血光屠戮，不仅仅是他家族的血腥悲剧，而且成都血流遍野，景况十分凄惨。建安二十四年（219 年），关羽在水淹七军中诛杀了魏将庞德，四十三年后，庞德儿子庞会随钟会伐蜀入成都，屠杀关羽全家老小，借机报了私仇。血光逐及无辜，多么残忍，多么可悲!

流血时间较长、波及范围较广的是钟会起事，引起了北军将士的愤怒，杀姜维，诛钟会。北军中有千名兵卒属监军卫瓘所统，在钟会统领的十三万步骑中大部分跟随卫瓘反对钟会，跟随钟会起事的兵卒极少，邓艾的一万多兵士全部反钟会，原姜维旗下的十万蜀兵既缺少兵器，又缺乏战力，数支军旅相抗。在卫瓘的指挥下，矛头直指钟会、姜维及其追随他们的将士亲兵，史载死亡者数百人，实际远不止于此。后又屠戮姜维三族及其他叛军家属，血流数日。

破蜀后，朝廷颁诏嘉奖，拜钟会为司徒，进封县侯，增邑万户。封子二人亭侯，邑各千户。邓艾被擒后，独统大众，威震西土，自以为功名盖世，不可复为人下，加之猛将锐卒皆在自己手中，遂谋反。计划遣姜维领蜀兵出斜谷，自率大众随其后。既至长安，令骑士从陆道，步兵乘船入渭河顺流而下，五日可达孟津，与骑兵会洛阳，一日天下可定。然而螳螂捕蝉黄雀在后，司马文王早有预案，给会致书曰：“恐邓艾或不就征，今遣中护军贾充将步骑万人径入斜谷，屯乐城，吾自将十万屯长安，相见在近。”[13]会得书后，十分惊恐，疑司马昭已有察觉，这么大的军事动作是冲着自己来的，因此决定提前举事。事成，可得天下；不成，退保蜀汉，不失作刘备也。

司马昭的这封书信迫使钟会仓皇举事，心想与其束手被擒，不如放手一搏。于景元五年（264 年）正月十六日悉请护军、郡守、牙门提督以上及蜀之故官，发布矫太后遗诏，使钟会起兵废文王，班示文武诸官，并将所请官员全部封闭在益州诸曹屋中，准备棒杀于大坑之中。这一消息外泄，一夜之间传遍各路军营，愤怒的兵卒纷纷鼓噪而出，争先赴城，击杀钟会、姜维，以营救被封官员。当义愤的烈火已烧到眼前，钟会还犹豫不决，策划未定，决心未下，遂死于乱兵之手，岂不哀哉！

钟会自淮南以来，算无遗策，四海共知，获有当代子房（张良）的雅称，但这次纵火未燃就被山雨浇灭的事件，说明与子房差之千里，他只能谋一战，而不能划全局，更不能审时度势。韩信举事的时与势皆已具备，不能应时而取，结果饮恨亡身，三族尽夷；钟会心大志迂，不识时务，没有举事的任何条件，而匆忙起事，结果只能是血光灭顶，宗族涂地。

钟会招致血光之灾的原因很多，但最主要是其背离兵心民意。槛车征艾之后，伐蜀的近十五万大兵由他独统，觉得有了起事的资本。殊不知这十五万将士都是北方人，他们想的是征蜀后回到北方老家过太平日子，而不是为钟会争江山，夺天下，据巴蜀；从民意角度看，不论巴蜀、汉川，还是河洛、关右，老百姓希望国家统一、天下太平，不再受征伐和徭役之苦。得民心者得天下！钟会的起兵造反，首先与兵心、民望相悖，况他统兵巴蜀时间较晚，立足未稳，远未得到所统诸军将领和士兵的认可与信任。他所倚重的姜维想的却是等待机会诛杀他，恢复刘汉政权，给他献的计策是尽杀牙门骑督以上官员，显然是要将他推向万众之敌的坟场；与他共同构陷邓艾的监军卫瓘监视着他的一举一动，不时向司马文王禀报，成为诛杀他的主谋，以取代他统领巴蜀、镇西将军的大位。

常言说：画虎画皮难画骨，知人知面不知心；天可度，地可量，唯有人心不可防。朝廷诏书并没有要诛杀邓艾父子，为什么就在押解进京的路途中被斩呢？《汉晋春秋》载："初，艾之下江油也，以续不进，欲斩，既而舍之。

及瓘遣续，谓曰：‘可以报江油之辱矣。’”[14]可见田续杀邓艾是为了报江油之辱，而监军卫瓘为什么要授意田续复仇呢？《晋书·卫瓘传》揭开了谜底，说：钟会阴怀异志，因艾专擅，密与瓘俱奏其状；会死，“邓艾本营将士，复追破槛车出艾，还向成都。瓘自以与会共陷艾，惧为变，又欲专诛会之功，乃遣护军田续至绵竹，夜袭艾于三造亭，斩艾及其子忠。”[15]监军卫瓘，怕邓艾进京，还原了真相，澄清了事实，暴露了自己，故遣田续等杀艾以灭口，还可专享诛杀钟会之功。真是百人百思，千人千望，各怀己心，各有所图。钟会不知兵心，不解民望，初握十万之众，便沾沾自喜，为所欲为，血光之灾不可免矣！

钟会血光之灾的另一个主要原因是其自命不凡，私欲膨胀，异想天开。诚然，钟会自幼聪慧过人，夙著声名，弱冠登朝，已历显位，相国司马景王说：“此真王佐才也！”遂从景王东征，典知秘事；司马文王理政，亦受重用，多随身边出谋建策。这次出征巴蜀亦为砥柱，领军十万，破蜀后，阴构邓艾成功，总统巴蜀军政大权，便心血来潮。想到高贵乡公惨死的一幕，那是甘露五年（260 年），皇帝曹髦（高贵乡公）见威权日去，不胜其忿。诏侍中王沈、尚书王经、散骑常侍王业，说：“司马昭之心，路人所知也。吾不能坐受废辱，今日当与卿等出讨之。”[16]帝行已决，不惧死，率童仆数百人，鼓噪而出。司马昭的心腹中护军贾充逆帝而战，太子舍人成济向前将帝刺死，帝时年二十。司马昭不去反省，反说帝悖逆不道，自陷大祸，贬为庶人，以民礼葬之。是时，钟会以此案为铁证，以皇太后遗诏为旗帜，起兵讨伐司马文王的忤逆之罪，标明自己替天行道，是正义的；心想你司马昭可以篡位夺权，我割据一方有何不可；你们的智商、德行与我差不了多少。殊不知司马文王今日的权柄，是从青龙三年（235 年），父司马懿出任顾命大臣起，苦心经营了二十八年，朝廷的一切军政大权已全部收入囊中，奠定了篡位的基础，禅让只是早晚的事。钟会有什么基础和能量与司马昭抗衡呢？想想身边有几位铁杆谋臣和斩关夺隘的猛将？真是聪明反被聪明误，高估了自己，致使血光临门。

况“中原得鹿不由人”，中间还有许多非实力、非智谋、非德行、非众望等想象不到的因素。明明不可为而偏要为之，只能头破血流，撞南墙而死！灭了自身，毁了家族，祖上光环亦被玷污失色。常言说：识时务者为俊杰，归天命者有智慧。钟会恰恰缺乏“识时归命”的胸襟、胆略与智慧。

四川省江油县太白公园

还是那年，我俩坐在江油县太白公园涪水河畔的靠椅上，遥望着北面群山，极目寻觅和猜测当年邓艾滚落之处。遐想：邓艾若没有束马悬车、裹毡滚坡、死地奋击的神勇，他和子嗣就不会身亡，妻子和孙儿就不会流放西域，一个其乐融融的士大夫家族被他的神勇葬送了。倘若没有这次神勇之举，不仅蕞尔蜀汉安全无恙，钟会也无法打开剑门，不可能长驱绵竹，亦没有反叛的心动刺激与条件，不会出现严重的血光之灾，那该多好。

然而历史没有假设！历史像浩瀚无际的海洋，接纳着无数清流，也融汇着众多浊流；历史也像广袤无垠的天空，有阳光洞照的白昼，也有漆墨一团的黑夜；既有灿烂辉煌，又有风霜雪雨。在历史的进程中，春和景明与腥风血雨都是它的内容，也是不以人们意志为转移的客观存在。历史的车轮就是在这神勇与血光交织的大道上一往无前，在私有制社会里永远不会停息！可能在“人人为我，我为人人”的公有制社会里，这种“功成名就”者的血光之患将被囚禁在历史的牢笼里，被社会文明与历史进步的车轮碾压粉碎，被历史的洪流带入江底！我们深信：

历史进步与社会发展的车轮永远滚滚向前！

人类文明与世界和平的车轮永远滚滚向前！

注：

①陈寿《三国志·邓艾传》中华书局，2011，P649

②陈寿《三国志·钟会传》中华书局，2011，P658

③陈寿《三国志·三少帝纪》中华书局，2011，P125

④陈寿《三国志·钟会传》中华书局，2011，P658

⑤陈寿《三国志·姜维传》中华书局，2011，P888

⑥陈寿《三国志·邓艾传》中华书局，2011，P650

⑦陈寿《三国志·邓艾传》中华书局，2011，P650

⑧陈寿《三国志·邓艾传》中华书局，2011，P650

⑨陈寿《三国志·邓艾传》注引《魏氏春秋》P651

⑩司马迁《史记·越王勾践世家》中华书局2011，P1573

⑪ 司马迁《史记·淮阴侯列传》中华书局，2011，P2303

⑫ 司马迁《史记·高祖本纪》中华书局，2011，P330-331

⑬ 陈寿《三国志·钟会传》中华书局，2011，P659

⑭ 陈寿《三国志·邓艾传》注引《魏氏春秋》中华书局，2011，P651

⑮ 卢弼《三国志集解》注引《晋书·卫瓘传》上海古籍出版社，2009

⑯ 陈寿《三国志·三少帝纪》注引《汉晋春秋》中华书局，2011，P121

难以忘怀的婚礼

1962年1月，我由天水市调回了老家西和县，被分配到民政局工作。局长冯玉俊是1932参加革命的老红军，他对党的事业无限忠诚，对工作极其认真负责，对下属虽要求严格，但对其生活又十分关心。

这年秋天，女友于西礼师范学业期满将要回乡，时值国家“压缩城镇人口，精减职工”之际，中专学生一律还乡，户口原在城镇的转入城镇，在农村的转农村。女友家是城镇的农村户，我家是城镇户，如果我俩结了婚，她就可以顺理成章地转入我家，成为城镇人口，可享受每月28斤的供应粮。如不能结婚，她就要将户口转入农村，婚后可以转城镇，但要经过县城镇人口精简领导小组办公室的核准，一般要等待数月才能办妥。而这一工作由县民政局主管，由我办理。如果给我解决了，不论理由多么充分，等待的时间有多长，都会招人说“近水楼台先得月”。而那时我县99%的乡镇人口要靠国家的救济粮或返销粮解决吃饭问题，女朋友家和全县的农民家庭一样，靠救济粮维持一家人的生存。身边的同事与同学都建议我尽快结婚，将女方的户粮关系转到我家。然而我不具备结婚的条件，一无婚房，二无资金。面对这些困难，我一筹莫展，无法解决。

我家在县城北关，共有四间房，住着父母与三兄一家，在外地上学的姐姐和小弟假期回家也与父母同挤一炕，我住在单位一间办公室里。婚房只能租借，但公租房极其有限，私人出租房租金昂贵，我租不起，也不知向哪里求租。那时我的月工资只有48元，没有其他收入。每月花得一干二净，无一分积蓄。

1960年夏天，我回家探亲，母亲因病住院治疗，出院后还未完全恢复便要操持家务，我看见母亲拖着病体，面黄肌瘦，十分痛心，便产生了调回家乡，尽一份孝心的念头，没想到一年后变成了现实。现在我回到县上只有半年多，人员不熟，不知向谁借贷。我连给新人缝两件新衣，购置一点生活用品、床上用品都无为能力。何况那年月有钱也不一定能办到，重要商品都得凭票、定量供应，全国统一标准：成人月供应米或面28斤、清油4两，糖一年4两，布票一年7尺。面对这么多困难，我不想当即结婚，再等三五年，等情况好转后再办婚事。我正在六神无主、彷徨踌躇之时，老红军局长知道了这件事。

一天傍晚，局长来到了房间，问起了我的婚事。局长的资历与事迹我早有耳闻，从心底敬佩他，但他严肃认真的工作态度使我产生了畏惧之感，不敢将私事向他倾诉。今天，他满面春风，刚劲的言辞中充溢着温暖和关怀，我的戒备之心竟悄然消失，把自己的想法和盘托出。他听之后，讲了点儿看法：

其一，现在结婚年龄比较适宜，再等四五年，有点偏大。何况国家的经济形势能有多大改观还说不上，生活有多大变化也说不清。等待对两个家庭都不利。

其二，现在结婚对你们二人都有益，首先女方的农村户口能转为城镇户口，城镇户口就业比较方便，上学也比较容易。当时有些单位或地方招工招干只招城市青年。

其三，我们办任何事都要坚持“因时制宜、因地制宜”的原则。婚事也要“因陋就简，不求完美”。我和县长都是在革命战争年代结的婚，没有新房，没有彩礼，没有八台大桥，光把人接到了男方家就是了，有些中央领导也是在长征路上结的婚。

其四，困难是可以克服的。没房可以找市管会租借，没家具和生活用品可以找亲友去借。

其五，关键是要和女方商量妥，征得她的同意，一切都好办。二人要合心，黄土变成金。如果女方不同意，就不要强求。

听了局长的一席话，我茅塞顿开，决定先找女友商量，如果女方同意，就结婚；如果不同意，就再等时机。毕竟这是人一生中的大事，一般女方和女方的家庭更看重婚嫁之事。

1959年妻在西礼师范就读留影

1961年荷月的一天，我受人之托，到西和北关徐家拿一个器物，主人叫站在窗外的一位姑娘取来后交给我，当时没在意，也没有看姑娘的长相，只觉得有一股清秀之气。第二天中午，我又受那人之托，到北桥头王家店铺问事，又见那位姑娘站在柜台后边，她目不转睛地看着远方，未说一句话，也未打量我一眼。店掌柜回答了所问之事后，我即离开去向托问事者汇报。

但那姑娘的形象已深深印在了我的脑海。她仿佛是十五晚上的一轮明月，冰清玉洁；又像松石间流淌的一股泉水，天然醇香；没有一丝世俗的纤尘和淑女的娇柔，却蕴涵着学子的理智优雅和山乡豆蔻的清秀与纯朴；企冀这轮明月能落入怀抱，这股清泉能流入心田。

原来托事者是那姑娘的姐夫，他向我姐了解了我的工作及婚姻状况之后，有意安排我去看那位姑娘，也叫长辈们看看我。其实，我们两家是知根知底的同村人，由于我离乡较早，在外读书、工作多年，回家较少，觉得有些生疏。

两家有了初步的了解与意向之后，他姐夫又安排我俩见了几次面，相互介绍各自的家庭、学习、工作、生活情况，同时也询问对方的某些琐事。起初见面，她好像有戒备之心，说话不多，后来熟悉了，对我也有了一定的了解，无话不说，还谈一些不曾给父母谈及的事。其中有两件事，我印象很深，终生难忘。

1959 年，她被选送到西礼艺校读书，不久西礼艺校并入西礼师范，为全日制公费学校，吃穿和学习用品全由国家供给。次年假期，她回家度假，看到家里口粮极度短缺，一日三餐全以面汤充饥。西礼县多数人家无过夜之粮，短期内很难扭转。勒紧裤带节省、精打细算、合理规划每日用量，进行自救是渡过难关的唯一出路。她回到学校，就想自已节省几顿晚餐，让父母和兄弟姐妹也能吃上一个馒头。于是，她每隔三四天把打来的馒头借给有需要的同学，自己只吃点菜与菜汤。等攒够八九个馒头时，便向老师请假，批准后，则向那些借馍者收账。第二天清晨，她带上这些馒头回家。从礼县县城到西和，走小路，翻两座山，约 60 里。下午时分，她走到家，母亲即刻将馍分给兄弟姐妹吃，给她也分了一块，她却说："我不饿，常吃哩。"母亲真以为她不饿，便全分给了大家。事实上，她从早晨到下午已八九个小时，走了数十里，出了几身汗，一口未食，饿得两眼冒金星，躺在炕上不能动弹。看到全家人吃馒头，她内心里充满了快乐，又竭力控制着饥饿之态，不让他人发现自己浑身发软的窘况。到晚饭时，母亲烧好了玉米面加菜的糊糊，饿慌了的她忍不住喝了一大碗，才算缓解了饥饿感。

其后，她又多次重复着前边的程序，减顿省食，为家里积攒馒头或粮票，致使大量脱发和体质下降。她母亲看在眼里，有些心酸和伤感。

平时她回家常常约同学结伴而行，因为要经过长达 40 里的瞎沟，沟里人烟稀少，常有野生动物出没。有一次，她积攒下来的发糕还不多，本想再攒几块回家，但听说母亲生病，便壮着胆子独自出行，争取早日见到母亲。她一早出发，蹚过燕子河，进入了瞎沟，谷深静幽。她孑身孤影，胆寒心悸，只是加速前行，也不敢停步休息。中午时分，她走出了令人生畏的荒僻山沟，爬上了十八盘梁，突然发现一个 10 多岁的男孩儿趴在前方狭窄处，挡住了去路，无法通过。不知小孩儿是否还有一口气，她就先用手动了动他的臂膀，结果小孩儿睁开了眼。她看见这个小孩儿还活着，即刻将书包里装的准备救济家人的发糕拿出了一块，递给他吃。小孩吃了发糕后，顿时有了精神，她就将小孩儿拖起，问他："你怎么一个人到这里？"

小孩儿答："还有奶奶。"

问："奶奶在哪里？"

答："在下面。"

顺着小孩所指的方向看过去，山梁沟底躺着的老妪就是奶奶。她心里一阵辛酸悲痛，责备自己没能早点赶到这里，如能早一步抵达，奶奶不至于滚落沟底。奶奶的死就是因为瞎沟荒僻，没有人家，老人得不到食物补充体能，又长时间行走而精疲力竭，到达山梁险路处，腿脚发软，也无人搀扶，一脚不慎，滚落沟底摔死，要是能吃上一块发糕，脚腿有劲，她再一搀扶，不可能丧命。面对残酷现实，她无法让老人复生，但要想办法救助这个男孩儿，不要让悲剧降临到这个孩子身上。就问孩子："你和奶奶出来，要到哪里去？"

孩子说："到前面苏合的姨姨家去。"

“家里还有什么人？”

“只有奶奶和我两个人。”

她心里又是一阵酸楚，便牵上孩子的手，说：“我们一起走，我也路过前面的苏合村。”她原计划把孩子交给苏合公社，因为县上有收孤儿的福利院和收容站，公社也有管理收容工作的干部。她与小孩走下了十八盘梁，这里是西和苏合公社苏合村，距梁顶六七里。小孩因身体虚弱，浑身发软，但一到苏合村似乎见到了希望，腿上有了劲儿，高兴地说：“我到了，姨姨家就在这里。”说罢，与她分手，向村里走去。她站在分路口静静地望着小孩远去的背影，直到看不见身影后才起步前行。回到家里，她又惦记起那个小孩，不知姨姨家的情况怎样，有没有能力抓养这个孩子。遗憾的是没有把这孩子的姓名、家庭住址以及姨姨家的情况问清，无法再联系，也不知其后来的情况如何。

听了她讲述的两件事，我心里涌动的不仅仅是爱慕，还有满满的钦佩与敬意，她正值食量正茂之际，断食节粮，孝敬父母，帮助姊妹度过荒年，而且不让大人和弟妹发现口粮是从自己口中省出来的。在回家的荒野路上又拯救了一条奄奄一息的生命，要是没将小孩领到姨姨家，即使不夭，也会被动物残害。她还常常为没有救下奶奶而悔恨，常说：“一块发糕可以救下她的命。”她虽是一位平平常常的姑娘，却有令我折服的善心善举。为了不使亲人伤怀往事的凄凉，她将此事埋在了心底，从未对任何人述说，至今无人知晓。

我听从老局长的肺腑之言，先找女朋友商量婚事。我家是外来户，没有先祖留下的资产，家境贫寒，无钱购置婚房、家具与生活用品，也无力筹办一个像样的婚礼。我把我家的实际情况全部告诉她，让她思考抉择。她本来刚到婚嫁年龄，还可推迟四五年，但经过权衡，认为我是一个“心眼儿不坏、长相不怪、性格不躁、做人实在、可以信赖”的读书人，愿意结婚，婚后还有继续上学深造或就业机会，待在娘家不仅丧失了这些机会，还会增添家里的负担，那时毕竟生活困难，“增粮不如减口”。她表示愿意与我同甘共苦，不要彩礼，不求嫁妆，不嫌新房陈旧、家具破旧和用品简陋，一切听从我的安排，我安排成啥样就是啥样。听了她的表态，我心里乐开了花，一切疑虑全然消失。

我俩商定了嫁娶日期，各自向父母汇报，两家均表示同意，随即着手寻找房子，准备结婚用品。

我写了一份结婚申请，呈给局长，局长看了很高兴，并让我去给县长和办公室主任说一声。按照干部管理权限和惯例，像我这样的一般干部不必向县长汇报，但局长要我去，就不得不去。李鸿亮县长是山西老区人，参加革命较早，解放大西北时，随部队到陇南进行建设，政策水平高，常面带笑容，和蔼可亲，对他说事儿没有压力。我走进了他的办公室，汇报了我的事，他先问了我与女方的基本情况，后又问：“你们是准备大办，还是简单办呢？”我向他报告了家庭的基本情况与困难，只办几桌便饭，招待一下娘家与送亲的人，再无其他。他说：“困难时期，越节简越好，不要拉过多的账，今后还要过日子哩。”并给我特批了两斤清油票和两丈布票，我向县长深深地鞠了一躬，感谢他的关怀。

办公室主任何满库是本地人，知识渊博，精明能干，声望很高。听了我的汇报后，高兴地笑了起来，说：“我给你办一个新式婚礼，让机关的同志们都乐呵乐呵。”我真没想到，领导对一个没名堂、毫不起眼的小青年如此重视，不由得从心底产生感激之情，感谢领导，感谢组织。

其后，我去西和县市场管理委员会找吕忠主任，那时，县城里的私改房由市管会管理。我递交了租用公房的申请，他看过后，当即答应解决，说：“恰好，县政府旁边的后街乔家大院有两间东房空着，目前还没有钥匙。先填写登记表，待钥匙拿来后，电话通知你去看房。”

次日下午，吕主任打来了电话，我当即向局长请假出去看房。到市管会后，吕主任派了一位姓张的管理员领我去。这是民国时期县政府乔科长家的私宅，南北两面的铭柱大房由原主人居住，西面四间偏房租给了当时的县委副书记孙祺祥，东边有三间偏房，其中一间孙书记家的保姆住着，其余两间租给了我。此时，我有了新房，最困难的一个问题顺利解决，我如释重负，喜上眉梢，乐在心头。

接下来就是收拾新房、置办婚嫁用品、筹备迎亲事项与婚礼。这些都是因陋就简，能凑合就凑合。我们将房子打扫干净，顶棚与床上墙壁用旧报纸一糊，挂上一幅花鸟四扇屏，堂屋正面请人写了一幅中堂与条对，室内贴了几张双喜剪纸与字画。布置好之后，我到中山街道居委会借来了两张双人小课桌，对起来作为团桌，支在了上坡中堂下，又借来了两把小椅子，放在了桌子两边。我到南关周木匠处定做了一对松木板箱，在中山何师傅家买来了一张小炕桌。这两件是我置办的新用品，其余皆为临时借用。我搜集了全家仅有的布票缝制了一床棉被、两个枕头，买了两条枕巾、一条床单。没有褥子，就找了两条旧麻袋，装上麦草，铺在炕上，上面盖上床单。

新房和婚嫁用品基本准备就绪，我到西和县食品公司批来了5斤水果糖，2斤鲜肉，5斤干肉；到粮站买来了供应标准内的白面和2斤清油，家里人又在街上买了一些蔬菜和时令水果，将多一半糖果交给了政府办公室事务总管孙培华同志，用于婚礼。

9月14日，我们迎娶新人到北关老家父母处，招待了送亲人与至亲及左邻右舍。晚饭后，在政府综合办公室举办我们的婚礼。这个办公室是旧时衙门的大堂，今为政府各科室共用的办公室，能容纳二三百人。这天下午，我提前半小时下班，婚礼会场全由政府办公室孙培华规划、安排与负责布置。培华同志是一位见多识广、认真负责、聪明能干的人，特别是他的谦和细致出了名，任何事交他办理，总是有条不紊、圆满完成，领导夸奖，众人称赞。他用下班后的一个多小时将会场布置得洁净亮堂，简约气派，一切顺眼妥帖。婚礼的议程、主持人、证婚人以及参加的人员，都由办公室确定与邀请。

晚七时半，我和女方没有人陪同，主动向会场走去，参会人员看见，远远地喊叫拍手。我俩跨进门槛，看到李鸿亮县长和其他三位副县长坐在前排，身后坐着各科室的领导与干部，周围还站着不少政府大院里的家属以及附近的群众。真没想到会有这么多人参加，心里既高兴又惶恐，我一个区区小青年、小科员的婚礼怎么会令领导如此重视？婚礼由何满库主任主持，我俩站在他的身旁。他宣布婚礼开始，首先邀请证婚人李县长证婚并讲话，李县长先宣读了我们的结婚证，并向我们问了各自对爱人一生的承诺，我俩均表示了矢志不移的态度与决心。然后，他讲了对我们的殷切希望和今后努力的方向。

一、希望你们喜结连理后，继续互帮互学，互敬互爱，相厮相守，百年偕老。同时要勤俭持家，反对浪费，学会细水长流，节约过日子。

二、希望你们成家后，要孝敬父母。不要娶了媳妇忘了娘，永远不要忘记父母的养育之恩。你们生活好了，也让他们过几天舒心日子。

三、希望你们学习革命先烈的高贵品质和先进人物的模范事迹，树立全心全意为人民服务的思想，听党的话，听组织的话，听领导的话，搞好本职工作，做新时代的好青年，做党的好干部，做人民的好儿子。

四、希望你们努力学习马列主义和毛泽东思想，不断提高思想觉悟，增强自我革命的意识，同一切反动思想和不良行为作斗争，不符合毛泽东思想的话不听，损害党、国家和人民利益的事不干，做无产阶级革命事业的接班人。

五、我县的困难是暂时的，我们不能被困难吓倒，只要我们在党的正确领导下，以愚公移山的精神，艰苦奋斗数十年，一定会脱掉贫穷落后的帽子，过上“楼上楼下、电灯电话，耕地不用牛、点灯不用油”的现代化的好日子。我们相信“面包和牛奶是会有的，一定会摆上大家的餐桌”。希望大家以百折不挠和锲而不舍的精神，谦虚谨慎，扎实工作，争取早日实现我们的目标，让全县人民过上不愁吃、不愁穿、不愁住的好光景。

李县长还讲了县上的一些具体事情后，又说：“今天来的人很多，机关干部也不少，我顺便讲了许多，不仅仅是对他们两位新人讲的，也是对大家的期盼，希望政府各部门所有职干齐心协力，团结一致，为全县的经济恢复和各项事业的繁荣发展而出力献策！”

随后主持人讲了一些煽情逗趣的话，惹得大家哈哈大笑，然后话题一转，要求我俩介绍恋爱经过。其实，我们的恋爱过程很简单，可以说是亲人介绍，一见钟情。她压根儿没有想过要找什么才华气质兼备的“白马王子”，我压根儿没有想过伴侣要有什么“窈窕”“碧玉”的花容月貌；我俩都是找自己生活的伴侣，根本就没有什么“花前月下”“卿卿我我”“甜甜蜜蜜”的“浪漫史”；她看上我的真诚、实在，我喜欢她的纯朴、善良。但大家听了不过瘾、不满意，要我们讲讲细节。我们支支吾吾、结结巴巴，实在编造不出大家所要的“精彩”，就要求唱歌。我是左嗓子，自幼不爱唱歌，唱起来跑音跑调，很难听，今晚非唱不可，索性硬着头皮唱了一首俄语歌曲，勉强过关。我心里明白，大家是为了乐呵，而不在乎我的歌喉有多难听。然后让我们做情爱游戏，二人不能用手，同时吃一块悬在空中的水果糖、苹果等；将女方抱起来摘吊在空中的花朵（所谓的崖畔上摘花），他们故意将糖果、花朵升高或降低，不让吃着。看见我们相互碰头，便嬉笑一番。就这样，嘻嘻哈哈，热热闹闹，过了一个多小时，期间还有人说笑话，讲故事。

晚九点，主持人宣布婚礼结束，孙培华总管与两位干事带上脸盆、水壶、毛巾等礼品，将我俩送到了新房。

我俩的婚礼，没有乐队，没有红毯，没有琼浆佳肴，没有摄影师的高光，没有西装革履与婚纱，没有伴郎伴娘，没有鞭炮与唢呐，极其简单，但有四位县长莅临，十多位科局长与一百多位机关干部的光临，可谓高朋满座。且县长亲自证婚、讲话，政府办公室主任亲自主持，其隆重程度超过了当时县上富贵人家的婚事。这是西礼分县之后政府机关为职工办的第一桩婚礼，这次婚礼既有传统文化的内涵，又有新时代、新文化、新风气与职工思想教育的元素，可以说是欢乐的结婚典礼糅合了革命文化的精髓，打破了近段繁重工作的沉闷气氛，使机关增加了一点生活的快乐与情趣。

县领导为我们举办婚礼的消息不胫而走，一夜之间传遍了全城。第二天，不仅我俩的同学前来祝贺，而且县上的一些知名人士也来贺喜，书法家赵松龄送来了撰写的一幅长条，北关张师爷之子张昂送来了一张“清水芙蓉”的挂画，上有他的题词：“生来素富贵，何须染胭脂。”这句题词烙在了我们的心扉，一生不忘。

我俩是鲜为人知的无名小卒，只因这次简单的婚礼而有了知名度。领导对我们的婚姻与婚礼的重视使我俩感激涕零，觉得身后有一只巨大的手掌支撑着我们。西和县财政局的正、副局长的家属与小孩还住在机关大院，外面没有房子；文教局的两位副局长的家属亦住在单位，同样没有租到房，我一个到西和县不满一年，又是一名不起眼的小小科员，市管会吕主任一见我需要租房就满口答应。我的领导是全县著名的老革命、老领导，县上领导对他都很敬重。这些事他虽未言一语，然他的影响力遍及城乡。没有他的光环指引，我不可能如此顺风顺水。自此，我对他更加敬重与崇拜，对他的胸怀、品德、作风以及办事风格亦有更深了解。他对党的事业坚如磐石，信念如山；对人民和同志，像二月骄阳，温暖入脾，又像春风细雨，润物无声；对原则问题，犹如松柏，坚挺刚直，纹丝不变；对非原则性问题，入情入理，随俗适时，灵活机动。他有骄人的战功业绩，又有深厚的资历，但从不嫌职低位卑，总是恬然自安，在平凡的岗位上勤勤恳恳地忙碌。并鄙夷那些居功自傲，争名夺利之人。他是时代的楷模，也是我们心目中的偶像。在他的教导与影响下，我进步较快，次年，他将全县人口普查和职工工资调整的两副重担交我主办，我也不负众望，圆满地完成了任务。

这次简单而朴素的婚礼，使我俩既感受到了组织的温暖与关怀，又受到了深刻的思想教育。李鸿亮县长语重心长的讲话及殷切希望，我们铭刻在心，作为今后做人、做事的行动指南，激励着我们成长、成熟与进步。

婚后不久，她进入医疗卫生系统，成为一名医务工作者。两年后，她怀孕在身，直到孕期9个月还在岗位辛劳。一天，她由于劳累过度，突然临盆，所需用品先前没有准备，一时难以备妥。当晚我去请接生大夫，那时县城只有三名接生大夫，一人因孩子太小，不能出诊；一人已被苏合人请走，苏合距县城20里，不知啥时能回来；还有一人下乡数日，不在县城。我急得跑了好几趟，看大夫是否已回家。

庆幸，午夜过后，西和县妇幼保健院的卢伟大夫从苏合出诊回来，听说我几次到家请她，便即刻出诊。她辛苦一天，回家没有休息片刻，连一口水也未喝，就独自一人来到我家，我万分感谢。她的到来，令我的担心解除了一大半。

在她的正确操作下，凌晨4点妻子顺利分娩，是个女孩，她在婴儿屁股上拍了一掌，婴儿哭声响亮，说："孩子很健康。"并将孩子浑身洗净，裹好衣毯，放在了我爱人的身旁。卢大夫已年过五旬，一夜辛苦操劳，非常疲倦，我便送她回家休息。实际上，我也一夜未合眼，有些困倦，想送她回家后，睡上一觉。

我还在浓浓的梦乡之中，忽听有人叩门，我问："谁呀！"门外喊："局里有重要会议，局长叫你参加。"原本我想早起，去向局长请假，再去向岳母和母亲报喜，找人照看月子中的大人和小孩。结果一到局里，就开始学习和传达中央和省、地、县四级关于开展农村社会主义教育和"四清"运动的精神。学习传达文件整整4个钟头，散会已经过了12点，我没有来得及向局长汇报家人坐月子的事，赶紧回家看无人照管的妻子与小孩是否安好。因我对生产一事，思想重视不够，又无经验，没有提前准备，又突遇妻子提前临盆，致使措手不及，出现了不少被动与困难。幸运的是妻子年轻体健，一上午虽未进一口食，未喝一口水，亦安全无恙。

我向父母和岳丈岳母报了喜，又说明了我的困难，但两家都无能为力，我也深知母亲和岳母，都年逾六旬，又都是"三寸金莲"，身后都有一大家子人，两家人的吃穿皆靠两位老人烹饪与操持，无法离开。况那时我们吃水要自己到东门外的水井去挑。老人们要到一里多的城门外挑水，是根本不可能的。妻儿只能由我暂时照顾，这是最靠谱的。

不料，我被抽到社教工作组，前往河西。那年，省委决定在张掖等地进行为期半年的农村社会主义教育运动试点，天水地区12个县市为一个社教团，进驻高台县；西和县调集200多名干部组成了一个分团，进驻六坝公社；我被分到第12工作队，法院副院长潘汝明任队长，副队长由省直机关的一名处长担任，我为秘书，队员15人，其中有省委宣传部及其他部门的干部。我听到消息，忐忑不安，不是怕工作艰苦，也不是怕“四共同”吃不饱与严酷的环境，而是放心不下坐月子的妻子。我走后谁来服侍她，就连吃水都有很大困难，如果有卖水的人还好，要是哪天没有人卖水，或听不到卖水的喊叫声，错过了时机，有可能连水都喝不上。想到这里，我真有心打退堂鼓，准备给领导打报告：目前有困难，要求改到下次参加。

我将想法告诉了她，她鼻子一酸，眼睛里滚出了泪花，但又立马擦干，若有所思地说：“你不要担心，我可以克服困难。县上领导对我们这么关心，婚礼上讲了那么多话，要我们听从组织安排，搞好工作，始终把党的事业放在第一位。你若不去，不是辜负了领导对我们的热切期望吗？”听了她的这番话，我消除了心中的忧虑，决定到农村第一线去磨砺自己。此时，我俩想起了我的同学安居仁、刘鹏飞、姜可则、鱼喜乐、周党等30多人，1958年从学校毕业后，他们全部进入新疆克拉玛依开发大油田，住的是地窝子，晚上睡觉怕蚊子咬，在脸和手臂上抹上泥巴，有的还在地窝子里结了婚，有的把妻子带到了新疆也住着地窝子或地棚子。他们个个听从党的召唤，不畏戈壁三九的冻指裂肤和三伏的炎阳炙烤，不怕流血流汗，勇敢坚定，为祖国的石油事业拼搏奋战。与他们相比，我们生活在天堂里，更应该向他们学习，听从组织安排，踏踏实实，完成组织交给自己的工作任务，不能把自己的私事放在组织需要的前面。爱人坐月子的第10天，我们出发了。

半年后，高台社教结束，我返回了县城，发现她的工作能力和生活能力都有长进，生活中出现的难题都能妥善处理。其后两三年我又被抽调，先后到天水娘娘坝、北道镇搞社教、搞“四清”，“文革”中又抽调去修西成公路，皆不在家。孝敬父母、操持家务全压在她的肩上。她在医术上也有长足进步，曾跟随省中医名家裴兴斋学针灸、学中医；后医院又将她派往天水地区医院口腔科学习进修半年多，到兰州医学院附属二院口腔科、五官科进修学习一年半。回来后，西和县医院立即开设了口腔科，她又通过考试取得了医师证，为西和县第一任口腔科大夫。从此，县上的口腔疾病患者不用再乘车前往天水、兰州、西安去治疗，大大地方便了群众。她在诊疗服务中，始终坚持“治病救人、保障人民健康”的宗旨与“医者仁心”的理念，不管城乡、不问职级，一视同仁，精心治疗，计费同一。有时还为远乡困难群众垫支诊疗费用。她每年不知要诊治解除多少患者的疾病苦痛。

1973年仲春，我俩去山东青岛，入住前卫饭店。该饭店虽小，但它临海，位置较好，入住的人较多，空房较少，我俩被分别安排在同层的不同房间。第二天上午八时许，一位年纪与我们相仿的女服务员突然跌倒在客堂里，四肢抽搐，口吐白沫，浑身僵直，我爱人看到，说这是癫痫病急性发作，急忙上前抢救。她先将病人挪到客堂的空旷处，然后叫我从房间里取来一条干净毛巾放在病人的嘴边并将一角塞进口里，防止病人咬伤舌头。随即轻揉人中穴，接着又轻揉百会、合谷、风池等穴位。刹那间，围上来好多人在静静地观看她对病人的抢救。房客、服务员都投来了敬佩与赞许的目光。不一会儿，前台经理前来察看病人，一边向我爱人询问病者的情况，一边打120，看到病人的病情有所缓解，又得知我爱人是医务工作者，即表示感谢，并叫服务员将我俩调整到同一间客房。其后，病人家属赶到，也再三感谢她的救命之恩。此后，饭店工作人员对我俩格外亲热与关心。

西和南关周建母亲已年上八旬，下颌骨经常脱臼，曾请了外科大夫给她复位，老人觉得手重，一定要我爱人给她复位，啥时脱位啥时来叫，有时夜晚也来叫。次数多了，老人觉得过意不去，将儿女孝敬她的钱，取了一沓硬要塞给我夫人，她再三婉拒，老人执意不肯，她怕再不收，会让老人心里不安，便收下，背着老人又把钱交给了她的儿女。后来在新疆部队服役的小儿子回家探亲，老人将此事说给小儿子听，小儿子带着妻室前来特地感谢。

那年秋天的一个夜晚，近邻马金旺来敲门，说他家寄宿着两个在县一中读书的学生，其中一个肚子突然疼得厉害，叫她前去看看。她即刻起身跟随前往，经初步检查与问询，怀疑是急性阑尾炎，需要马上住院动手术，否则会穿孔，危及生命。然患者家在姜席，身边没有一位亲人，一时也通知不到他的父母，患者身无分文。面对这一情况，她想救人要紧，便当即决定，叫邻居找一辆架子车，把患者拉到住院部，她跟随护理。到住院部后，她向值班大夫说明了患者的情况。值班大夫检查确诊，需要立即手术，大夫问："谁来签字、办手续？"她答应："手续我代办，费用我担保。"患者当夜做了手术，病情缓解。过了几日，孩子的父亲马森林拿了一小袋洋芋，来我家特地感谢。

由于她在西和县医院工作，周围群众不管她是什么专业，擅长不擅长，会不会诊治他们所要问的病，只要家里有人生病或不适，就来找她询问，甚至挡在路上问她，有的家里人打针、吊水也来找她。对此，我有时露出一点不耐烦的情绪，她却不厌其烦，有求必应，一叫就走。她说："乡亲们找我，是相信我，来找，肯定有困难。"并说："我们县一级的大夫就应该是全科医生，啥都会，才能守护当地老百姓的健康，可惜我懂得太少了。"我看在眼里，真有点心疼，怕她过于劳累会压垮身体。白天她要上班，有时晚上还要值班，三个小孩的吃穿、上学与健康都要她操心，还要为亲友、左邻右舍的健康服务，特别是我在外地工作、学习的十多年间，家庭生活的重担全落在了她一人的身上，我给她的欢乐与浪漫实在太少。结婚时连一张照片都没有照，直到两年后，我俩送姐姐随夫去新疆时，在天水市照了一张双人照。那张照片被她的好友——新华书店的营业员李清芳看见了，要去了一张，压在了她的柜台玻璃板下。有一天，一位顾客来书店选购图片，当时流行颐和园、天坛、北海等风景名胜的图片，他看见柜台玻璃板下的这张合照之后，要求买走，清芳说："那是我朋友的结婚照，不卖。"那人有点疑惑，但清芳坚持未卖。

结婚两年后的双人照 摄于天水照相馆

我俩的青年时代，正是全国人民在中国共产党的领导下大干快上，奋起直追，改变旧山河，创建新天地的历史时期。在激情燃烧的岁月里，单位为我们举办了隆重的婚礼。婚礼议程虽然简单，但却充满了正能量，李鸿亮县长的证婚词，老红军局长冯玉俊的春风化雨，铭记心间，难以忘怀，也常常在脑际播映或闪现。做一名不负韶华，有益于社会、有益于人民的人，这既是老一辈的期盼，也是我们一生的追求。

我们的座右铭是——不攀高枝，不慕荣柯，老老实实做人，踏踏实实做事。

2012 年金婚时节，于金城青青斋

病房里的故事

2006年12月29日，我因食管反流住进了兰州大学第一人民医院消化科12—17号病房,看到了许多从未看到的情景,听到了许多未曾听闻的事情。病房好像一个信息广场，每天都发送着“人间万象”里的丝丝缕缕，病房又像一个“熙熙攘攘”的“浓缩社会”，每天都发生着既新鲜又平淡的故事，真叫人目不暇接，难以尽数记录。况我受疾病的困扰，昏睡和治疗的时间居多，许多有价值的场景和有意义的新奇事情都从输液管中流走了，且思想的摄像头受情感波的影响，很难准确把握目的物的焦点和焦距，致使挂一漏万或者图像不清。然而有几个镜头对我印象很深，难以忘怀。

以生命支撑生命

15床病人刘伟，32岁，家住榆中县夏官营镇，是一名送货司机。由于工作的特殊性，常常不能按时吃饭，饥一顿饱一顿，热一顿冷一顿，慢慢出现了胃痛、胃胀的毛病。当胃痛得厉害时，他就自己到药店买点药吃，或到小诊所挂点水缓解一下,就这样坚持了3个年头。大约在2006年的初冬，他的胃病发展到卧床不起的地步，自己买的胃药已不起作用，小诊所也束手无策，只得请当地的老中医妙手回春。然而，他吃了两个多月的中药仍无济于事，又转入榆中县人民医院。经过 5 天的检查，县医院弄不清病因，又将他转到了兰大一院消化科住院检查治疗。他住 15 床，恰好与我面对面。他的一切我尽收眼底。

他住进医院病房时，已经 20 多天没有进食进水，体重减了 20 多斤，瘦得皮包骨，却腹胀如鼓。入院的那天是周五，大夫给他开了许多检查的单子，上午家属推着他去做了 CT, 下午下班时检查结果还未出来，大夫无法给他下医嘱。周六、周日 CT 室休息，检查结果只能等到下周一。然而腹胀如鼓的他周身难受，坐卧不宁，一脸忧苦，真是分秒难度。一会儿让妻子或陪员把他从床上扶起来，背后垫上衣物坐着；一会儿让人把他扶下床，坐在低凳上，把头与双手都伏在床边解困；一会儿让人把他抱着站起来，靠在别人的背上解困；一会儿又让人把他扶上床躺着。每隔三五分钟，他就叫人帮他转换一下坐卧的姿势。全病房的人都为他焦躁不安、痛苦难耐的状态难受和焦急。他的妻子和父亲看到这种状况更是心如刀绞，想尽一切办法缓解亲人的痛苦，让他能安安静静地睡一会儿。

妻子吴小珍，今年 28 岁，肌肤白嫩，脸面红润，体质强健，是一位既有现代意识又有传统观念的女性，可以说是当前农村比较时髦的女子。她虽有比较靓丽的姿色和修长而丰腴的身段，但为人十分善良、忠厚和勤快，没有一点儿娇气。为了伺候丈夫，她把一岁半的女儿放到家里，一门心思地服侍老公。她看到眼前的这种情况，恨不能用自己的身躯替丈夫分担痛苦。由于腹胀与疼痛，丈夫改变坐卧姿态的频率加快，她不顾周围的公众与环境，用自己的身体去支撑他的肢体。当丈夫想坐起来时，她赶快坐在床上，用自己的背支撑着丈夫的背，丈夫靠在她的背上是那样舒坦与自然；当丈夫坐在床边需要支撑时，她赶快站在丈夫的面前，让他把手搭在自己肩上，让他的头靠着自己的背休息；当丈夫双脚踩在床边的座凳上，她赶快用力把凳子按住，唯恐凳子滑动伤着丈夫，她一边弓着腰双手按住凳子，一边抬着头静静地望着丈夫愁苦的面容，从眼神中告诉丈夫“一定要坚强，一定要战胜疾病”，其情其景是那样动人；当丈夫头困，想靠在她的肩头时，她就赶快坐在丈夫的对面，紧紧地搂住丈夫的腰，让丈夫把头耷拉在自己的肩上，让他的双手搂在自己的项背上，她的头也轻轻地放在丈夫的肩上，两张脸紧紧地贴在一起。她用自己的关怀去温暖丈夫的心，增强他抵御病魔的信心，用情爱的强大电流去击穿病魔的锁链、去麻痹痛苦的神经。他俩好像搂坐在一望无际、万籁俱寂的原野上，姿态是那样自然，病人也安心了许多，焦躁不安的情绪亦暂时缓解。当丈夫想弯腰休息时，她就坐在凳子上，在床边垫上衣物，将双手扶在垫高的衣物上，使弓的腰背尽量保持平衡，好让丈夫伏在自己的腰背上休息。特别是她双手拄在床边弓腰回望地站着，恰是犀牛望月的姿势，坐在床边的丈夫紧紧地搂着她的脖子，两张脸贴在一起的情景，真是感人肺腑、催人泪下，她镇定的眼神仿佛向一脸愁容的丈夫传送着这样的信息：紧紧地搂住我，死神不会夺走你！

当丈夫坐卧得比较安详时，她本应利用空闲休息一会儿，然而她却继续打起精神，给丈夫做按摩：或站在丈夫身旁，去推抓丈夫的双肩，揉搓他的项颈与面部；或坐在床头揉搓丈夫的腰背和腹部，抓揉大腿与小腿。每当给丈夫洗完脚，她总要抱住揉搓半天。她忘却了自己、忘却了疲倦，想尽一切办法缓解丈夫的病痛，决心要把他从死神手中夺回来。

她与丈夫心灵相连、精气相通。她用丰富的肢体语言去鼓励、调动和振作丈夫的精神状态，用坚定的精神力量去支撑丈夫的精神大厦于不倒。她用身体支撑丈夫或按摩丈夫肌肤的每一个动作，都发自灵魂深处，都是人间真情的体现，也都是人性阳光的写真和生命本能的表露。她支撑的不仅仅是丈夫的肢体，还是丈夫生命的希望。她的每一个动作是那样自然、和谐与感人，幕幕是诗、页页是歌，再好的视觉艺术家和摄影师都无法创造出这样生动的画面，再好的导演也设计不出这样真切的场景，再好的表演艺术家也难以表演出如此情真意切的动作。我真想拿起相机，将这一幕幕人间难觅的珍贵镜头记录下来，但又恐伤害病人和家属的感情，更怕引起病人情绪的不稳或病情的加剧，也没有勇气去征询他们的意见。老伴儿提醒我，偷拍他人的隐私是一种不道德和犯罪的行为，于是便打消了这种念头。

她的这些动作并不是一次两次的表演或作秀，而是天天如此，周而复始地重复。正由于这种耐心与重复，坚定了丈夫战胜疾病的信念，再加上大夫的精心治疗，特别通过抽腹水，这位一天只能喝几口果汁，吃一两片薄似指甲、大如指头的水果或几粒瓜子的丈夫奇迹般活了下来，并做完了多种检查，最后转到肿瘤外科继续治疗。正是这种人间真爱支撑了生命的一线希望，唤醒了生命的勇气与顽强，创造了一个生命的奇迹。

刘伟的父亲是一位地道的农民，已年过六旬，儿子住院的手续、缴费、取药、陪检等各项杂务都由他办理，那时国家还没有农民大病保险的政策，儿子看病的费用使他压力巨大，由县到省医院的住院陪护使他疲惫不堪。但在儿子和儿媳面前他没有一丝萎靡、忧虑与惆怅，总是一副刚强、自信与笃定的样子，他说："就是砸锅卖铁，也要把娃的病看好；不到山穷水尽不放弃；说回来，阳世三间(土语：即天上、人世、阴间)就是这么一回事，来的来，去的去。"面对儿子的疾病，他显现出刚毅无惧和淡定自若的神态，鼓励儿子树立必胜信念；若有不测，也要顺其自然。他是目不识丁的农民，面对突如其来的打击和儿子病情发展的不测，却有如此坦然的胸怀，我肃然起敬。

铜臭的残忍

13床病人麻仓仓，现年46岁，家住兰州火车站西路。他原是一家集体所有制百货公司的业务人员，因业务娴熟、工作勤奋，深受领导的喜爱。20世纪90年代公司解体，其后他到处打零工，近年给街道办事处开车，月薪300元左右。妻子哈小梅，40岁，在城关物业工作，月薪400元。女儿麻芳芳，18 岁，由于家庭经济拮据，初中毕业后就去一家服装店打工，一月也能挣 300 多元。全家人的收入虽不多，却能勉强维系日常生活。

仓仓工作认真负责，积极肯干，为人敦厚老实外，还有一副热心肠，常常帮助同事和左邻右舍修理一些日杂器具和五金家电，也结识了一些同事与伙伴。他们工作之余聚在一起喝点酒，减压解乏、放松心情。有时，他工作累了或闲暇无聊之时，便到小店铺里买一瓶酒，独自慢饮。由于手头不宽松，他常常买价格便宜的低档酒。就这样日复一日，年复一年，他养成了爱喝酒的嗜好。过了三五年，他胃脘开始不舒服，有时胃疼。那时他毫不在乎，到药店买点胃药，一服就好，甚至不服药也就好了。又过了三五年，他胃痛的频次增加，自己买的药服上不管用，就到大药房坐诊医师处开点处方药或中药服用，这样又坚持了十年之久。到了 2006 年末，诊所已经无能为力，建议他到大医院检查，这才住进了兰大一院消化科。

医院对他的身体进行了检验检查，确诊为胃癌晚期。绿豆大的癌细胞星罗棋布于整个胃壁，幽门处的大肿块严重阻塞肠道，非手术不可。以前他从未到大医院检查和就诊，这次一查竟是癌症晚期，不可救药。

他比我早五天入院，我进院时他已经做完了各种检验检查，主管大夫已经为他制定了两种治疗方案，一是手术，二是保守治疗，正在征求家属意见。

麻仓仓祖上在兰州铁路西村有一院老宅子，21 世纪初被国家征用，为其发放了一笔可观的补偿款，麻仓仓弟妹五人与其母按原住房面积大小各分得一定数目的补偿款，麻仓仓是老大，原居面积较大，分得 10 万元，母亲分得 14 万元，其余弟妹各得一份。医院的意见书下达后，仓仓的爱人哈小梅主张将这 10 万元全部用来动手术治病，丈夫却坚决不同意，说：已经花费了 5 万元，现只剩 5 万元，留作妻子生活与女儿出嫁的费用；要继续住院，再有 10 万、8 万也不够用。妻子表示要寻求贷款，卖掉住房，尽力治好丈夫的病。她再三劝说，丈夫坚持己见，执意要出院，气得她跑到过道的公厕里痛哭了一场。妻子没有听取丈夫的意见，希望弟妹和亲友能伸出援手，也许能够挽救生命，即使延长一年半载她也乐意，她最担心最害怕的是老公在自己身边消失了。她在丈夫面前，总是笑脸相迎，信心满满，沏茶送水，喂饭递汤，依旧说笑如常，无一丝苦面愁容。但在病房外她常常流泪抹眼，或饮泪沉思，进病房前总要擦得干干净净，咽泪装欢，尽量不影响老公的思想情绪，不增添他的精神负担。

麻仓仓刚入院时，一些亲友前来看望，检查结果未出，还不知病的轻重，结果出来之后，大家感到惊讶。父辈们听到病情之后，一片责怪声。姑母来看他，先到护办室问了病情，得知病情已经恶化，手术后还要长期服药化疗，需要不少资金，即使手术成功，也不能保证已经扩散的癌细胞不会继续恶化。母亲去问大夫，大夫说："我们只能尽力控制病情不再发展，以维持或延缓生命，不能根治。"她们回到病房，交替将病人数落一番，母亲说："我不叫你喝烂酒，你就是不听，现在把身子喝坏了吧！"姑母说："你就是不听大人话，烂酒有什么好，天天喝，现在喝出了大病。"她回过头来，又批评仓仓的媳妇："平时你不把你男人管着些，让他天天喝烂酒。"舅母看他时，同样将他批评了一顿。兄弟姐妹来看，也都说了一些不痛不痒的安慰话，无人表示帮助借贷筹集资金，继续治疗。

妻子送长辈走出病房，在过道的长椅上，向婆婆、姑母、舅母述说了她的心愿，希望能借一笔款给丈夫继续看病，然而无人表态。原来长辈们已经从大夫口里得知，仓仓的病不可能治愈，再花 10 万元、8 万元，也只能延长一年半载，到头来还是人财两空，况仓仓的家里还有点钱，还能撑一阵子，即使援助了或援助再多也是白搭，不起任何作用，因而不愿白白浪费那个钱。

仓仓是个明白人，虽文化程度不高，但十分机灵，一切都看在眼里。他住 13 床，我在 14 床，头对头。他见我老成持重，知书达理，便将家里的人和事，以及埋藏心底的重重心事全向我倾倒，而且所说的件件都在理。

当初他对长辈们的批评与指责很反感，认为自己气息奄奄，命在旦夕，批评责怪有什么意义呢？不设法借点钱救他，反来批评他！现在想明白了，母亲、舅母、姑姑们批评得对，要是早年听了她们的话，他的病不至于发展到不可救药的地步。他说：“我是老大，本应保持良好的生活习惯与作风，为弟妹们树立艰苦朴素、勤俭持家、孝敬老人的榜样。今天老人正需要我孝敬、家庭正需要我经营支撑时，我将撒手人寰，含泪而去。今后，母亲的养老、就医就只能靠那点房补资金与弟妹们操心了。”他又说，妻子跟上他已20年，没过上一天好日子，没穿上一件像样的衣服，家里的一切全靠她操劳，他愧对妻子，也愧对女儿，现在他已经没能力、没机会补偿她们了。想到这里，他下定决心，要求即刻出院。他对我说：“我给家里没带来一点福气，反造成了苦恼，在医院多待一天，就要多花近千元，况家里的老房子还要修理；弟妹家的经济状况虽然比我好，但各家都有各家的难处，小妹夫虽在五泉山开了一家牛肉面馆，但食客不多，经营平淡，家庭负担较重，他们又都知道我害的是‘输病’，再治疗也是白撂钱，于是不愿为我设法借贷，我理解他们的心情与难处，不怨恨他们。”

其后，他若有所思地说：“钱是硬头货，我的病就是因为缺钱造成的。我不抽烟，也没有其他嗜好，就是爱喝点酒。我由于缺钱，常喝的是低价酒，又没佐酒菜，只是干喝。我有了病硬背着，不去医院，也就是因为手头紧，才走到了今天这一步。钱，这个东西，捆住了我的手足，困扰了我一生，断送了我的生命！听人说，有这，有那，千万不能有病；没这，没那，千万不要没钱！此话在我身上验证了它的正确性。”

在仓仓的坚定要求下，妻子无力回天，只好含泪征得母亲和弟妹的同意后，放弃了手术与继续治疗，办理了出院手续。出院6天后，他病亡家中。他的死，使我深深感受到了“铜臭”的残忍！铜臭不是万能的，但是没有铜臭是万万不能的。

全世界不知有多少生灵因贫穷而丧生，今日非洲的埃塞俄比亚、索马里等不少国家的民众每年因缺少铜臭而无食、无医，死于街头或荒野，即使最发达国家的无家可归者也因缺铜臭而流落街头，暴死于霓虹闪烁、繁华富庶的商埠码头。我国推行了“反贫困战略”，估计在不久的将来，将会消除“绝对贫困”，实现“全民社保”“全民医保”，人类最美好的“共同富裕”的朝阳已在东方的地平线上升起，实现已不是遥远的将来！

常怀感恩之心　不言遗憾之恨

我们病房有6张病床，除前面所说的13和16床外，其余各床亦有动人故事。

12床病人郭金才，现年22岁，刚从湖南某师范学院修业期满，毕业证还未拿到，就回老家治病。他家住会宁县一个只有20多户人家的小山村，是村里唯一一名大学生，毕业后，还未参加人社部举办的招聘会，就病倒了。起先他在乡村卫生所治疗月余，后又在县上住院半月，病情未能控制，便转到了兰大一院。我入院时他已经住了四五天，做完了各项有关方面的检查。据大夫说，他肝上得病时间较长了，已到晚期，目下肝腹水很严重。医院曾做了两次抽水治疗，但过上几天腹水又恢复如初。主管大夫暗示，当前的医疗水平还无法治愈。

大家听到不可治愈的噩耗，都很惋惜，多好的小伙，苦读了十多年，大人供养多么不容易，还没有回报社会，没有给家里挣来一分钱，就这样结束生命，实在太残忍了。

金才原本是全家脱贫的希望与父母的骄傲，也是全村的光荣与希望。如今成了父母最揪心最痛苦的心结。正当父亲满眼愁云、肝肺撕裂之时，金才看在眼里，疼在心里，因而故作镇定，笑对人生百态，开始说笑话、讲故事，以驱散愁云苦雾，减轻老爸心头的苦痛与精神压力。他笑嘻嘻地说：“我感谢父母把我抓养大，供我上学；我感谢党和政府把我这个山里娃培养成了一名大学生，是国家的奖学金和各种资助使我读完了学业；三年大学没有白上，学了很多东西。现在极乐世界调我去当“县长”，知识就能派上大用场。我要用所学的知识带领乡亲们种草种树，发展畜牧养殖和果蔬生产，彻底摘掉家乡的贫困帽子，让家家过上不愁吃、不愁穿、不愁住，人人有医保、个个不怕病的好日子。”

他接着又说：“春节快到了，我要提前出院去给村里人写对联。自从我上中学，就给家家写春联，已经 9 年了，今年是最后一次，一定要给大家按时写好。”

他正值活力光鲜、风华正茂的年庚，正为创造锦绣前程而起航之时，却被黑风恶浪吞噬。在这残酷境遇下他依然“刑天舞干戚，猛志固常在”，即使病魔夺去了生命，也要在另一个世界去当“县长”，实现“为民办事，改变山河”的夙愿。

父爱如山　望子平安

16 床病人林雨纯，现年 67 岁，原在沈阳一家石油化工机械厂工作，20 世纪三线建设时期支援大西北，调入兰州石油化工机械厂，爱人与女儿随同迁居兰州。其后，他们在兰州又生了两个男孩儿，一家五口人的吃穿用度全靠他一人的工资来支撑，生活比较清苦。

林雨纯是一名娴熟的技术工人，为人敦厚诚实，技术精湛，乐于带徒传艺，虽表情严肃，话语少，要求苛刻，但教徒学艺总是不厌其烦，帮助学徒快速掌握技艺。因此，不少新入厂的学徒工都愿拜他为师。在他的学徒中，不少人成了厂里的技术骨干，还有人当了车间主任，挑起了大梁。

林师傅后来成了技术员，工作更加卖力，常常加班或带病工作，很少休息。到了退休年龄，本应告退，颐养天年，但他延迟了数年。一方面是厂里挽留，让他培养新人；另一方面是个人原因，儿子虽已娶妻生子，但生计不能自谋，需要父亲资助。他需要奖金和岗位津贴，以帮助儿子。2006 年，他退休后得了一场大病，从此卧床不起。他比我早两天入院，进行了各项化验与检查，主要是腹胀水肿很厉害，一次要抽出两盐水瓶腹水，并将抽出的腹水送到兰大一院病理研究所进一步检验和研究。据病房人讲，腹水中有癌细胞，但不知道癌细胞来自哪里，医院非常重视，准备邀请有关专家会诊。当下病人主要是没有食欲，进食量特少，吃苹果时，爱人将苹果用小汤勺刮成苹果泥，他一次只能吃两小汤勺苹果泥。虽未确诊，但他气息奄奄，似乎难以挽救。

一天下午，长女拎着大包小包来看父亲，见父亲气色下降，食量减少，去找主管大夫。适逢星期日，大夫未上班，便向妈妈询问检查的结果，妈妈说了检查的项目与经过，结果还没出来。据此，女儿推测，父亲的病并非良性的“善病”，万千心事一时涌上心头，便失声痛哭！说：“父亲在兰州辛劳了40多年，没有回过一次辽宁老家，这是他老人家一生的心愿，因手头紧，缺时间，没能实现。今年我刚想抽出时间带父母去老家看看，谁知父亲又是这种情况，留下了终生遗憾；我也想将父亲接到我处住一段时间，尽尽孝，现在也无法实现了，这是我无法弥补的遗憾。”

接着她又责怪弟弟说：“父亲辛劳成这样，都是为了你们。你们若成才、长进，不‘啃’老爸，父亲不可能干到现在，不可能连回一次老家的资金都挪不出。”

父亲听了后，宽慰姑娘说：“不要哭，不要说遗憾，我身子骨还硬朗着呢，还有回老家的机会。即使没有了，也没什么遗憾。我兢兢业业劳动一生，为国家出力是应该的，自家的困难自己解决，不为国家添麻烦，问心无愧，也无遗憾。小子没有考上大学，不全怪他，那时学校招的学生少。只要能自食其力，自己养活自己，不向国家伸手就好。”他不求儿女成龙成凤，有多大贡献，只求平平安安，成为一名遵法守纪的良民。有人说：“儿孙自有儿孙福，谁为儿孙做马牛！”他却说：“我为革命奉献了青春，也愿为儿女们奉献余生。”

林雨纯忘我工作、献身国家、兼顾家庭的品德，让我举目仰视。真是“伟大出自平凡，平凡中孕育着伟大”！他是一个平凡人，却有着伟大的胸襟和高尚的品格。使我深受感动的不只他，比他小两岁的妻子天天陪在他的身旁，昼夜不离地服侍，她感冒发烧、咳嗽鼻塞相当严重之时依然守护着丈夫，这种白头偕老，生死相依的精神同样震撼灵魂。

17床病人刘多福，56岁，榆中县三角城人，家里养着两头大牲畜、两头猪、两只狗，有一个蔬菜大棚，日子过得红红火火。全家个个体健神爽、红光扑面，唯独他面黄肌瘦、体格羸弱。

他是兰大一院住院部的常客，这次是他第11次住院动手术。他每次住院或手术都与他从事的工种有关。为了把这一工种牢牢掌握在手，他规定：凡购买、配制、喷洒农药的活儿不许儿女、儿媳们干，只能由他做，如果他病倒了，可雇人干，不许孩子们沾农药的边儿。主要怕儿女们不慎或操作不当而中毒，影响健康和生育，因为那时农村还没有人使用面罩和防护服，喷洒者对农药的危害性认识不足、防护不到位，受侵害是不可避免的。

他每次喷洒农药或化肥前，总要把口罩、手套戴好，再喷洒。然而大棚里的青菜，如韭菜、小油菜、小白菜、莜麦菜、上海青、生菜等，需要三天一喷药。就这样，周而复始、年深日久地为蔬菜喷药的工作，伤害了他的身体，血液系统、呼吸系统、消化系统，以及神经系统先后出现了毛病。他由一个壮实的汉子逐渐变成瘦弱的老翁。住一次院动一次手术，身体要瘦一圈。病略有好转，他便当仁不让，重操旧业，决不让儿女们触碰农药。他这次是因胃穿孔而住院，住院时人已昏迷不醒，经三四天的急救和手术才苏醒过来，再经10多天的治疗，基本能与同室病友交流了。当大家问：“儿女们已经长大了，为啥还不让他们替你去给蔬菜喷药呢？”他说：“农药会危害身体，我有喷洒经验，可以减少危害；娃娃们没经验，又心急粗糙，不注意防护，受侵害的概率较大。既然有害，就害我一人，他们还年轻，今后的路还很长，没有一个好的身体怎么行呢！”

多福同志的行为生动地诠释了“父爱如山”的美德，虽 11 次住院手术，但仍独自承担危害身体的农活，坚定不移地保护儿女们的健康与安全。我又一次领悟到了：父亲是大山，子女有所依靠；父亲是大树，子女可以乘凉；父亲是大伞，可为子女遮风挡雨。

2007 年 5 月

注：此文写于 2007 年，那时国家财力有限，农村居民大病报销比例较低，其后，报销比例逐年增加。2015 年开始，国家全面实施城乡居民大病保险制度，对大病患者发生的高额医疗费用给予进一步保障，从而挽救了无数生命，切实避免了因病返贫现象的发生。

夕阳之旅的艰辛与快乐

2010年4月12日，我与夫人乘“第十九届甘肃夕阳红旅游专列”前往庐山、厦门等地旅游，第一站是庐山。我们坐了两宵一昼的火车，于14日凌晨4点40分（提前20分）到达九江，下车后到一家酒店用了早餐，匆匆登上大巴，前往庐山。

上山有两条路，一条是捷而较陡的老路，一条是比较平缓的新路。这条路就是毛主席诗中“跃上葱茏四百旋”的社会主义大道。这条路于1952年9月动工，历经一年修建，翌年8月完竣，曲折萦纡而上，弯道近四百，全路掩映在草木葱茏、秀色相拥的山弯间。我们走的正是这条新建的平缓大道，拐了几个弯后，车内就有人开始晕车，不多一会儿，一位坐在最前排的年纪并不算大又比较干练的女同志，开始呕吐。接着我身边的老伴儿在那人的影响下开始“恶心”，面色发黄，也呕吐了。好心的师傅见此状，减慢了车速，后又停了一会儿。遥想主席登庐山的那年已是66岁的高龄，“四百旋”的颠簸是如何承受的，今天我们一车48人，只有两个人没晕车，其余皆坠入眩晕的苦海，就在大家恶心难耐之时，大巴开进了山顶的庐池宾馆，这是我们要入住的饭店。

下车后，疲劳与眩晕的压力稍有缓解，导游便安排我们将行李存放在指定的房间，然后乘庐山旅游大巴去参观。

我们在大厅等候景区专用大巴时，天上下起了瓢泼大雨，思路敏捷者率先跑到了旁边的小卖部买回了雨衣、雨裤和雨鞋，随即大家蜂拥而去，争相购买，把小卖部挤得水泄不通，我淋着大雨跑到门口一看，无法靠近，又退回大厅避雨。等人少时再去，这时雨鞋、雨裤已销售一空，我只买了两件雨衣。大家穿好雨衣后上了车，去参观黄龙寺、三宝树、黄龙潭、乌龙潭景区。车到了景区路口，我们下车徒步行走，雨越下越大，路有石阶不太滑，但积水不少。大家草草看了一下黄龙寺，就继续前行。到了三宝树，我的鞋袜已湿透，身上感到有点凉。导游一再提醒大家：注意路滑，走路不观景，观景不走路。实际上，大家哪里有心情去观景，大雨如注，脚下不是积水就是流水，裤管已浸湿了大半截。我们匆匆走过了黄龙潭、乌龙潭，毛主席老人家曾在这里坐着藤椅照过相，但我身上不时地打着寒战，没有一点儿欣赏美景的兴趣，只顾走路，走快了还能抵抗一点儿寒气。走出景区，我们赶紧上了车，车上既避雨又暖和。

回到宾馆，我们先换掉了浸湿的鞋袜与衣裤，然而我们带的衣服太少，根本就没带御寒的衣物，只有一双运动鞋，浸湿后没干鞋换，只好穿上宾馆里的拖鞋。带来的羊毛衫、薄毛裤全穿上了，还觉得冷，住的房间也是冷冰冰的，我们直打哆嗦。吃午饭时，听同行者说，给服务台缴 30 元就可开通房间空调，饭后我即找服务员缴钱开空调。空调开通后，一股暖气吹来，备感温馨，冰冷的寒气即刻消失。我们把湿漉漉的鞋袜、鞋垫和内外裤放到暖风吹拂的地方晾晒。

下午，导游安排我们去参观美庐、中共会议会址等，我们俩没有防水的雨裤、雨鞋及御寒衣服，只好待在房间里休息。吃晚饭时听人讲，我们团只去了 11 人，四分之三的人没去参观。快到晚饭时分，雨势渐渐变小，雾气却越来越大，几乎是伸手不见五指，气温也骤降到冰点以下，宾馆周围的树木上开始披霜挂雾。我拾级而上，想看个究竟，走到高处，已看到前方有薄霜浓雾萦绕，结果脚下忒滑，无法行走，只好回到房间取暖。

我多想目睹“横看成岭侧成峰”“奇秀甲天下”的匡庐，多想漫步畅游其中的葱茏美景和人文史迹，然而运气不佳，碰上了瓢泼大雨，抱怨天公不作美；又想到雨帘倾注正是观赏“飞流直下三千尺，疑是银河落九天”，“挂流三百丈，喷壑数十里”，“崄飞千尺雪，寒扑一声雷”，以及“虚空落泉千仞直”，“万丈落云端”的最佳时间，悔恨没有带上雨具和防寒服，无法前去欣赏庐山瀑布的壮观，与名播天下的“三叠泉”“石门涧”“黄龙潭”瀑布群擦肩而过，即使到了“黄龙潭”瀑布处，也因雨脚如麻，衣单寒冷，只顾加速快走，尽早上车避雨避寒，没有多看一眼。霎时悔恨与懊恼吞噬了登临时的兴奋与美好想象，“年迈近黄昏，夕阳能圆几回梦”的情绪涌上了心头。

翌日（15日）天明，我们拉开窗帘，啊，窗外一片白玉世界在流动的浓雾中若隐若现，仿佛看到了太虚幻境，看到了琼楼玉宇，看到了童话世界。一时的惊讶变成了无限的兴奋，把昨天的沮丧和怨气一下抛到了九霄云外。

昨日清晨，我们不顾一天两夜旅途的辛劳和晕车的痛苦，兴冲冲地赶到庐山，目的是看看华东名山的真面目，看看青翠欲滴、葱茏无限的胜景。然而迎接我们的却是瓢泼大雨和寒流，一下子把大家的心浇凉了，今朝看到此番景象，又高兴了起来。我们赶快穿上已烘干的衣裤和鞋袜，把带来的衣服全加上，拎着相机跑了出去，这时已有不少人，在树下、在路边拍照，我也拿起了相机抢拍。

早饭后，浓雾减轻，导游安排我们去比较安全的景区参观。我们先乘车去了花径、如琴湖。一下车，路边松树上白花花的冰挂映入眼帘，树下行走着一队队戴红帽的旅游者，不少人还穿着红色的夹克或羽绒衫，好像一幅白雪映红梅的画卷。再放眼望去，一团团、一队队的人群，在披银挂玉的树林里游走，在湖边的雾霭中明灭。进入花径，我们连做梦也想象不到的神奇景观展现在了面前：松树针叶上绽放着一撮撮透明的银菊，野樱桃树枝上悬挂着一串串翡翠玛瑙，一丛丛灌木枝条上镶嵌着各种形状的晶莹珠宝，居易草堂前的两垄修竹被厚厚的冰玉压弯了腰，草堂和对面冈峁上的凉亭隐逸在银装素裹之中，花圃里盛开的朵朵桃花包裹在水晶球里，悬坠在玲珑剔透的银枝玉叶间，真是天界的水晶玉雕。此刻，我恍惚走进了水晶龙宫，在冰清玉洁、气势恢宏的花坞与宫殿中漫步。也许当年的江州司马也没想到，他所看到的“山寺桃花”变成了瑶池仙境的琼枝玉花，他站在高高的雕塑台上，顾不得抖落衣冠上的冰霜，只是静静地看着眼前的神奇景象，似乎有点衣着单薄，但仍不顾晨风寒雾的侵袭，依旧目不转睛地观赏着这“人间瑶池”的玉树琼枝和仙花瑶草。

我们回头走到如琴湖岸边，岸上的松树、杨树和一些叫不上名字的树，随着枝叶的不同，结着种种不同形状的冰挂，映照在湖水里，随着涟漪变幻形态。偌大的如琴湖好像是冰挂的博物馆，千姿百态的冰挂在各自的展位上轻盈地舞动，不停地变换形姿，我的视线真不想离开。在夫人的催促下，我们沿着岸边继续前行。湖心岛上的流雾渐渐稀薄起来，犹如古琴般的湖心岛，四周长着挺拔的松树，在雾霭和霜霰中明明灭灭，时隐时现，湖面上有水气升腾，给湖心岛蒙上了一层神秘的面纱。这时的如琴湖，简直就是一幅由湖、岛、岸和远

如琴湖边 2010年4月15日摄

庐山冰挂——琼枝玉花 2010年4月18日摄

山组成的，既有层次又朦朦胧胧的水墨画，叫人流连忘返。

参观完如梦如幻的花径、如琴湖，我们来到了仙人洞。洞在庐山牯岭西南的佛手岩下，相传吕洞宾在此修炼成仙，洞内雕有吕真人石像，稳坐在石龛上（亦称纯阳殿）。龛后有终年不竭的“一滴泉”。洞壁冰岩麻皱，横斜错落。龛前香烟袅袅，钟磬声声，佛事隆兴。洞外千峰银装素裹，万壑烟云升腾，绝壁摩崖玉帘垂拂，御碑亭、观妙亭破云而立，蟾蜍石松更是冰花怒放，无限风光，美不胜收。因毛主席对李进的摄影作品《庐山仙人洞》有题诗，此洞更加蜚声海内，遐迩驰名。

其后，我们随导游到含鄱口、含鄱亭风景区游览。含鄱口是含鄱岭与汉阳峰之间的大壑口，西为冰川角峰“犁头尖”，东为汉阳峰，北为大月山，南为五老峰，山麓下为烟波浩渺的鄱阳湖。我们从含鄱口西北拾级而上，来到观赏鄱阳湖水光山色与日出的最佳之地——含鄱亭（亦名望鄱亭）。毛主席当年在这里观赏了“热风吹雨洒江天”和“浪下三吴起白烟”的胜景，人们争相在毛主席当年拍照的位置照相留念。我们无缘观览日出与云海，但从摄影家抓拍的照片中看到了，一轮红日从鄱阳湖面喷薄而出，金光四射，红霞万朵，天际间一片绯红的胜景。我们抵达之前，这里的云海浪翻波滚，弥漫天际，十分壮观。我们抵达时，这里的山山岭岭，草草木木，依然是冰玉世界。后来云海慢慢消退，此时的湖面山崖已是青雾朦胧，使难识真面目的庐山又披上了一层青雾薄纱，让人更加难识。然这却是另一番风味，也是可遇而不可求的机缘，我们幸运地看到了“山寺桃花始盛开”之时的冰清玉洁，处处生动，处处绝美。

午饭期间，一个噩耗传来，由于雾大路滑，我们专列一个团的大巴与另一辆旅游大巴在一个拐弯处相撞，有两位老人（旅游者）、一位导游和一位司机受了重伤，其中司机与导游在车祸中失去了意识。另有一名老太太在宾馆里摔倒，导致粉碎性骨折，准备坐飞机返兰。为了安全起见，导游取消了我们的部分游览行程，我们只能服从。许多景观不能观看了，大家不约而同地发出了惋惜的哀叹，留下了深深的遗憾。

下午，我们下山，前往庐山地质博物馆和98抗洪广场参观，实际上是去购物。下山时，晕车的人比上山时更多，有呻吟的，有呕吐的。特别是酒泉来的一位67岁的老地质工作者，由于吐不出来，心里难受，“哎哟！哎哟”地呻吟了好长一段时间，全车人都为他而痛苦。不知谁说了一句：“这是花钱买罪受！”大家感同身受，不约而同地说：“真是的！”

我们出发前，兰州正是莺啼燕舞，百花簇拥，一派和风暖阳的景象，想必春夏之交的南方更是艳阳高照，热浪炙人，着衣应该越来越少，因此没有带御寒的衣服。然而30多年未遇的极端天气——寒流，与我们同期而至，大家饱尝了暴雨浸淋与寒风刺骨的滋味。这时，“花钱买罪受”成了大家交谈的话题。由于恶劣天气的影响，大家游得很不尽兴，未见“庐山真面目”成了首站旅游的缺憾。幸好，大家看到了30年不遇的“庐山冰挂奇观”，弥补了心头的失落感。

购物结束后，我们住进了靠近九江火车站的一家宾馆。宾馆距市中心较远，我们索性就在附近饭馆用了晚餐。各地火车站附近的饭馆的饭菜质量都比较差，九江也不例外，和兰州相比更加逊色。这一比较，不由得想起了兰州3.5元一碗的牛肉面，是多么美味可口，多么便宜实惠，从而加深了我们对兰州的想念与热爱。

实际上，不仅“跃上葱茏四百旋”有苦有乐、有忧有喜，忧喜变化还伴随这次“夕阳红”之旅的全过程。

16日凌晨5点，我们登上专列向福建武夷山开进，大家在火车上用了午餐。下午2点抵达，随即换车去云窝、天游山等景点参观。武夷山风和日丽，满目青翠，与偶遇的“咫尺愁风雨，匡庐不可登”的极端天气相比，这里格外温暖舒适，令人浑身爽快。

次日（17日），我们参观了虎啸岩、一线天、天乘禅院、水帘洞、大红袍、朱熹纪念馆和万春园。真是处处有新奇，遍地是绝美，一路和风伴，惬意又温馨。

武夷山九曲溪漂流　2018年4月18日摄

第三日（18日）上午，我们乘竹筏漂流九曲溪或入大峡谷享受天然氧吧。由于气候宜人，风光秀美，在两天半的时间里，大家游得比较尽兴。但导游两度将我们带进了购物店，一次是购买水晶、珍珠、银器、茶叶之类的土特产，一次是到一位村民家里购买"红菇"。村民向我们介绍食用红菇的好处后说："红菇一斤25元，给我们优惠5元，只收20元。"大家都积极交钱购买，拿回宾馆看了包装介绍，发现包装袋标注的重量只有半斤（250g），又发现一模一样包装、同等重量与质量的红菇，农副商店标价5元，大家感到售卖红菇的村民欺骗了我们，皆表示愤恨。有几位买的数量较多的人通过导游去找那位村民退货退款，挽回了损失，而绝大多数游客嫌其麻烦或时间紧张，放弃了维权，承担了被欺诈的损失，实际上助长了导游与商家相互勾结欺诈游客的不法行为。这件事，在我们的心里留下了极坏印象。当然，这样的事不仅武夷山有，其他地方亦存在，我们热烈期盼"诚信经营"之花在海内外的旅游市场盛开。

陈嘉庚纪念馆　2010年4月19日摄

下午2点，我们登上专列，向厦门驶去。不知什么原因，我们的专列没有进厦门，于第二天即19日上午9时停靠漳州东。

专列一进站，就有23名厦门旅行社的导游接站引导，将860多名老年游客全部接上了各自的大巴。车在厦门市区没有停留，直接开进了侨乡集美，导游带领大家参观了“民族光辉，华侨旗帜”陈嘉庚纪念馆、归来堂和陈先生故居，其后到台湾人开的“百乐龙厨具店”购物。下午，部分人乘游船海上观金门岛，部分人参观商业街，两组人归来后，乘车到“清华紫光店”去购物。

20日，我们起得很早，快速用餐，想尽早赶到码头排队，搭轮渡前往鼓浪屿，不料大雾弥漫，码头封航。数千人在那里焦急地等待，而且等船的人越来越多，等得大家心急火燎。约莫过了3个小时，11点左右才开航。大厅门一开，等船的人群就像潮水决堤，一拥而入，有些老人的鞋被挤掉了，有些人被架空而入，有些人大声尖叫。拥挤过后，大家总算到达了彼岸，导游清点完人数后领大家参观。首先，我们参观了“钢琴博物馆”，这里陈列了爱国华侨胡友义收藏的40多架古钢琴。这些钢琴非常精美，但我们这些人缺乏音乐细胞，对此不感兴趣，在展厅里穿堂而过。其后，我们参观了山海园林菽庄花苑，在游览过程中，一位老人与公园后门的检票员发生了口角，我们又去劝了一会架，花去了20多分钟。我们的导游去和检票员交谈，以求消除误会，化解矛盾，他团的导游领我们出园购物，又花去半个多小时，大家买了不少厦门的土特产。此时已到了中午12点半，过了午饭时间，导游把我们领到了土特产商店旁边的餐厅，此时所有的餐桌都坐满了人，只好等他们餐罢后再入座。10分钟后我们找到了座位，端上来的饭菜半生不熟，多半人嚼不动。我们随意吃了几口，就到旁边的超市买了点方便食品及零食，跟随导游去坐轮渡返回厦门港。

厦门鼓浪屿一隅　2010年4月21日摄

就这样，大家饿着肚子离开了厦门。这件事不全怪厦门旅行社，却暴露了“夕阳红旅游专列”的弊病，一个 860 多人的超大旅游团，无论走到哪里都会对当地旅行社造成不小的压力，要安排好这么多人的吃、住、行，的确不是一件容易事。鼓浪屿土特产商场旁边的一个小小餐厅，要接待这么多人就餐，还要在一两个小时之内完成，况还要接待其他散客就餐，谈何容易。要这个小餐馆为 860 多人做一顿可口的饭菜，那是缘木求鱼；要以小团分别接待就餐，鼓浪屿又没那么多比较集中的小餐馆，目前的鼓浪屿还不具备接待超大旅游团就餐的能力。要麻雀下鹅蛋，那是天大的笑话。“夕阳红”之旅的运作者前期考察安排有缺失。

厦门是我国东南沿海的一座新兴的花园城市，鼓浪屿又是万国建筑博物馆，大家都十分向往。然而期望值愈高，失落感愈重，一是我们遇上了茫茫浓雾，将一上午的时光泡在了码头，又在万分拥挤的情况下挤进码头大厅；二是遇上了半生不熟、难以下咽的饭菜，饿着肚子离开了心中向往的花园城市；三是没有看到厦门的知名景点，中途又出现了一点小小波折；四是我们的专列没有停靠在厦门火车站附近，往返漳州，浪费了好多时间。于是“夕阳们”心里有点不爽。同时，由于团大人多，经受教育多年的老同志也出现了一些不文明的现象，如坐大巴挤车抢座位、就餐抢座席、下车抢厕所等。

专列于下午（21 日）4 点徐徐启动，一路向西。掌灯时分，列车抵达江西赣州的一个岔道处暂停。这里与赣州市隔江相望，车由华灯初上一直停到万家灯火通明之时，五彩缤纷的景观灯把整个夜空映照得通红，灯影入赣江，随波涟漪，甚为漂亮。而我们无心思去欣赏，情绪变得格外焦躁，火车一停，乘务员将厕所门关掉，大家无处方便。恰巧下午吃了半生不熟的饭菜，不少人拉肚子。水火无情，大家急得没辙，求乘务员开厕所门，乘务员恪守章程，不予理会，但这时已有人拉稀到裤子，怒吼起来，这才开了门。厕所门一开，不少人一拥而上，争相如厕，后有人喊：“排队！”如厕者排起队来。我早有拉肚的感觉，见排队的人那么多，就一直坐在床边压着屁股，尽力控制着，唯恐站起来，控制不住，火车上无法收拾……后听人说：前方施工，火车一时开不了。我怕夹的时间过久出问题，就去车厢两头察看，找了个排队人数最少的厕所排了队。等了近半个小时，在这期间，我咬牙、摇头、浑身发颤、紧缩臀部肌肉、两腿相交、跺脚，作了许多丑陋的控制动作。我一进厕所门，顾不得一切，急忙解带，“山洪”暴发，几乎！几乎！“山洪”还未泄尽，外面敲起门来，喊着：“快点！”我便急忙起身，腾茅坑。这是我一生中最紧张、最艰难的一次如厕！记忆颇深。为了防止继续拉稀，我急忙服用痢特灵、土霉素药片，旁边的一位女同志给我拿来了几片黄连素，让我服用，说：“痢特灵配黄连素止泻、治痢疾，效果最好。”我感谢这位好心人，实际上，我们临铺的和同行的人都是相扶相帮，情同一家。

前方发生了什么，我们无法得知，我们的车什么时候能开行，司乘人员也说不上来，我们只得在车上静候。这时大家的相互交流热络起来，我对面卧铺上的是一位司法厅的老干部，已年上八旬，子女没有陪护，但有位年轻人常来帮他打水，买饭，照顾起居，非常细心周到。我问与他是什么关系，他说是厅里人事处老干科的干部，这次单位组织了40多位离、退休干部参加“夕阳红专列”旅游，派了一位大夫、一位科长和一位干事，全程陪护，这些人员的上下车、吃饭、住宿、保健与安全由他们操心。我们听了感觉很温馨，也很羡慕，周围的老人们听了后，皆竖起了大拇指夸赞司法厅领导，有胸怀、有担当、有眼光、有爱心、有人情味，关心老同志就是关心我们的社会主义事业，就是进一步调动全体员工的积极性和创造性。

为了消磨无聊枯燥的时光，纾解大家的苦闷情绪，兰州铁路局退休职工与兰州市的中小学退休教师轮番唱歌、拉歌，此起彼伏，十分欢闹。其中铁路局一家四姐妹能说、能笑、能唱、能跳，最为活跃，大姐年过六旬，为人敦厚老实，一辈子围着锅台，没有出过门，这次三个妹妹将她带出旅游，开开眼界，散散心。妹妹对姐姐尊重，姐姐对妹妹疼爱，她们在一起说说笑笑，十分融洽和睦，让我们感受到浓烈的人间亲情，大家都很羡慕她们四姐妹。

不知不觉到了熄灯时间，车厢里静了下来，车依旧静静地停在原地，不少人进入了梦乡。约莫过了午夜，一位下铺的老人突然从梦中惊醒，说："上边漏水了！"对面的人一骨碌从床上爬起，帮着察看，未发现车顶和上铺有水。"可能是中铺遗尿了！"正在浓睡中的中铺老太被说话声吵醒，向铺上一摸，深知是自己惹的祸，急忙说："对不起！"下铺的老人二话没说，摸着黑擦了擦滴湿的地方，调换了一下被单的位置，背靠着车壁而坐。他心里明白，老太一天旅游行走，劳累疲乏，夜半小便失禁是常有的事。他恐老太害羞和被人耻笑，没有向任何人提及此事，装着若无其事的样子。这种遇事为他人着想的襟怀与气度又触动了我的心灵。

生活从来就是泥沙俱下，从来就是苦与乐的结合体。没有泥沙无以成江河，没有苦乐无以成生活。旅游中的"遗憾"与平日司空见惯的一样，都是生活的组成部分，没有必要去计较。风霜雪雨和酸甜苦辣，才是生活的味道，亦是真实生活的内容。因此，我们并没有把它放在心上，好好睡觉，等待明天的日出。

在火车上度过了有苦有乐的一夜，远方的天幕徐徐拉开，晨光愈来愈亮，突然传来好消息：前方施工结束了！路障经 13 个小时的抢修已经排除。我们特别感谢工人师傅，他们为了铁路的畅通和我们的出行，抢修了整整一夜，是何等的辛苦。

22 日清晨，我们的专列开启了，一路在为其他正点列车让路的"夕阳红"，这时也开始增速度、抢时间了（我们的专列是淘汰了的破旧绿皮车，属于临时加车，线路是部里特批的临时线，每遇正点列车都要停车让路）。列车经过 10 多个小时的开行，抵达了洛阳火车站。我们一下车就受到了洛阳人民的欢迎，他们打着"热烈欢迎甘肃省夕阳红旅游团首次抵达洛阳"的巨幅，敲锣打鼓，少儿们吹着军号，中老年们扭着秧歌、打着腰鼓，还有些人挥动着手中的花束，喊着："欢迎，欢迎，热烈欢迎！"据洛阳的同志讲，欢迎的人群于早 8 点之前就到达了火车站迎候，但你们未到，他们一直等到了现在，有些人因等候时间过长离开了，所以欢迎的人数有所减少。

洛阳人民的热情使我们热泪盈眶，他们为迎接我们等了 10 多个钟头，我们仅仅是一群“近黄昏”的老人组成的旅游团，用了一个好听的名字“夕阳红”，他们就如此重视，我们实感愧疚，真不敢当。然又一想，他们如此隆重，不单单是为欢迎我们这些老年游客，也是为了促成两地间一项新的业务的开启。

欢迎仪式结束后，我们以小团为单位，分别到各自的宾馆住宿、就餐。宾馆干净明亮，饭菜丰盛可口。餐后，大家纷纷翘指称赞，一天一夜的怨气、晦气一扫而光，精神顿时爽快。由于我们迟到，耽误了白天的行程安排，于是我们只能夜游龙门石窟。

洛阳是千年帝都，华夏圣城，文明之源，天下之中，历史文化积淀厚重，古迹遗存多如繁星，其中龙门石窟最为耀眼。它是世界上造像最多、规模最大的石刻艺术宝库，被联合国教科文组织评为“中国石刻艺术的最高峰”；石窟开凿在伊水东西两山的峭壁上，南北长 1 公里，从北魏至唐宋 4 个多世纪，营造石窟 2300 多个，佛像 10 万余，其卢舍那大佛，通高 17.14 米，头高 4 米，耳长 1.9 米，雍容大度、气宇非凡、栩栩如生，传说是依武则天的原型开凿的；最小的雕像仅有 2 厘米。

我们在迷幻的夜景和五彩斑斓的灯光下观览了绝大部分洞窟石龛，欣赏了佛龛造像艺术的神奇与神秘，似乎沾染了一星半点的仙气，莫名地飘飘然！对面的香山寺更是灯火璀璨，景象诱人，因时间紧张，未能涉足。还有许多历史价值较高，且非常精美的石碑、题记，我们亦未去参观。

翌日（23 日）清晨，我们早早起床，洗漱。用餐罢，导游安排我们尽快坐车去国家牡丹园门口排队，争取第一拨入园参观。时值洛阳第 28 届牡丹花会，海内外游客云集洛阳，人山人海。在导游的引导下，我们如愿以偿，第一批进园。于时旭日初升，晨辉和煦，园艺师们正向园里的牡丹喷洒细雨，花叶树枝挂满了晶莹的水珠，显得枝叶更加蓬发，花朵格外清新娇美，花蕾亦挂露含珠、鲜嫩竞艳。我们紧紧地跟着讲解员，认真聆听，仔细辨认盛开的姚黄、魏紫、豆绿、墨魁、乌金、赵粉、贵妃、香玉、雪莲、白玉、朱砂、金丹、二乔、赛玉、金贵和洛阳红等。这里的牡丹品种多达数百，我们不能一一辨赏，也记不住那么多的名字。园中的牡丹花朵硕大，花形千姿百态，颜色谱系不少，有复、单之别：复色有红白、红白紫、红白粉；单色有红、黄、绿、粉、白、蓝、紫、黑等，真是“国色千百种，花姿迥态异；天香赐洛邑，香飘数百里”。

笔者与妻游览洛阳国际牡丹园留影　2010年4月23日摄

不到洛阳，就不识“国色天香”的芳容，更不懂它的深邃内涵，只有到了洛阳，才能更好地理解“唯有牡丹真国色”，才能领悟它雍容华贵、富丽堂皇、吉祥如意的隐喻。实际上，她象征着中华民族的兴旺发达、繁荣昌盛和幸福美满。我们很幸运，一上午在园内尽情观赏、尽情浏览，大饱了眼福，其中的复色牡丹，如什样锦、二乔、赛玉、花蝴蝶以及单色的绿香球、绿玉、绿豆、墨玉、赵粉、状元红、玉香映月等许多名贵品种是我以前从未见过，其他地方可能也没有。只有这里的牡丹品种如此繁多，且花肥蕊香，色奇艳美，正如欧阳修所说：“洛阳地脉花最宜，牡丹尤为天下奇。”

我痴迷，我留恋，我真不想离开这香气袭人、株株放彩、朵朵竞艳的牡丹园，但我稍一驻足，身后的游人便催："快走！"我游兴未尽，时已近中午，导游带我们出园。此时，园内游人如织，主景区游客比肩接踵，园门口安全员正在挥手疏导，门外人流、车流潮涌，仿佛是万人空巷，倾城出动，人人欢庆，同赏共乐，大有"花开时节动京城"的景象。

洛阳盛开的复色牡丹　2010年4月23日摄

洛阳有四大公园，且园园有大片的牡丹花，我们参观的是品种最多、面积最大的国家牡丹园。参观了这里心里已觉美滋滋，乐开了花！

洛阳是我们"夕阳红"之旅的最后一站，也是最快乐的一站。正是花开时节，我们踏进了牡丹花海，尽睹万千娇美芳容，终生难忘，也深深感谢洛阳人民的热情好客！

然而，洛阳厚重的历史文化的强大磁场依然吸引着我的灵魂，以前也曾去过一两次，皆因公差，与历史文化遗迹擦肩而过，未能如愿。今要离开，心有不舍。"关林"，是武圣关羽的葬首之地，后人在此修建了祭祀庙宇、园林，与祭祀"文圣"孔丘的"孔林"一样，受人朝拜。对此，我甚感欣慰，这是后人对他不忘初心、忠义刚烈品德的肯定与敬仰，我也了解了那时政治斗争的残酷、诡异和复杂。建安二十四年（219 年），正是关羽踌躇满志"水淹七军""威震华夏"，曹孟德商议迁许都以避其锐之时，听从司马懿、蒋济之谋，以割江南为诱饵，使人策孙权逆袭关羽；权见利忘义，背信弃盟，潜师密发，取关羽首级，装木匣，遣人速送洛阳曹公，邀功求赏；操使刻木为身，以诸侯礼厚葬。从这里我们可以窥见曹操阴险歹毒与慈善合一的奸雄形象。

"否极生泰，泰极生否"是一种自然规律，"大胜"往往隐藏着"大败"

的危险。“奇取”“奇胜”之后别让胜利冲昏头脑，始终要把“全军为上”“居安思危”放在首位，常言说：“要打胜仗，先寻败路。”关羽大意失荆州，然他的覆亡，原因是多方面的，但与“刚愎自用”的秉性及对下属态度的严苛有一定关系，致使南郡太守糜芳、将军傅士仁暗投孙权，祸起萧墙！导致了悲剧的发生。令人更为心寒的是44年后（公元263年，即魏景元四年，蜀汉炎兴元年），庞德的儿子庞会随钟会、邓艾灭蜀，为报父仇，杀害了关羽全家老小，至此关羽一脉绝灭，哀哉！哀哉！

我很想看看“关林”，钩沉英雄辈出的三国历史；也想看看魏明帝“高平陵”和洛水浮桥的遗址，了解一下诡谲善变且有“狼顾”之质的司马懿是如何利用皇帝外出祭祖发动政变，灭掉自己的政敌，使曹氏一族只剩孤儿寡母的。

我们在恋恋不舍之中，于下午登上了返程的“夕阳红专列”，经过一夜的行驶，次日（24日）清晨抵达兰州，结束了全部行程。

在这10多天中，我们经历了庐山的四月寒潮，又看到了难逢的冰玉世界；饱览了武夷山风光的俊美，又受到了商家的欺诈；体味了厦门轮渡码头的拥挤和鼓浪屿半生不熟的午餐；度过了赣州城外停车一宿的难熬之夜，又感受到了车厢内的欢乐与友情；由衷感谢淳朴敦厚、诚实笃信的洛阳人民的热情款待和导游的周到服务。总之，“夕阳红”之旅有艰辛，有欢乐，亦有收益，特别是洛阳之旅激发了我的思想活力，提高了旅游兴致。我期待再次回访令我魂牵梦萦的洛阳以及其他历史文化宝地。

2010年冬完成初稿，出版前再次修订

鹫　峡

鹫峡，位于甘肃省陇南市西和县洛峪乡。《读史方舆纪要》云："《水经注》仇池东北有龙门戍，而鹫峡在龙门之西南、仇池之北。"由于1500多年前的两场激烈战争而名扬天下，镌刻史册。

第一场战争发生在东晋咸安元年（公元371年）。

公元360年，仇池公杨俊故去，其子杨世自立为仇池公；过了8年，东晋命杨世为秦州刺史，其弟杨统为武都太守。在此期间，杨世也与前秦苻坚通好。起初，杨世曾以地降于坚，坚署为平南将军、秦州刺史、仇池公，既而又归顺于晋。公元370年，杨世卒，其子杨纂自立，开始与苻秦断绝归附关系，叔父武都太守杨统起兵，与杨纂争夺仇池国政。由于叔侄不合，致使国之不安。

杨纂与前秦绝交之时，正是苻坚国力日盛、国运顺昌、问鼎一统之际。此时的仇池在北方诸地方政权中，实力较强，降伏仇池具有"杀一儆百"的作用。于是，苻坚于次年（公元371年）遣西县侯苻雅、将军杨安、益州刺史王统，以及徐成、朱肜、姚苌等率步骑七万讨伐仇池杨纂。秦军开至鹫峡口，杨纂率众五万于鹫峡凭险以拒，晋梁州刺史弘农杨亮遣都护郭宝、卜靖率千余骑助杨纂，与秦兵在峡中大战。杨纂兵溃败，死者十之三四，郭宝阵亡，纂收拢散兵剩勇遁还。

正当苻雅进攻仇池之时，纂叔杨统率武都之众降秦，纂将杨他遣子杨硕秘密降雅，请为内应。此时，杨纂已内外交困，万分恐惧，便面缚出降。苻雅释其缚，送纂于长安。秦以杨统为平远将军、南秦州刺史，加杨安都督南秦州诸军事，镇仇池。并迁徙居民于关中，使百顷仇池变为空地。后杨纂被杨安所杀，仇池国亡。

苻坚克仇池后，国威大振，张天锡大惧，遣使谢罪称藩；吐谷浑遣使献马千匹、金银五百斤。苻坚收到了“敲山震虎”和“克纂扬威”的效果，由衷高兴。

据《宋书》载：“世祖以其善战，配以仇池步槊”，“合围数十重，短兵接战，弓矢无复用。贼悉衣犀革，戈矛所不能加”。可见仇池杨氏善于“短兵相接之战”，其兵器衣甲均为当时最优良的。而这次鹫峡大战，杨纂为何一败涂地，国破人亡呢？究其原因，除了兵力悬殊之外，主要是内部的分裂与不合所致：其叔杨统骁武得众，起兵武都，与纂分争；纂将杨他叛变，遣子杨硕暗降苻雅，请为内应。这应该是一个致命因素。正由于内部不安不合，不仅战斗力极大下降，导致战前布阵、准备不足，也没有充分利用鹫峡的绝险地理条件，让七万秦兵轻易攻入峡内，与自己的五万军卒在仅有二里多长的峡谷内格斗厮杀。

我们很难想象，敌我十二万军卒在二里长的峡谷内是如何对阵的。冲杀与反冲杀、包围与反包围是何等激烈与残忍；骑兵与骑兵、骑兵与步兵又是如何对阵的；其鼓角雷鸣，喊声冲天，斧钺铿锵之声是何等洪大，双方肉搏又是何等惨烈；苻雅之军夺栈道、渡洛水，破天险、穿鹫峡，是何等惊心动魄。如果，杨纂以强劲之旅死守栈道，弓弩手适时发威；如果，杨纂之军善用峡口之险，五万军卒齐心协力、布阵合理，苻秦之兵不可能进军如此顺利，也不可能在短短的数小时之内获得全胜，仇池之兵亦不可能在这样短的时间内溃不成军，死者十之三四。然而，历史没有如果，也不可重复或复制，更不能从头再来！历史只承认真相与事实，不因为弱者的眼泪同情或改写，也不给智者纠正失误的任何机会！战争的规律是：在古代短兵相接的战斗中，其结局必然是强者胜，即在装备相当，天时、地理、人和与环境相同的条件下，人多的一方必然取胜。在七与五的较量中，七大于五。由于以上原因所致，杨纂兵败如大厦倾覆，冈峦崩裂，不可逆转。

由于杨纂的惨败，煮土成盐的百顷平田沃土和丰水清泉潺潺的避世桃源变成了鬼哭狼嚎、空空荡荡的荒山野岭。直到15年后，杨定徙居陇右，仇池的天空才又飘起复兴的云朵。

第二场战争发生在齐建武四年（公元497年）。

公元497年8月，魏将军穆亮的副将杨灵珍被魏主爵升为南梁州刺史、仇池公。然而雄心勃勃的氐帅杨灵珍并不满足于这个头衔，不久叛魏，举州降齐，并遣弟婆罗阿卜珍与子双领万骑袭破武兴，以求更大的发展空间，待机另起炉灶。他的这一举动使朝野哗然，魏主震怒，即令（九月丁丑）河南尹李崇率数万大军讨伐。

善于用兵的李崇，槎山分道，出其不意，表里袭之，使分散的众多天水氐族种人弃灵珍以降魏。初战告捷的李崇并未沾沾自喜，匆忙进兵，却在赤谷安营扎寨后，认真研究情报，谋划进攻路线与策略。

面对李崇的数万大军，杨灵珍的确有些惶恐，特别是天水群氐背叛自己、归顺朝廷，已使兵力和族群实力损失过半，现有的兵力不到敌军的三分之一。然而他在惶恐中找到了一点自信，手中有两张天险牌，可以退敌。一是东边有龙门，派从弟杨建带五千军卒屯守，杨建在龙门以北数十里伐木塞道，阻击来犯之敌。二是西边有鹫峡，自己亲率精兵一万屯守，在鹫峡口囤积礌石、滚木，待敌兵进入峡口，下礌石、滚木以击敌人。颇具军事韬略的李崇掌握了杨灵珍的防守布局后，制定了自己的进军路线和进攻策略。他想：龙门以北数十里树木塞道，行军困难，但可另选他道巧攻，鹫峡则无他道绕行，夺取鹫峡将是一场恶战。于是决定派别将慕容拒率众五千从他路夜袭龙门，自己亲率数万军卒进攻鹫峡。

鹫峡北（上黑虎峡）

鹫峡南（下黑虎峡）

鹫峡，由南北两峡组成，当地群众称鹫峡为黑虎桥峡，北为上黑虎峡，南为下黑虎峡。两峡间有二里多峡谷。上下两峡均为峡宽不到三十米、左右峡壁对峙、悬崖千仞的绝险之地，峡中又有湍急的洛谷水汹涌奔流，一些路段只能从峡谷栈道通行。如果李崇的兵卒全部进入鹫峡内，杨灵珍就可关门打狗，两峡门重兵执坚，居高临下，礌石、滚木下落，万箭齐发，李崇肯定损失惨重，无法攻取。头脑冷静的李崇并未挥师入峡，而是派勇士在弓箭的掩护下，分批次从多路攀悬崖、登绝壁，抢占上峡门制高点或礌石、滚木堆放处，目的是以最小的伤亡消耗对方最多的礌石、滚木。在抢占峡门顶峰的过程中不少士卒被礌石、滚木击中，尸坠峡谷。战斗初期，李崇兵卒伤亡严重。

然而杨灵珍囤积在山顶的礌石、滚木毕竟有限，向山顶搬运这些东西也有很大难度，况山峰、山腰布军有限，且给养补充亦有一定困难。当礌石、滚木告罄之时，李崇之军发起了总攻，凭险拒敌的杨灵珍终因寡不敌众，在四倍于己的强大魏军的攻击下，北峡失守。不多时辰南峡也被攻破，死伤惨重的杨灵珍军只得边战边退，寻路奔逃。

此时，龙门（今石峡）亦被慕容拒引军由芦河、董河、草关、歇台、进入六巷，再由廖坝翻土桥沟和由下巷翻焦山沟，避开了伐木塞道的路段，夜袭成功。

当魏大军压境，征讨仇池公灵珍之时，齐梁州刺史阴广宗急派参军郑猷、王思考率众救援灵珍，但无济于事，仍被李崇击溃。最后武兴也被李崇攻陷，灵珍妻被俘，郑猷被擒，二弟婆罗阿卜珍被斩，千余人被杀，灵珍奔还汉中。至此，杨灵珍“依险却敌、以少胜多”的美梦彻底破灭。想当年，魏高祖时，自己率骑击退寇仇池的阶陵比谷羌董耕奴、斯卑时的情景，是多么得意与自豪；两年前，在泥功山镇守拒格姜山安、赵朝宗等萧懿之军时，又是多么自信与威武；想昔日是何等荣耀与辉煌，看此刻却像惊魂未定的野狗被一只张着血盆大口的猛兽扑来，只顾逃命，哪有喘息的机会，该是多么凄惨。

在这场残酷的战斗中数千军卒战死疆场，抛尸鹫峡，血浆染红了的洛谷水漂浮着无数的尸体，流向了下游滩渎。

实际上，早在 2100 多年前，汉武帝平西南夷，于骆谷置武都郡，鹫峡的战略地位已凸显于世。也许，还可以追溯到更远古的“氐人国”时期，鹫峡之奇、鹫峡之险、鹫峡之隘已被人所识。骆谷（武都）仇池是氐人生息繁衍的沃土或天堂，仇池是氐族的故国或中心，仇池山是氐人的圣山。鹫峡则是仇池古国的一个保卫屏障，它为圣山增加了更多的神秘色彩。这里不知经历了多少次锦纛蔽日、战马嘶鸣、斧钺震谷、血肉横飞的战争，但有历史记载的大战却只有这两次。《甘肃通志·卷六》载："成县鹫峡在县西北。晋太和中，苻坚伐仇池与杨纂战于峡中。魏将李崇攻仇池杨灵珍于鹫峡。"《读史方舆纪要》除记载了以上两次战争外，还记载了"义熙六年，仇池杨盛叛姚秦，侵扰祁山，秦王兴遣将军姚恢出鹫峡，秦州刺史姚嵩出羊头峡，右卫将军胡翼度出汧城以击盛"的史实，但在鹫峡内未发生战事。

战争的烟云已被历史的劲风拂去，戈矛相击、斧钺相残的景况已尘封在历史的记忆中，滔滔的洛谷水演奏着民族和谐的凯歌。今日的鹫峡全然是另一番景象：

2011年8月5日，我与夫人为寻古访胜乘车前往洛峪，寻觅古骆谷城与鹫峡的历史痕迹。我们从洛峪峡口下车，徒步穿行长达四里多路的洛峪峡，观赏峡谷风光。这里也曾是昔日的重要关隘，峡外东西北三面四通八达，要进入武都骆谷城只能通过此峡，这是秦陇进入洛谷（今洛峪）、仇池最近的入口。我们到达洛峪镇后，经人指点走上了河东岸一条新建的马路，在这条路上，可以更好地观看古武都郡与古骆谷城的全貌。然而这条路还未告竣，没有桥梁，无法过河，也无法走上通往马河与鹫峡的公路，要折返回去，最少要弯（多走）六七里，况我们已经走了十多里了，感到有些困倦，于是决定脱鞋蹚水过河。我们找了段水流较缓，河底较平的河床入水，一入水就被河石刺痛了脚掌，我们忍受着疼痛，相互搀扶着、鼓励着慢慢蹚过了没过膝盖的洛谷水（今洛峪河），走上了大道。

首先映入眼帘的是一处被炸的峡口石壁，这里正是《水经注》所说的"……洛谷水，水有二源，同注一壑于神蛇戍西"的"壑口"。20世纪60年代《人民日报》上刊登的"洛峪河上的瀑布"的美丽风光，现在已难觅踪影，我们情不自禁地叹息了几声，便随意拍了几张"壑口"照片，继续前行，走了三四里，就到了上鹫峡口。

峡口两壁青峰摩天，朵朵白云在蓝莹莹的一线天空中飘渡，格外夺人眼球。两壁间矗立着一座小山丘，似一只仰视苍穹、俯察深涧的鹰隼，因此而名之为“鹫峡”。当年羽翼尚未丰满的杨灵珍多想乘上这只鹫峡鹰隼展翅高飞，遨游在十六国的蓝天中称王称霸，然而鹫峡鹰隼未能振翅奋飞，使杨化险为夷，因为它的双足深深连在洛谷河的磐石上，李崇强大的实力拖住了它的双足，困住了它的双翅，令它无法起飞。杨灵珍也曾想到126年前苻坚克杨纂、灭仇池之事，心里有点惧怕，但又想到，杨纂之亡，是由于叔侄纷争，将领叛变，内忧外患同时降临，且不会利用鹫峡之险所致，而自己没有这种情况。当他想到内部精诚团结，一致对外，又会用鹫峡之险时，反增加了几分自信。也许杨灵珍心里明白：古今有几桩“以少胜多”的战例？有几桩“凭险却退强敌”的事例？蜀汉后主刘禅具有“一夫当关，万夫莫开”的天下第一奇险——“剑门”，逃过了“面缚于人”的命运吗？但是为了实现自己的政治梦想，没有寻求灵活机动之战略战术，而是选择了“凭险死守”“侥幸取胜”之策，结果酿成了损兵折将、弟死妻俘、逃亡他地、寄人篱下的悲剧。也许他只看到了“秦用函谷之险，却六国而有余”的一面，而没有看到“迨秦末，虽有函谷，却拒群寇而不足”的一面；只看到了“诸葛武侯出剑阁，窥三辅，威震秦陇”的一面，却没有看到“刘禅有剑阁，而成都不能保也”的另一面。岂不知关键在人，灵珍从弟杨建只知“伐木塞道”，而不知防“它路夜袭”，杨灵珍也不知“以逸待劳”“虚实布阵”“避其精锐”“断其粮道”等；相比之下，李崇比较聪明，他不仅善用“槎山分道，出其不意，表里袭之”，而且巧用“它路夜袭”“多设疑兵”之术，获得全胜。

鹫峡的腥风血雨，早已被昼夜不息的洛谷水冲洗，被冬去春来的风霜雪雨荡涤，被朝升暮落的日月星辰等销蚀得干干净净。今天，历史的天空绘出了新的图景，谱写了新的乐章。

鹫峡口的纳凉情侣

在石潭瀑布戏水的少年

一对恋人把骑乘的摩托停靠在路边的草坪，走到峡口的一块巨石上，撑起了一把情侣伞，坐在伞下的石板上，搂着腰，贴着脸，述说温情，憧憬未来，感受美好，享受甜蜜，期冀爱情的暖流像面前的洛谷水一样奔流不息，愿爱的情缘向面前的青山石壁一样万古不变。他们哪里知道，纳凉和爱情火花释放之处、很少有人光顾的幽静的悬崖深谷之处，曾经死尸堆积，血水横流，残戈断戟遍布。

在鹫峡边的田埂上采椒

峭壁上的千年古佛龛遗迹

一群少年光着身子在峡口的瀑布石潭中戏水、洗澡，几个姑娘戴着时尚的遮阳帽在鹫峡口的地埂上采摘花椒，一些戴着草帽的农民在峡口的台田上耕耘劳作。他们不记得这里曾经发生过什么。昔日的军营堡垒，已成为农民的庄稼地，眼前一块块绿油油的玉米地与火红的椒树林已埋葬了曾经的刀光剑影和呐喊厮杀之声；昔日戒备森严的峡口，已变成宽阔平坦的马路，奔驰着客货、农用等大小车辆；昔日箭矢如雨、飞鸟难渡的峡口，高压线、电话线已凌空而架，只有峡壁上的一排栈道洞孔珍藏着昔日的艰险、昔日的你争我夺、昔日的厮杀格斗与锦纛更易的故事。

在一位农民的指引下，我们跑到下鹫峡口遥观东面一二百米高的绝壁上残留的一处悬空佛龛。不知何年何月何人用什么方法在如此高的峭壁上修建了这些佛龛。在惊叹之余，想到当年，当地居民，也许是氐族同胞，是何等热爱安宁、热爱和平，他们把希望寄托在神佛的保佑上，祈求神佛阻止流血、阻止残杀、阻止战争。

也许，这座残留的佛龛与佛龛凿洞，还能见证如烟往事；峡口的左右石壁与峰峦，以及湍流不息的洛谷水还记得那一幕！

2011 年 8 月 8 日

参考资料：

1.《资治通鉴·晋纪》

2.《魏书·氐传》

3.《宋书·氐胡传》

4.《晋书·载记》

5.《晋略·仇池传》

6.《资治通鉴·齐纪》

7.《略阳县志·建置部》

8.《魏书·李崇传》

9.《魏书·穆亮传》

10.《武阶备志·仇池杨氏传》

11.《魏书·李焕传》

12.《魏书·夏侯道迁传》

13.《南齐书·氐传》

14.《甘肃通志·卷六·山川志》

15.《读史方舆纪要·卷五十九》

寻访龙门谷

诗圣杜甫寓居陇右期间，创作了不少诗歌，纪行诗《龙门镇》就是其中之一。人们对龙门镇的具体地址一直众说纷纭，然先贤提出了“因水以证地，而即地以存古”的原则。按照这一原则，寻找龙门水就是破解这一难题的关键，要确定龙门水的位置就要先确定龙门谷的所在地。因此，确定龙门谷就是关键中的关键。

《水经注》云：龙门水“水出西北龙门谷，东流与横水会……又南迳龙门戍东，又东南入洛溪水……”三国、魏晋时期的龙门戍就是唐代的龙门镇。龙门水因龙门谷而得名，龙门镇因龙门水而名之。

当前，方志和学界对龙门谷的今地主要有四种观点：一是纸坊河上游，二是西和十里乡渊潭北村，三是十里乡上沟里、段家山、马圈沟、石门子一带，四是西和石峡镇高河村的大石峡和小石峡；对龙门镇的今地主要有三种观点：一是成县府城集，二是西和坦途关，三是西和石峡街。因为“龙门镇因龙门水而名之，龙门水因龙门谷而得名”，只要找到了龙门谷，龙门镇的今地问题就可迎刃而解；所以，我们决定先去寻访“龙门谷”。

我们抱着尊重科学、尊重历史、尊重事实的态度，对上述观点提及地一一进行走访与排查。我们在走访中寻找，在寻找中排查，在排查中比较，在比较中确定。

2007 年至 2008 年，我们在省城兰州查阅了一些史料和方志，初步掌握了一些关于龙门镇、龙门水、龙门谷的粗糙资料和模糊概念。

2009 年 8 月 22 日，我们租车到成县纸坊、府城进行走访和调研。80 岁高龄的邮电退休职工梁振华老人热情地接待了我们，在他家喝了茶，与有关人员进行了交谈。通过调研，我们发现发源于纸坊干沟的纸坊河，没有与任何河水相交汇入西汉水，而是单流入汉，其发源地在府城的正北，河水又是向南流泻，据载：“龙门水先与横水相交，后又与洛溪水（六巷河）相汇，然后流入西汉水。”据此，纸坊河与《水经注》对龙门水和龙门谷的记载完全不符。同时，发源地干沟没有急流深潭和石门峭壁，不可能名之为龙门谷。

2007 年 6 月 10 日，我们登上了横岭山的主峰龙洞山，极目远眺，欲寻峡谷龙潭、悬崖峭壁，还去了盘龙洞，进行考察。

2009 年 8 月 29 日，我们乘车赴十里渊潭北村考察。该村村头曾经有峡壁高耸和瀑布深潭的景观，1949 年前比较壮观，后经多年的山洪淤积，峡门深潭不再显明。它虽然有龙门谷的地貌特征，但流经它的页水是向西南流淌，又处在青阳河（横水）的东北方向，不符合《水经注》对龙门谷、龙门水的记述。

2010 年 7 月 28 日和 8 月 11 日，我们两次乘车前往石峡、青阳峡和十里横岭山、仁义、巩家庄一带考察，没有发现上沟里、段家山、马圈沟一带有石门洞开、瀑布倾泻、深潭藏龙的景观，没有名之为龙门谷的地貌特征，况青阳河（横水）是向南流淌。与《水经注》对龙门谷、龙门水的记述亦不相吻合。

2010 年 8 月 24 日，我们乘车到石峡前往高河考察。先到镇政府，向镇长汇报了我们的意图，当他了解到我们是到高河村大石峡和小石峡（简称大石、小石）考察龙门谷的，表示欢迎，当即撕了一张台历写画了行走路线与村书记的电话号码，介绍了乘车处，并向村书记打电话说：“兰州来的教授要到大石、小石考察，请派人带路。”王书记答应亲自在高河小学等候。听了杨镇长的电话，我们非常诧异，我俩既未带介绍信，又未作自我介绍，他怎么知道我是教授呢？我们对这位年仅二十六七的镇领导的钦佩之情油然而生，多么精明、多么干练、多么有效率。

我们离开镇政府，前去找车，结果没有去高河村的“蛋蛋车”（当地人对“小面的”的一种称呼），后又请路边的当地人帮我们去租车，因为路途只有十五里，挣钱少，划不着，而且路面未硬化，不好走，师傅都不愿意去。我们俩怕王书记等候时间过久，便决定徒步前往。

雨后的天空格外清爽明朗，山峦格外碧绿，田野格外青翠，飘浮在湛蓝天空中的白云像跟随我们一同前行。路上的车辆很少，几乎没有行人，红砖灰瓦的新房舍三三两两、参差不齐地散布于河谷或山腰，掩映在绿树之中，充满了诗情画意。我们好像走进了一个山野度假村，特别欣喜和惬意。然而，当头的烈日依旧灼热如夏，我们只走了三四里路，已经满头大汗，内衣全湿。我和夫人都把外衣脱了下来，装进了塑料袋，夫人拎着小包与塑料袋，我背着相机，继续前行。夫人不忍心火辣辣的阳光晒伤我的皮肤，就把她的伞拿过来与我同打。我们又走了三四里路，来到了刘河村头，碰见了一位本村人一问，到高河小学还有七里多路。这时，我俩已感到很困倦，索性坐在一家新房的屋檐下，吃了些锅盔馍、黄瓜，喝了些水，休息了一阵。

我们振作了精神，继续前行。突然，我们听到身后有车声，回头一看，果然是一辆小面的，还未来得及招手，车已从身边疾驰而过。我们有些懊悔，为什么不早一点放下手中的东西向司机招手呢？大约过了半小时，那辆面的未拉一人又返回行驶，我们想租用，就提前招手，结果师傅挥手拒绝。我们感叹了一阵，当前农村交通不便，有车无路与有路无车的状况何时能够解决！

我们走了将近四个小时，经过了石坝、刘河、高河、殿坝等自然村，终于到了高河小学。然而，从早上 10 点一直等到下午 2 点的村书记刚刚回家去吃饭。我们不知道情况，就给他打电话。他接到电话，二话没说，就放下刚泡好的方便面，来见我们。我们得知后，劝他先回家吃饭，他不肯。让他吃我们带的馍，他不吃，且坚持要立即领我们去小石峡，因为他知道路程较远，我们来得太迟，怕时间不够用。我们心里过意不去，不好意思地跟着他前往。学校到小石峡大约三里路，走了半个多小时，就到峡门前。

我们看到眼前的峡门，峭壁千仞，悬崖对峙，瀑布凌空而落，兴奋不已，仿佛看到了梦中的龙门谷！真想大声高呼——龙门谷，我找到了您！

龙门谷——小峡 2010年8月26日摄

记得 1962 年，我刚从天水调回西和县民政局工作，第一次下乡到石峡区委，区武装部部长赵维章领我到高河、小石、大石等村访贫和调查优抚对象、复原军人；1963 年，我随郭世龙县长到石峡检查指导人口普查与农村工作；1968 年我又一次到石峡石坝、高登、高河下乡调研。听说大石和小石的峡门巍峨、峡谷幽深、瀑布壮观、林木密集等，但都没有实地目睹观光。那时，我不知道《水经注》和“龙门水”“龙门谷”，不知道它和杜甫“陇右诗”有什么关系，每次都与大石和小石的美丽风光擦肩而过，好在留下了大、小石，峡门壮观、峡谷蜿蜒、瀑布奔流、森林密布的印象和记忆。

我忘记了腰酸腿疼，拿起相机，走上走下，选择镜头，一连拍摄了数十张。

在王书记的引导下，我又爬到了山顶，远眺了峡门后三里多长的无知沟和流水曲折、缓缓而下的景象。

在小石峡观光了一个多小时后，王书记领我们疾步下山，回到学校前的广场，他骑摩托将我俩带上，向大石峡前进。起步不久，一辆摩托从我们身旁驶过，王书记叫住了那位青年摩托手，让他也带上一人，我赶快过去坐上了那位青年的摩托，夫人坐着王书记的摩托，一起向大石峡方向驶去。我们只用了十多分钟，就到了大石峡。

大石峡的峡门更加雄伟壮观与险绝，只是瀑布比小石峡的略小。遗憾的是左边的大半片石壁已被炸毁，我火热的心情骤然下降到了冰点，忘记了身旁的村书记，便脱口而出“要给后人留点自然遗产，自然景观的破坏是无法弥补与恢复的”。话已挑明，我不再忌讳，就向村书记询问情况。

村书记说：“这是县电力局石坝铅锌浮选厂开采的，是经过县乡批准的，每年给村里缴 2000 元的补偿费。”

“石坝浮选厂是私人办的还是单位办的？”

“是电力局的一位职工办的。”

“为了一点儿蝇头小利，竟然将一处壮观美丽的自然景观和历史文化遗产破坏了，实在是得不偿失。这一景观对于将来开发旅游业有很大价值，是杜甫陇右行和仇池古国游的重要旅游点，是一座永远的致富金山。”

听了我的建议，村书记表示可以叫停。

激动与痛心的对撞，令我产生了思想的波澜。“山区农村没有来钱的门路，偌大的一个自然村就靠这点微不足道的收入来支付护林员的工资和公用经费。实在是太穷了！正是“穷”毁灭着这座自然与文化价值极高的“金山”。我们理解村支书，这个下策是无奈的选择。

过了一会儿，我的心情平静了下来，转入主题，于是又拿起相机，爬上一座炸石滚落堆成的小山丘，照了几张相。险峻壮美的峡门已被破坏了一半，寻找了好一会儿也没找出一个理想的镜头，只好退回原处。

王书记领我们离开炸伤了的峡门，翻越了一座小山丘，山腰有个鹰嘴石，极为好看，我拍照留念。我爬到山顶，眼前豁然一亮，一座两面壁峰如削、狭窄一线的峡门映入眼帘，这是大石峡的二门；远处还矗立着一座比较宽阔的U型峡门，这是大石峡的三门；放眼望去，八里多长的十二沟，松杉茁壮，一片葱茏，约一万亩的人工林已初具规模。这是王高玉同志的心血结晶，他30岁任村书记，坚持12年植树造林。初期他用自己的退休金跑项目，盖护林房，现已扩建到四间，还遴选了两名护林员。

被炸的龙门谷（石峡镇高河村大峡）
2010年8月26日摄

龙门谷（图为大峡一门，另有二门、三门）
2010年8月26日摄

在蓝天白云的映衬下，山谷清新幽静，美丽如画，令人宠辱皆忘，心旷神怡。我们静静地观望并享受了一会儿大自然的美景后，与书记三人轮流拍照留念。其后，我带上相机，向沟底走去，寻找拍摄二门和三门的最佳角度。今年雨水多，野草特别茂盛，我踩着齐腰深的杂草、葛条、刺蔓向谷底走，有时衣裤被荆棘挂住，有时脚陷泥坑，最怕的是踩着蛇虫。为了警告看不见的动物，我边喊边走。快到沟底时，草蔓密深，溪流宽阔，无法通过，我只好就地拍摄了数张照片，便迅速拨草寻路，赶紧离开这蛇虫出没的山坡草丛。

我们爬上山，回到原路，已是夕阳西下时分，于是赶快下山。到了第一道山门处，我又拍摄了几张峡门炸毁的惨景，后又坐上了王书记的摩托下山。走到真武天，王书记叫了一名经营小卖部的青年，两人开上摩托，把我们送到了石峡。分别时，我们给他们付费，他们坚决不收，并说这是看不起他们。王书记怕我们两位老人休息不好，就趁夜幕还未降临送我们到石峡休息，我们表示深深的感谢。

我们两个人近年的苦苦寻访，总算有了眉目。我们非常高兴与满意，也非常感谢王高玉同志，在他的帮助下我们解开了萦系在心头的一道谜题，现在我们可以大胆地说："西和县石峡镇高河村的大石峡和小石峡就是《水经注》所说的龙门谷。"

大峡、小峡两谷并立于高河真武天，巍巍壮观。淙淙清溪，从两峡飞泻，汇为一水，即今高河水，扬波东南，于石峡北注入横水（今名青羊河，亦名石峡河），与郦道元笔下的"龙门水"完全吻合。

"龙门水"因龙门谷而得名，"龙门镇"缘龙门水而有名。至此，"龙门镇"的地理位置基本确定，今地就是东汉、三国名为"石门"之地，今为"石峡镇"。杜甫《龙门镇》诗"石门云雪隘"中的"石门"是以这个"地名"而言，不在于有无两面对峙、峭壁千仞的峡门。

与高河村原党支部书记王高玉（左一）合影留念　2010年8月26日摄

这次考察，使我们眼前一亮，茅塞顿开，一举两得，十分欣喜。高兴之余，我写了四首拙诗，以记其境和寻访过程。

青青龙门谷

峡壁擎天锁流云，幽谷邃深护青龙。

浮云穿峡游天际，鳞蛟潭底盼飞腾。

龙谷起苍一万亩，松杉茁壮岚色萦。

头雁高玉十年苦，誓叫龙谷焕新容。

大石峡（龙门谷　一）

峰峡壮观三连门，一门巍峨刺青云。

绝险二门一线天，三门洞开面葱茏。

小石峡（龙门谷　二）

青苍壁直云门窄，白练落天声不起。

人间奇景不胜数，门幽潭静燕莺啼。

注：一般瀑布飞流直下，震声如雷。小峡则不然，由于峡壁深邃，落瀑内涵，声响甚小，乃奇观也。

探访龙门谷

郦氏笔下龙门谷，千里寻迹数载空。

庚寅甲申戊申日，再度探访到石门。

石门西北抵高河，河水源头藏双雄。

联袂比肩推惊艳，大峡小峡适其名。

2010 年 8 月 30 日

风雨荒野路，朗朗诗圣情

沿着杜甫漂泊陇右的足迹，考察至今尚存争议的“今地”是我的心愿，鉴此，每年夏天我们都要去西和老家住上一两个月，因为对杜甫在西和的行旅路线和“今地”还有不少疑惑，需要寻访考订。在“龙门镇”的考察有了眉目后，我们把重点放在了“积草岭”的考察上。自 2008 年起，我们先后考察了成县纸坊镇府城集、马莲垭豁，二郎乡曹阴、野荒沟、五坝、牛心山，西和石峡镇川儿、建华、库根、焦山，六巷乡下巷、花桥、二垭子，卢河乡草关等地。凡传闻与“积草岭”有关的地方，我们都想去看看，因为史料上记载得太少太少，只好把聚焦点和主要精力放在实地考察上。

西和位于陇南山区，雨量偏多，即使盛夏，连续放晴数日的天气并不多，2013 年亦是如此，最炎热的 7 月，几乎天天淅淅沥沥。9 月上旬，进入秋雨连绵的季节，等上一个好天气实属不易。9 月 10 日清晨，老天突然赏脸，万里晴空，一片湛蓝。我们决定即刻启程，再次前往西和石峡镇，考察杜甫《积草岭》诗中的“山分积草岭，路异明水县”一句中的去“明水县”之路。明水县即鸣水县，据《读史方舆纪要》《元和郡县图志》和谭其骧《中国历史地图集》载，鸣水县，本汉沮县地，后魏宣武帝于此置落丛郡，又置鸣水县。隋曾罢郡，改鸣水为厨谷，后复为鸣水，属顺政郡。唐朝因之，属山南西道兴州郡。落丛、顺政、兴州，皆为今陕南汉中之略阳，鸣水县在今西汉水与故道水（嘉陵江）相交以北的数十公里处，亦即略阳县南百十里处。

到石峡后，老朋友赵志明叫二儿子开车送我们上焦山沟梁，由于上山顶之路被雨水冲毁，小车无法前行，只好将我们送到半山腰。我们俩下车后沿着山路徒步前行。不多一会，一位家住焦山村梁顶、名叫何历强的青年带着媳妇、小孩骑着摩托迎面驶来，他们是去镇医院给小孩看病的，由于我们问路，便停下来与我们交谈。得知我们是到山顶考察杜甫诗中提及的古路，又见我俩白发苍苍，无人陪伴，便说要用摩托送我们上山，叫我俩在树荫下休息等候；因车轮气不足，他说先送媳妇下山到镇上去给孩子看病，顺便给车轮打气，然后来送我们。我俩以为这话只是随便说说而已，根本没有当真，便随着一位中年男子继续前行。可走了不多时间，那位青年的摩托飞驰而来，当我们回头时，车已停在了身边，同时他又叫来了一位技术与他一样过硬的摩托手，这位青年叫张向义，26 岁，比小何大 1 岁，二人是同村好友。小何没等我开口，便叫小张把我带上，他带我爱人。两辆摩托同时发动，将我俩安全地带上了山梁。雨后的山路崎岖不平，雨水冲刷形成的沟坎和积水坑星罗棋布，他们仔细辨认、寻找最安全的线路，尽量把车开得平平稳稳，不让我们颠簸受惊。实际上，我们心里真有点担心与害怕，但他们的技术非常娴熟。

上山后，小何把我们领到他家喝水休息。我俩万万没有想到，他竟会这样说话算数，帮助两个素不相识的古稀老人。我俩从内心深处感谢他们的善良、爱心和高尚品德，如果没有他们的帮助，我俩至少还需要一个钟头在阳光暴晒下行走 5 里山路，他们使我俩减少了一个小时的体力消耗。这一个小时的体力储存对我俩十分重要，因为还有 20 多里的山路等待着我俩。

今天我俩所寻访的路是焦山去库根、川儿之路。通过这条路，看能不能去明水县，有没有古路遗存。古代从石峡去库根、川儿，多半走这条路，因为这条路绕开了天险——扁头崖，现在所走的石峡至川儿的公路是 1966

年开通的，为西成公路石峡至纸坊中的一段。

焦山沟好青年何历强

我们刚准备启程上山，突然一阵云飘雨洒，把地面下湿，我们只好等了一会儿。当阳光还未将路面完全晒干，我们就出发了，好心青年何历强怕我们走错路，决定带我们上山。他说："山上岔路多，一旦走错，就要折转回来，这不仅费时，又要多耗体力，你俩年纪大了，受不了。"我们又一次被他的善举所打动，也对他的帮助和关爱心存敬意与感激。

我们两个跟在小何的后面，先登上焦山梁垭壑，眺望六巷乡的二垭子和成县的牛心山（泥功山），这也许就是当年诗圣去泥功山的路。然后我们沿着去库根的路径行走，转了两个大弯后，开始爬坡登岩，快到山顶时，一朵黑云飘来，大雨随即倾泻。到了山梁最高处便是著名的磨刀石，也是分界岭。偌大的磨刀石，有一个美好的传说，当地人都很崇敬它。雨水中，猩红色的石面油光铮亮，更显神奇。它牢牢地镶嵌在山巅路口，为路人指引着去顺政、明水和文、康、武的路线。

小何把我们送到山顶磨刀石处，在雨中照了几张留念照后折转返回。

他原想再送我们一程，但还要下山去接在镇上看病的小孩和媳妇，不得不回。我俩站在山梁上，目送着他冒着越来越大的风雨下山，看到他身轻如燕，不一会儿就跑到了半山梁，既羡慕他年轻体健，又为他的精神所感动。我们素不相识，但一见我就叫“爷”，叫老伴儿“婆”，把我俩当作亲人。为了帮助我们，他把媳妇和小孩放在了镇上，没有陪伴看病。他不仅用摩托把我们带上焦山沟梁，在他家喝水休息，又带我们上磨刀石梁，还为老伴儿找了一根拐杖。这根拐杖帮了大忙，老伴儿拄着它走路稳当了很多，避免了跌摔与滑倒，也给了她顶着瓢泼大雨，走出荒山野岭的信心和力量。

看到他为我们淋着大雨，浑身湿透，又一文不收，就连一点耗油费都不收，我们的感激之情油然而生，不知说什么是好，只是一味地叮嘱他：“小心路滑，慢慢走，谢谢……”我们为故乡有这样的“文明之花”，有这样的道德模范，有这样的优秀青年感到欣慰与自豪。我们从他们身上看到了“仇池古国”“乞巧之乡”的传统美德，也看到了故乡以及中国广大农村“道德文明”“雷锋精神”教育的成功。

小何如此关心帮助我们，还有一个“杜甫情缘”的因素，是中国伟大诗人杜甫的感召力拉近了我们之间的距离，他一听说我俩是寻访“杜甫陇右足迹”的，便兴奋起来。

问我：“杜甫来过我们这里没有？”

我说：“正在考察，有可能走过。”

他又高兴地说：“那我们这里以后就可以搞旅游开发了。”

随后又向我提出了一个学界“众说纷纭”的问题：“杜甫到底去过仇池山没有？”

这是一个用几句话一时很难说清的问题。没有想到，一个文化程度并不高的农村青年对诗圣如此热爱、了解和关心，对乡土文化也如此关心和热爱。不回答或随便搪塞几句都是对他热情的打击。于是，我就向他简述了我的观点：“杜甫没有上过仇池山，但去过仇池古国的核心地域——羊马城（即仇池国洛谷城，今西和县喜集乡灯塔村），以及仇池国的陵园（灯塔村寺儿沟）、祭祀宗庙与寺院（建于北魏时期的吉祥寺，亦名八峰寺，寺在今石峡镇牛儿坪寺儿湾，八峰崖石窟的正下方）。”这就是南宋人在灯塔村修建纪念杜甫的“仇池草堂”“飞龙峡草堂”或“白云草堂”的理由或根据。这一观点是我与夫人近年寻访与考察“杜甫陇右足迹”获得的“新认识”。

“杜甫情缘”把我们联系在了一起，使素不相识的人热络起来。石峡镇村民赵志民兼管八峰崖石窟保护，以前我们互不认识。2010年8月，我与夫人考察《水经注》中的“龙门水”“龙门谷”“龙门戍”，以及杜甫陇右纪行诗《龙门镇》今地，来到了石峡镇，他一听我们是寻访杜甫在西和行走的路线与历史遗迹的，便欣然接待，与原大队书记席保藏一起陪我俩上八峰崖石窟，一路为我们讲解，还开放了一些平时很少开放的窟龛，让我们参观与了解。此后，我们便成了好朋友，我有不懂的问题随时向他们电话请教，他们也乐意解答。尽管我们相隔千里，“杜甫文化”却把我们联络在一起，使我们成了朋友。“杜甫文化”既是我们中华民族的精神财富、文化食粮，也是全人类的文化宝藏。正是这一灿烂文化才使我们有了共鸣，有了缘分与友谊。

翻过磨刀石梁，突然天宽地阔，一个缓慢向南低倾的荒山野谷静静地躺在云端，接受着大自然的洗礼和人世间的风风雨雨。出行时，我们只带了一把伞，老伴儿打着，手里还提着一个装着食品、饮用水和日用品的小包。我背着一个相机包，完全裸露在风雨的吹打中。我们走了不到半个时辰，已是全身湿透，内衣内裤贴在身上，十分难受。为了保护相机，我将包放在外衣下，衣服淋湿后，又给包裹上了一个塑料袋，由于裹得不严实，不多时分，相机包仍旧被雨水浸透。尽管两边的山崖很有特色，我也不敢拿出相机来拍照。前方路边一大片当地人叫刺萝子的灌木丛，结出了红红的果实，真像一块锦绣红玉悬挂在铺满水晶、绿珠的龙庭。红果如红玉透亮，熠熠生辉，悬垂在红果下的水珠，晶莹剔透。一个红玉系晶珠、水晶托红霞的生动画面，呈现在了面前，然而我却不敢拿出相机。就这样眼巴巴地看着，让一幅绚丽、鲜活、生动的画面失去了再现的机会，我也为失去这一可遇而不可求的机会感到遗憾惋惜。

焦山磨刀石梁　2013年9月10日摄

雨中的高原山谷万籁俱寂，我俩在磨刀石山坡下碰见了一位从库根村去焦山的中年妇女。她也没有带雨具和拄棍，无法帮助我们，见我们两位年过古稀，在荒无人烟的山谷中冒雨行走，投来了怜悯与同情的目光，并宽慰我们："再走一会，路就好走了。"说完她便快步向山顶走去，不多一会儿翻过了山梁。

一眼望不到头的山谷再也看不到一个人影，寂静得让人心里发怵、打战和恐惧。当年熙熙攘攘的商旅大道，骡马穿行，人流如织，今已冷落萧索到如此地步，沧海桑田之感又涌上心头。也想到那时的行路人应准备好雨具上路，这高山远谷，气候多变，风雨不定，看到一片云，可能就是一阵雨；说下就下，说晴就晴。万一遇上突如其来的大雨，就要吃大苦了，也许那时这山谷中有人家或旅店能应急。

似乎老天专门为我俩设计了这场心灵的洗礼，洗涤心中的尘霾与俗气，洗涤心灵的怯懦与苟安，洗涤生活中的无聊与闲适。我们从焦山梁出发时还是蓝天白云，艳阳高照，走到了磨刀石梁，老天突然变脸，头顶飘来了一朵黑云，开始下起了雨，而且越下越大。但这时我们已经爬上了山梁最高处，走过了五六里路，其后便是一路下坡，划不着返回，只能期盼云散雨停。我们明明看见远处的山峦阳光洞照，明明看见美丽的光柱穿破云层射向大地，然而这朵讨厌的乌云一直盘踞在头顶，跟随着我们，飘飘洒洒，雨脚不断。世间的事往往就是这样，已经看到的美丽的光束、温暖的阳光、绚烂的前景与未来，却不属于自己，伴随你的仍是风雨和乌云。虽说“彩虹总在风雨后”，但对有的人来说一生却看不见彩虹，或有限的生命等不到彩虹出现的那一刻。我们的诗圣不就是一生没有等到彩虹吗？他从秦州出发前，憧憬着同谷的“密竹、冬笋”和“崖蜜、薯蓣”，到了这里（积草岭）又热烈期盼着“诸彦”和“佳主人”的帮助，过上衣食无忧的平安日子，然而等待他的却是“岁拾橡栗随狙公，天寒日暮山谷里”，“手脚冻皴皮肉死”，“黄独无苗山雪盛”，“此时与子空归来，男呻女吟四壁静”的一生中最辛酸、最悲惨的一段时日。

磨刀石梁至库根村之间的一段荒沟
2013年9月10日摄

我俩行走在荒凉山谷的小路上，路面窄小又全是流水或水坑，路边还长满了野草，提腿落脚都得小心。遇到陡坡或坑坑坎坎，我们牵手助力，相互提示，共克艰难。我解手时，她为我打伞；她方便时，我为她打伞。我们相扶相牵，走过了一段艰难之程。刚下雨时，我们二人想同打一把伞，但由于路面过窄，只能一前一后走，伞就由夫人打着，我身上没有一点遮挡，任凭风吹雨打，她心里过意不去，责怪我没有听她的话，没带雨具。

我们走过了多半路程，忽然发现谷底有五只大白鹅排成一字队形向下走，并“鹅，鹅……”地大叫起来，也许是看见了我们，受到了惊吓，才如此高声大叫。我心里忽然一热，觉得肯定有人家或小山庄，就睁大眼睛朝着鹅走的方向看去，好像有，但由于视线被崖坎和地埂挡着，看得不够真切。当我们走到较近处一看，希望变成了失望，那里只有羊圈、牛棚，没有住人的房子，看不到一点烟火迹象，况且距我们行走的路很远，没有路可去。其实，我们真想找一个避雨的地方，烤烤淋湿的衣服，暖暖身子，然而山沟里无一户人家，连一户临时搭建的山庄也没有，我们只得加快脚步，向库根村走去。此时，路面宽阔了好多，但更加难走，因为这是刚刚加宽的路，路面还没有夯实，被雨水浸泡过的虚土，一脚下去就是一个坑，而且全是红黏土。从此时起，我们的鞋袜、裤腿涂了彩，全成了浅红色。

我们忘记了雨淋，忘记了疲倦，也忘记了红泥的黏附，只是鼓劲向前走。大约走了三个小时，十五六里路程，终于翻过了一个小垭豁，到了库根村的第二队，不管三七二十一，就向最近的一家走去。主人也刚从外面走回来，正在大门开锁。我们随主人进院，站在了侧房的廊檐下，主人叫我们进上房休息、喝茶，但上房是刚刚装修的，地面铺着崭新的高档瓷砖，走廊铺的是青色的高档大理石，而我们两脚两腿都沾满了红泥，衣服又在向下滴水，哪能忍心去玷污呢？在主人的再三催促下，我们走上了主房廊檐，漂亮的大理石随着泥脚的步入落下了不少红泥印，这已使我们深感惭愧，哪能再进屋，故婉言谢绝。他见我们执意不进屋，便拿出两个小板凳叫我们休息，并倒了两杯水。这时，我已饥肠辘辘。从焦山梁出发时还不到 12 点，原想到了磨刀石梁休息用餐，哪知一到山梁，便大雨如注，一路上又雨脚未断，没有一块可以避雨吃饭的地方，同时由于注意力完全集中在走路上，忘记了吃饭，也没有一点儿饥饿感。事实上，我们已饿到了下午 3 点，此刻我急不可耐地从老伴手中接过用塑料袋裹得严严实实的馍，便一口馍一口水地吃喝起来，很快将一块馍和一杯水下了肚，老伴嫌这样太狼狈了，只是喝了一杯水，而没有吃。

主人姓李，曾当过 40 年的村支书，在该村有很高的声望，因为和我年庚相近，有着共同的生活背景与经历，便聊侃起来。他问我：“到这里是干啥呢？”我说：“调查杜甫在西和走过的古路。”又问：“立项了没有，政府有没有资助？”我说：“没有，是自费。”听后他说：“你们是吃饱了没事干，到处乱转的，那何必受这样的罪。”这句话像一根无形的锋芒刺痛了我的心扉，勾起了许多心酸的往事。然寻访杜甫陇右足迹是我早年就立下的心愿，因为工作关系，没有机会去实现。我退休后又工作了两年多，其后疾病接二连三，不能集中精力、专心致志地去考察。其间，一位在当代文坛颇有声望的同窗劝我："这把年纪了，搞点消遣的小东西就行，不要再东奔西跑了。"但这是我一生中最想干、最爱干的事情，压根儿就没想立项不立项，资助不资助的事，只想花自己的钱，办自己的事。如果能搞成，即使倾家荡产也值。我虽至耄耋之年，但在我的人生历程中，从来没有、也不可能有"向太阳借光辉，向高山借巍峨，向海洋借胸怀，向大地借情操，向江河借激情，向东风借青春，向伟人借智慧"的非分之想。所以这件事，我会一根筋走到底，不达目的，决不罢休。

令我高兴的是，我得到了夫人的全力支持。她不辞辛劳，没有怨言，心甘情愿地为我背包，当工作助手，提供生活服务和医疗保健服务。

主人的儿子在成县做生意，收益较好。最近爱人、儿媳和孙子都去了成县，家里只留他一人看门。他原想留我们住他家，但考虑到无人给我们做饭，准备另找一家让我们住宿。老伴考虑到若住在外面，淋湿的衣服没法换，建议赶快下山到公路边等车，回西和住处。恰巧此时雨开始变小，我接受了这个建议，当即提包启程。主人将我们送出大门，指引了行走的方向和路线。我俩顺着指引的方向大步前行，步子越快，身子才越暖和。走了约莫一里后，便是水泥路，我更是迈开双腿，大步流星地向前走。我走得正欢，一脚踩在泡软了的羊粪上，"嗖"的一声，滑倒了。多亏相机包的支撑，才免除了大祸，但左手腕和右臂却受了伤。

在路边等了10多分钟，来了一辆成县发往西和的班车。我们即刻将拐杖和库根老书记送我的破草帽撇掉，上了车。坐稳后，老伴有点眩晕和恶心，便吃馍充饥，以缓解头晕。看到她十分疲惫憔悴的样子，我心里难受极了，觉得很对不起她。我们是早上7点多用的餐，她一直扛到了这时（下午5点）才吃，中间隔了整整10个小时，头不昏才怪呢。她已是年近七旬的人了，跟着我遭这份罪，我于心何忍？尽管从兰州出发前，女儿叮嘱过我们："宁可钱受罪，莫要人受罪，千万不要图省钱。”但在这里我却无法做到。然而在我的影响下，她也成了杜甫迷，背诵杜甫诗，看有关杜甫的文章和资料，了解我要考察的内容，我们有了寻访杜甫陇右足迹的共同兴趣，正是这个兴趣与爱好她才支持我、配合我，并乐于吃苦。实际上，她也不放心我孤身一人外出，特别是到这荒山野岭、人烟渺渺的地方。

汽车驶过了横岭山梁，全然是另一番景象，西边云隙中透射着金黄色的光芒，几片烧红了的云朵开始向四周、向广阔的天际扩散和蔓延，霞光穿透了树林，洒满了大地与村庄。在这美丽的画卷上，没有下过一滴雨的痕迹，难道“北边日出，南边雨”的气象是老天特意为我们安排的？是惩罚，是折腾，是考验我们对“寻访杜甫陇右足迹”的真假情，是历练我们“考察杜甫陇右足迹”的决心，只有让事实和实践做回答。

我们趁着苍茫的暮色下了车，路人没有看到我们满身泥土、瑟缩寒战的样子，符合了老伴的心理需求。一进家门，我们就打开了电暖器，换掉了全身的衣服，将电热毯也提前打开。为了尽早地驱寒取暖，我们只吃了点开水泡馍，就钻进被窝，享受老家床铺的温暖，想通过电热毯的温暖驱除全身的寒湿之气，让筋骨舒展。然而一夜的烘烤并未驱走我身上的风寒，第二天起床时，我感冒加重，摔伤的手腕和臂膀疼得更加厉害，只好吃药挂水。尽管我们有敢拼、敢干的热情和进取精神，但毕竟老矣，况且这是我俩一生中经受风吹雨淋时间最长的一次，披雨受寒和感冒是难以避免的。

经老伴的治疗与护理，我病情逐渐好转，五天后，除右臂仍有痛感外，基本痊愈。又调理休养了一周，我们背上相机，拎上挎包，拄着拐杖向成县牛心山进发了。焦山与库根梁的山雨并未浇灭我俩心中“寻访杜甫陇右足迹”的火苗，“杜甫情缘”已融入我们的血液和骨髓。

这次的雨中考察，可以说是我俩一生中惊心动魄、触及灵魂的一次实践活动，给我留下了难以忘怀的记忆与感动，在病榻上凑成了以下词句，以记其事。

一对老骨头，两颗炽热心。
高山荒野路，风雨任飘淋。
跌撞三小时，红泥两腿中。
只为寻杜迹，朗朗诗圣情。

2013年10月于金城青青斋

登泥功山记

公元759年仲冬，杜甫在迁徙同谷途中写下了纪行诗《泥功山》，诗曰："朝行青泥上，暮在青泥中。泥泞非一时，版筑劳人功。不畏道途永，乃将汩没同。白马为铁骊，小儿成老翁。哀猿透却坠，死鹿力所穷。寄语北来人，后来莫匆匆。"从该诗看出泥功山是何等雄伟，杜甫从清晨到傍晚都没有走出泥功山；泥功山路是何等泥泞，杜甫从早到晚一直行走在烂泥路上，烂泥并非一日两日所致，而是积泥日久，马蹄下去泥浆飞溅，落在了白马和小儿的身上，使白马变成了"铁骊"状，小儿变成了"老翁"样；泥功山又是何等高峻险绝，善于攀爬的猿猴因跳不过残崖绝涧而坠落，长于奔跑的梅花鹿因力量用尽而累死。这种壮观之态，泥泞之盛，险峻之形在陇右及至全国都是独一无二的，试问哪一座山有"朝在青泥上，暮在青泥中"之况，哪一座峰峦有"哀猿透却坠，死鹿力所穷"之峻险？正是这种景象刺激着我的神经，也吸引着每位杜诗爱好者。有谁不想攀登这样神秘的奇峻，亲眼看一看，亲自感受一下杜甫笔下的胜景呢？从我阅读了这首诗的那一天起，就在心底埋下了寻访泥功山的愿景。

史料与方志对泥功山有清晰的记载，今日甘肃成县二郎乡的"牛心山"或"牛星山"，就是杜甫笔下的"泥功山"，其名延续到了今天，当地人至今仍将该山称为泥功山（亦称泥公山）。

20世纪60年代，我有幸看到了杨伦的《杜诗镜诠》，对其中的“陇右诗”产生了兴趣，在学习中萌发了寻访杜甫“陇右图经”的念头；李济阻、王德全、刘秉承先生的《杜甫陇右诗注析》发行后，更激发了我沿着诗圣所走路线看一看的念头，然而由于种种原因和条件限制，未能成行。21世纪初叶，我年过花甲，从纷纷扰扰的琐事中解脱，有充裕的时间去实现尘封已久的夙愿，但“老骥奋蹄，力不从心”。十年光阴，我仅走访了杜公在秦州及陇南的部分足迹，而走访泥功山却经历了三次登临、两次失败的艰辛过程。

2010年8月11日，深知我夙愿并鼎力支持我的贤侄徐小英专程陪我去登泥功山，可当车开到了泥功山东麓的野荒沟，就被泥泞所阻，无法前行，只好原路返回。车回到成县县城时，我们听到了当夜有暴雨的消息，师傅不敢停留过夜，当即趁夜色向西和进发。一进抛沙沟，翻滚的黑云弥天而来，一道道闪电将黑云撕裂开来，肆意喷火闪耀，稀疏的雨滴追逐着疾驰的车辆，或大或小、或远或近的闷雷又在车后不时炸响。此刻，我心如悬旌，不知该停下避雨，还是继续前行。幸好有技术娴熟又经验丰富的老驾驶员为我们把舵，他坚定地说：“此地不可留，走为上策！”他的镇定自若为我们壮了胆，心中的担忧好像减少了一半。师傅开足了马力，在弯曲的山路上奔驰，大约走了半小时，闪电渐渐远去，雷声也越来越小。声音虽有减小，但那种闷响的震撼力依然叫人恐惧，黑云仍旧压得人喘不过气来，惶恐还在心头。约莫过了一小时，我们坐车到了距成县70多里的纸坊镇，偶然间还能听到

泥功山东面梁　2010年8月11日摄

隐隐约约的闷雷声。又走了半小时，我们坐车翻越了两座山，到了西和县石峡镇，雷声完全消失在了耳际，紧绷的心弦恢复了平静，车厢内有了说笑声。不知不觉中车驶进了距成县200多里的西和县，临近县城时大雨瓢泼而至，我们只好冒着倾盆的雨柱回到自己的住所。此时，已是午夜，我一颗悬着的心终于落了地，进入了无忧无虑的梦乡。

翌日清晨，还在酣睡的我，被一条短信惊醒：昨夜成县遭特大暴雨侵袭，山洪、泥石流暴发，东河大桥被洪水摧垮，县城进水，不少村庄被淹，10多人罹难，多条公路受损严重，其黄渚、麻页及西和的晒经一带受灾最为严重。听到这则消息，我既难受又庆幸，一方面为遇难者和灾区人民祈祷，一方面为连夜逃离山洪暴发之地而感到庆幸，我们准备登临的泥功山属于重灾区。万一将我们困在灾区，水淹路断，车辆不通，吃住无着，那将是一种什么体验？万一有什么不测或意外，我不敢想象，也无法面对，他们是为了实现我的夙愿，为了我的“杜甫情缘”而跟随我受苦受累。

这次登临泥功山的计划没有实现，我深深地后怕。在这一后怕阴影的笼罩下，翌年，即2011年，我也没有再登临。这次未如愿的登临，让我初步感受了泥功山的“泥泞”之苦，远眺了云雾之中的泥功山，还拜访了野荒沟村的村民。我对泥功山的古老传说及文化内涵有了肤浅的了解。

2012年6月1日，我想撞撞运气，让儿子寻车陪我上泥功山。这天风和日丽，我们匆匆用过早餐，趁早从西和启程，到成县吃午饭后，又抓紧时间赶路，争取晚间返回西和。经一个多小时的疾驰，车开到了泥功山下，情况与2010年8月的那次雷同，路面布满了水坑与泥淖，师傅加大油门，在路面上左躲右闪，小心驾驶，将车开到了野荒沟。前面一辆大货车陷在了泥坑里，后边的车无法通过。我下车去看，发现货车后轮深陷淤泥壕沟，车身后倾，前轮离地，尽管有五六个农民拿着镢头、铁锨，找大石填坑，铲泥排水，挖土垫沙，全力抢修排障，但工程巨大，一时难以恢复正常，无法让出路面。且前方路面的淤泥更加严重，坑洼积水处更多，即使此车恢复正常，让出路面，我们的小车也无法继续前行。我真没想到，泥功山的烂泥是如此厉害，雨是 5 月 28 日下的，雨后的三天全是阳光洞照，今天已是雨后第四天，路面上怎么还会有如此多的水潭与泥淖？常言道：“一天的日头，晒十天的雨。”难道这个民谚在泥功山就失灵了？于是，我决定步行上山，留下老伴儿与师傅看车。儿子找来了一根路边的木棍让我拄着，他肩上挑着食品和矿泉水，陪我一起跋山。我俩沿着路边寻找泥水较少的沙埂或草堆下脚，绕来绕去，特别费力，我气喘吁吁，儿子汗流浃背。

我们绕过了一个又一个的山弯，在快上垭豁梁的山弯处，又碰见了一辆陷在泥坑中的大车。我上前与司机搭话，他们说家在山背面（西面）的潭河村，车到县城拉了点建筑材料，昨天上午从山脚开始上山，走了两天，还没有开上只有 12 里的垭豁梁。我深深地叹了口气，为泥功山西面的广大群众祖祖辈辈深受泥泞之苦而揪心。从杜甫写下“朝行青泥上，暮在青泥中”至今已有 1250 多年，泥功山的泥泞状况没有任何改变。我正在沉思中，忽听路边的护林员说：“县政府计划明年要硬化此路，硬化后就好走了。”我心头顿觉一热，泥功山的泥泞将要画上句号，也许若干年以后，人们将难以理解杜公“朝行青泥上，暮在青泥中……白马为铁骊，小儿成老翁”的行旅之苦。对我来说却是一个好消息，或许明年我再次登临泥功山时能够将车开到山腰垭豁。

经过两个多小时的跋涉，我们登上了山岭垭豁，这里有三四亩平台地，耸立着一座“成县牛星山森林防火瞭望亭”，还有一排护林防火员居住的平房。我纵目四望，又仔细察看东西两侧的山形地貌，估测这里可能是镇守泥功山古道的关隘，即是秦陇通向巴蜀的咽喉之地，《武阶备志》所说的“建武二年，英遣军副南梁州刺史、仇池公杨灵珍据泥功山以相拒格”与《读史方舆纪要》“后魏太和中，南梁州刺史杨灵珍据泥功山，归欵于齐，即此”，就在此地。垭豁两侧崖壁陡峭，林木密集，禽鸟难以穿行，有一军驻守，十军莫通之险。杜甫路过泥功山的前一年，即乾元元年（758 年），成州治所在建安（今西和）。安史之乱中，吐蕃乘机入侵陇右，宝应元年（762年），成州陷落。唐贞元五年（789年），唐于此地权置行成州，长达34年。我荣幸地踏上了这一深藏历史内涵的土地，心舒眉展，甚感惬意。

泥功山腰垭豁梁瞭望亭　2012年6月1日摄

我站在垭豁路口的一块大石上，极目远眺，环顾四围，又俯察东西两侧山路，初步判断，这个垭豁梁就是杜公当年行走之路，舍此再无出口。至于杜公是否上过山顶，我不敢妄言。因为我还没有登顶，不知杜公的妻室、小儿和白马能不能登上山顶，走的是哪条路。这里到山顶至少还有10多里陡峻之路，年轻人登顶需要两三个小时，已逾古稀之年的我至少需要半天时间。两个小时的泥泞之路已使我腰酸腿疼，况已到下午5点，我们不敢贸然行动，便向过路的群众和周末回家的学生询问，他们说："上山的路非常难走，天时已晚，你们跋不到山顶天就黑了，根本折不回来。如果真想上山，就等明天清晨上。"但儿子明天要上班，老伴儿和师傅在野荒沟等我们已久，一次次来电催我们下山，鉴于此，我们不得不返回。就这样，我带着深深的遗憾往山下走，行至半途，遇见那辆陷在野荒沟的货车又陷入新的泥潭，几个人在轮胎下铲泥垫石垫土，他们说山脚到瞭望亭垭豁12里，他们的车两天只走了6里。可见泥功山的烂泥是何等可怕，路是多么难走。泥功山下西北面有一个沟的名字就叫"烂泥沟"。

我们回到了野荒沟，又坐车返回了西和城，第二次攀登泥功山的计划泡汤了。

2013年7月，由于极端天气作怪，西汉水流域阴雨连绵，西、礼、徽、成下了一月雨，直到八月雨水减少，于是我们两个老骨头去了西和老家，准备第三次登顶泥功山。《读史方舆纪要》载：“青泥岭在县西北百五十里。悬崖万仞，上多云雨，行者每逢泥淖。”这是对泥功山自然状况简明而真实的记载。泥功山的“云雨”“泥淖”我们已经领教过了，还想一睹“悬崖万仞”的风采。为了登临的安全，我们走访了数位曾登上泥功山的善男信女，了解登山的路线、路况和应注意的事项。他们说，上泥功山的路有好几条，最好走的是张家场这条路，其他几条如从严家河、毛家沟、五坝村等通往泥功山的路都非常难走。走张家场这条路的好处就是一半路可以坐车，能节省体力，况今春成县将泥功山东坡的路面硬化了，车能上去。我听到路面硬化的消息特别高兴，增强了信心，想今年也许能够成功。当他们知道我们两位老人没有人陪伴，独自登山时，异口同声地说：“路太险，要有伴儿，不要独自去。”儿子不幸染疾，无法陪我俩，我又不想拉扯别人陪我们受罪，但考虑到这可能是我有生之年登顶泥功山的最后机会，如果这次不去，来年也许就跛不动了，走访杜甫陇右足迹的梦想就成了泡影，考察“积草岭”“泥功山”今地与行走路线的计划也将付之东流，就会留下终生遗憾。因此，我下定决心，不管多苦、多难、多险，都要登上泥功山，实现今生的夙愿。侄媳何彩琴见我们执意要去，就主动提出陪我们上山。

泥泞的山路 2012年6月1日摄

彩琴是我二兄长子峻峰的媳妇，原为西和县百货公司的营业员，在企业改制中退休。她向善信佛，常去庙宇、寺院进香祈福，懂得寺院的规矩。我和老伴儿都是“吃皇粮”的，一点儿不懂寺院规程。侄媳怕我们不懂规矩，进了寺院无处着落，即无处吃住，怕我们受困，就自己准备了香蜡、黄表、纸张以及给山上师傅送的礼物。我们给师傅带了一斤上品茶，计划放点香钱，没有带佛事用品。

9 月 23 日，天气晴好，我俩作了点简单准备，主要是药品、雨具和鞋帽衣物。24 日，晴空万里，我们三人乘坐了西和至成县的公交，于上午 11 时到达。用完午餐后，我们租了一辆小面包，向泥功山进发。一小时后，我们驶进了泥功山下，上山之路果真硬化，不到一刻钟就上了泥功山垭豁梁，要去泥功山顶，必须再向下走两里到张家场，才有路可走。然而山背面的路还没有硬化，师傅不愿下山，我们央求了一下，师傅体谅我们年迈体弱，便将我们送到了张家场。

下车后，我们不知道路在哪里，该怎么走，就先到张家场一户村民家去问路。我们走进院子，只见一条狗守护着晾晒的玉米，不见主人，就大声喊："有人吗？"

半山腰有人回答："干什么？"

"去泥功山的路从哪儿走？"

"从房背面上来就是。"

我们按他所指，上了房背面的山坡，坡上全是密集树木和齐膝深的青草藤蔓，以及一堆堆的牛粪，根本就没有一条明显的路，我有些疑惑，就又大声喊："这里没路！"

那人又回答："继续向前走，路就在树林之间，没有大路。"

我们从山坡上各找了一条干树枝作拄棍，继续在林间拨草辨路，在湿滑的草坡上前行。我们走过了一个山弯，碰见了与我们搭话的那人，他赶着一头牛往回走，我问他："上山顶有多少路，远不远？"

他说："看上去很近，这里能听到山顶上说话，走起来远着呢，可能要两三个钟头。"他的老家原在西和，20 世纪三年经济困难时期迁到了张家场，已居住了半个世纪。

张家场原有他们一家，现兄弟俩分家另居，成了两户。平坦的场地不大，却是泥功山故道的要冲，古代军营和行成州也有可能设在此处。这里距垭豁梁很近，又相对平缓，最适合驻军、藏军，也许当年据守泥功山的杨灵珍军卒就在此安营扎寨，茂密的森林就是他们潜伏的天然营垒与帐幕。

我们又走过了一个山弯，林间的青草藤蔓明显减少，露出了荒芜的山路痕迹，好像很久没人行走过；路面布满了松软的泥土和水坑，一脚下去就是一个深坑，泥水往往淹没脚面，红黏土将鞋牢牢吸住，用很大的劲才能拔出，幸好我们穿的是运动鞋，不然早就成了光脚丫。经过这样几次折腾，我们的鞋带全松了，大家只好弯腰再次勒紧鞋带，又走了一段，松软的红泥消失，全变成了红砂岩，而且从下到上所有的路面上流淌着清澈的细水。路面只有一脚宽，有些路面被茂竹或野草吞没，两侧或为密竹，或为大树，或为削面峭壁，真是步步惊心，时时动魄，一脚不慎，不可想象。像这样的路段不是一处两处，而是不计其数。

我们走了一个多小时，感到十分困倦，想找一处比较“干梢”之地休息，却未找到。大家一直走在有流水的路面上，没有流水的路面几乎没有。不知为什么，水不从山坡往下流淌，偏偏要从路面流，把路面变作水道。也许是前段时间雨水过多，使山体饱和，饱和后水分就容易渗出；也许是路面没有草坡土层，原本从土层下渗的暗水，到了石头路面时就成了明水，明水又沿石头路面而下，没有任何阻碍，十分顺畅。我们的鞋袜全部湿透，忍受着寒冷和疲乏，继续向前走，又穿过了一处密林和茂竹，出现了一段没有细水汩汩流淌的路面，我们十分高兴，此时此地，想见到没有水流的路面可以说是一种奢望。我们急忙把手里提的、肩上挎的大包小包全放在路上，靠着身后的地埂休息、喝水。我们不能休息过长时间，还需要赶路，十多分钟后又起身行走了。

我只背着一个相机包，六七斤重，食品、水、衣物及上山用品由侄媳和老伴背着，他俩拿的比我重多了。刚开始时，我走在最前边，但后来我越来越落后了，侄媳见我走不动了，就多次要我把照相机拿下来她背，我见她背的东西已经够沉了，就坚持自己背。大约走了一半路程，我感到胸腔起火，四肢酸困，周身无力，侄媳见我实在走不动了，就将相机包要去她背，并将老伴的提兜要去，用拄棍担在肩上。我空手拄着一条棍，老伴提着一个锅盔馍，其余的全由侄媳担着，我看见她的头发被汗水打湿，额头的汗珠不断滚落，心里十分不安，我的“梦想”令她如此辛苦，她是一个高血压患者，又年近六旬，繁重的劳动会增高她的血压，压垮她的身体。我想到这里，感到无限惭愧，但气喘吁吁的我一时无法恢复体力，只得让她辛苦受累了。

林间的小路很多，不知是猎人的足迹，还是上山人的步道，都铺上了厚厚的落叶，无法辨认新旧，也无处去问。侄媳三年前曾上过一次泥功山，但是从东山上的，从这条路上也是头一遭。她和我俩一样，不知道哪条路近，哪条路路面泥水少，哪条路好走。遇到岔路时，我挑选比较平缓又相对较大的路，向山顶方向走。这样走，可能会“弯路”、会多走，但无法避免。出发前曾有朋友建议我找一个向导，但这个向导该从何处找，我谁呢，我一头雾水，茫茫然……我与老伴商量，就依我们自己的判断吧！“胆大心细、勇往直前”就是我们的向导。

我们行走在深山密林之中，看不到阳光，看不见人影，也听不到任何声响，心生恐惧，最怕碰见野兽，我们三人是妇女老翁，何以应对。平日里，我常常盼望到寂静的山林去享受万籁俱寂的胜景，今天到了这四方无声、死一样静寂的深林反又害怕起来，很想碰到一个人，说说话，壮壮胆，然而就是看不见，碰不着。平时，我讨厌城市的喧嚣，讨厌城市的车水马龙和拥堵，讨厌公交车、医院和超市的拥挤，讨厌广场、公园和处处的人头攒动，这时，却特别爱人。也许这就是“物极必反”，人的精神世界亦不例外。也许这是对我单向思维与偏激心态的一次矫正和洗礼。世间没有绝对的好与坏、美与丑，任何事物都有两面性，看你以什么心态和思维方式去对待，“一分为二”和“两点论”可能就是理性思维世界的“一杯菊花茶”。

老伴儿和侄媳的心态比我好，她们都很平静，不慌不忙地向前走。我却很想一步迈出幽深的密林，看到灿烂的阳光。然而越心急越感到路漫长。走过了一段竹子林又是一段松树林，转过了一个山峁又是一个山峁。明明看见前边的山梁是最后一道山梁，但走到跟前却发现还有一道山梁，每每叫人失望。我们已经走了三个多小时，还看不到山顶的庙宇和寺院，也听不见寺院的钟声和人语，我正在惆怅和茫然之际，忽然看到远处峭壁上有座小房子。侄媳说已经到了西山门，那个小屋是山门的灵官庙。我抖擞精神，从侄媳肩上拿下了相机包，自己拎上，便于及时捕捉镜头。灵官庙是两层结构，上为灵官庙，下为山门通道。通过庙下的人行道，就是两面石壁如削的山门，像鬼斧神工有意雕凿。我们没有即刻进山门到寺院去，而是通过灵官庙的廊桥去了对面的玉皇殿，先是烧香拜佛，其后坐在殿前休息，然殿前别具一格的风光吸人眼球，沁人心脾。

玉皇殿建在山门北侧的平台上，前方有一护栏。凭栏眺望，如身临云烟缥缈的太虚，九天訇然洞开，神驰苍穹；俯视山下，悬崖万仞；仰观两侧，峭壁千寻；远处万山嶙峋，近处松涛碧波；湛蓝处闲云漫步，似一只凤鸟展翅而来，欲飞进山门，归巢泥公凤凰窝。我似乎进入了九天仙境，心旷神怡，宠辱皆忘，浑身的困倦、酸软都飘然而去！宋代文学家王安石说“世之奇伟、瑰怪，非常之观，常在于险远，而人之所罕至焉，故非有志者不能至也。……然力不足者，亦不能至也”。我既不是一个有志者，又不是一个力足者，但庆幸我看到了“世之奇伟、瑰怪，非常之观”，看到了从来没有见过的、人迹罕至的清幽雅静的景观。此时，我才真正理解了杜甫“哀猿透却坠，死鹿力所穷”表述的深刻、精辟与形象，打消了以前是“夸张虚构”和“妙笔生华”的臆测，认识到此句是对西山门景观的准确描述，也深深为诗圣独具慧眼，观察细致入微，描写生动精准的椽笔所折服，其诗称作“图经”无半点虚假。在这里我们美美地休息了半个多小时，快5点时才起身走进山门，跋上一个小坡，看到了山顶。寺庙建在两面山脊，中间夹着一块五亩多的平缓坡地，北边平台上建了一排僧房，东面建了四间香客室。我们还没走进院，狗已狂吠，向主人报信。此时两位庙官正在屋后插瓦、处理漏水，不多时分，他们从屋后走来，一见我们，十分热情，原来二位都是西和老乡，侄媳以前就认识他们。他们把我们领到客房，烧水沏茶，亲如故人。

住持：刘国正，78岁（1936年生），法号“采药法师”，西和西峪乡上坪村人，童子修行（一生未婚），原在西和阴阳山、八峰崖、香山、岷郡山，礼县金子山等山上的寺院云游，于1984年上泥功山。1985年初，老家亲人做鞭炮，不幸爆炸，除他在外逃过一劫，其余四口全部遇难。噩耗传来，他心如刀绞，痛不欲生，再也无力云游仙山，便留在泥功山专心事佛。除西山门的灵官殿、玉皇殿外，其余的庙宇均为他经30多年的化缘、筹款而建。

侄媳何彩琴搀扶寺观住持刘国正留影　2013年9月25日摄

僧徒：吕转成，大家都误叫为“成师”，现年60岁（1953年生），西和稍峪乡马河村农民，青年时，招赘到同乡魏家庄一户家境较好的人家做了上门女婿，生有一女、两男，日子过得还算幸福，中年后发生了婚变，被女方逐出门外。他孤身一人，无处落脚，便出家当道士，原在西和云华山，2008年上了泥功山。

泥功山寺庙，只有刘国正和吕转成二人，寺内的一切佛事、外联与生活的方方面面，都由刘负责与管理。吕师负责挑水、砍柴、搬运等一切出力的活儿。他是一个典型的老实巴交的人，缺乏心计，只会用力气，发面、蒸馍、擀面的活儿做不来，只能由78岁的刘师干。他俩没有户口，没有社保，没有低保，没有电灯、电话和电视。吃的面粉靠泥功山庙会筹集，由吕师背运上山。吃的油是自己种的油菜籽拿到山下压的。酱、醋、蔬菜、水果全无。该山周围没有土地，山顶上的一点斜坡地，由于海拔过高，除了油菜籽外什么菜也不长。山上的用品主要靠香客信众赐舍，然而这里山高、道路险远，来者甚少。我们在山上待了两天，没有见到一个敬香人，上山和下山的路上同样没有碰见一个人。据说周围十里八乡的群众都是“无神论者”，不爱上山烧香敬佛，况半山腰还有一座云梯崖寺院，不少香客被它截流。因此一年能上山顶烧香的信众为数不多，即使想给他们拿点实用的东西也拿不动。他们常年吃的是用山野菜腌制的一大缸酸菜。好在一年有三个庙会，即农历三月三、四月二十八和九月十八，庙会期间上山人较多，还能收到一点惠赠与香钱，平时旅游观光与敬香者寥寥无几。

山上没有女性，做饭和缝缝补补就很困难。我们上山的当天，刘师让侄媳擀了一次面，既是招待我们，又是为他们改善生活。第二天上午，他们拿出了一盆常年吃的饭——洋芋酸菜拌汤，一半喂狗喂猫，一半人吃。他们准备加热后自己吃，给我们另做，我们坚持要与他们同吃，于是加热后，我们每人舀了一碗。洋芋是核桃大未去皮的，一刀两半，酸菜是陈年菜，特别酸，中间加了少许的苞谷面。刘师又为我们取出了“珍藏”的辣子面，让我们食用。鉴于这种境况，侄媳把带来的没舍得吃的油馍和大锅盔，全部交给了刘师，叫他们慢慢享用。下午，侄媳和老伴儿又包了一顿洋芋水饺；第三天上午，我们临下山前，侄媳又将他们生蛆的陈面粉全部罗筛了一遍，还帮刘师蒸了一锅馒头。

三天的生活所见，我特别难过，没想到他们的生活是如此的清苦。78岁的刘师还是10多年前下过一次山，去成县的医院治疗眼病，其后再也没有离开山顶寺院，也没有力气下山，现在白内障复发，没有能力下山治疗。吕师衣衫褴褛，鞋底磨透，脚趾外露，每天还要干许多体力活。他们吃的是少油无盐差调料的“酸菜洋芋拌汤”，却将全部心血与精力洒在泥功山上，守护并建设着美丽的泥功仙山及万亩松涛的宁静。1982年前泥功山上空空荡荡，什么庙建都没有，唐人赵鸿所说的“泥公庙”，《成县新志》所说的“上有古刹”和“寺废址存”的泥功寺，早已毁圮不存。原庙建开山人王明山于1982年上山，开始建庙，只建成了西山门灵官殿和玉皇殿，便于1990年仙逝。其后的王母殿、大佛殿、三清殿、送子菩萨殿、八卦悬亭、瑶池宫、骊山老母殿等，皆为这位瘦弱老人刘国正化缘、筹款所建，还为前任道士王明山修建了一座小庙，缅怀他的功德。

在泥功山的庙宇修建上，西和信众作出了重大贡献。我在山上看到，各处庙宇殿堂的门柱对联、匾额、花篮、旌旗、万民伞等都署着西和信众的名字。刘师告诉我，修庙的款多数是从西和募集的。泥功山是一个圣洁清净之地，不许荤腥酒肉与葱韭；西和是一个慈善之地，信仰神佛的人较多，他们乐于向寺院神佛敬献虔诚之心。泥功山与西和人的密切关系是有历史渊源的，西和、成县，上古属西戎之地，战国时为白马氐所居，秦属陇西郡，汉属武都郡，前汉郡治在西和洛谷，后汉郡治移下辨（今成县之西），两县关系密切。其后，仇池杨氏建国，泥功山这个陇蜀要冲便是仇池古国的东大门，成县（下辨）为氐杨所据。梁武帝天监三年（504年），北魏宣武帝置南秦州于洛谷城，元帝承圣三年（554年）春正月，改南秦州为成州，治仇池。后改汉阳郡，治上禄，仇池和上禄皆在西和，此时泥功山属西和管理。安史之乱中，吐蕃入侵，成州陷落，唐贞元五年（789年）于泥公山置行成州，34年后移州治于同谷。宋建炎五年（1131年）西和州设立后，泥功山又属西和。此后，泥功山时属西和，时属成县。因此西和人对泥功山有较深的感情，况西和人信仰神佛的意识较浓。今天，山上两位庙官皆为西和人，他们在山上过着苦行僧的生活，爱寺院胜过爱他们自己，再大的苦难他们都能承受。

我真不敢想象，在北风呼啸、冰雪覆盖、白茫茫一片的严冬，他们是如何生活的。他们吃什么，喝什么，用什么，以什么方式抵御泥功山顶上的三九严寒。他们没有一丝杂念，不向社会伸手，乐于清贫，一心事佛，为信众念经祈福。他们才是现代社会真正的“低碳消费者”，亦是人与自然和谐相处的典范。他们无怨无悔、一心伺奉没有任何收益的事业，把各个山头的庙宇殿堂打扫得干干净净；一生不谋温饱安乐，甘于清苦的境界，不仅融化了自身心中的坚冰，而且抵御着世间的一切丑恶与污泥浊水，对老朽原本“心无所求品自高”的心灵是一次撞击。此后，刘师和吕师的形象进入我思想深处的小屋，常常闪现在脑海，像“过电影”。与他们相比，我们生活在福窝窝里，有什么样的苦不能吃呢？

泥功山的自然美景使我倾倒，《成县新志》载“泥功山，县西北三十里，上有古刹，峰峦突兀，高插青霄，周围数十里林木丰蔚，鸟兽繁多，采猎者无虚日”。除古刹不存外，其余景观依然如故，特别是数十里的森林更加茂盛葱茏。经王明山、刘国正等今人的努力，在高插青云的峰峦上又建起了新的庙宇和殿堂。再加上凤凰窝、笔架子、印架子、神仙床、天罡石、八仙台等自然景观，使泥功山的非常之观增添了不少文化内涵与神话传说，使其更加丰富多彩。

第二天清晨，侄媳和老伴儿到两山各庙烧香敬佛，我则跟随考察泥公古寺和泥翁神像遗存。泥功山刚进院的北崖下，一处石砂岩上曾有泥状老翁形象，可能就是唐懿宗咸通中成州刺史赵鸿《泥功庙》诗“立石泥翁状，天然诡怪形。未尝私祸福，终不费丹青”所说的泥公像。由于石窟较浅，风吹雨淋，几处泥状砂岩脱落，为了保护此处，原道长王明山组织人员挖岩修窟、造像立庙，因挖得过深，砂岩结构又松散，一场大雨中全部垮塌，使规模可观、尚未开光的塑像埋入沙土中。此后，“立石泥翁”已无处寻觅，《方舆胜览》所说的“石像天成，古怪甚殊”的泥公庙亦难觅踪影。然“泥状”龙鳞、龙须、龙爪等所谓“诡怪形”，在“八卦悬亭处”仍依稀可见。

早餐后，我们原计划下山，可饭碗还在手，一阵浓雾裹住了山头，随即淅淅沥沥的雨滴随风袭来，正应了“上多云雨，行者每逢泥淖”的记载。

鉴于此，刘师留我们再住一天，为我们欣赏、观光泥功山的美景提供了时间与机会。午后，雨停日出，地气升腾，黑云散尽，泥功山上一派灿然。刘师领我们去西山门看远山胜景，以及由西和到泥功山的各条路线。雨后的高天，碧蓝清透；空气的清新，城市罕有；视野也格外宽阔与清晰，真是“千山浮云海，雨后天地新。昨日朦胧处，此时目所及”。顺着刘师所指，我详细观望了由西和下巷、二垭子经曹阴、谭家河上泥功山，由花桥银子崖经王沟、刘坪、严河上泥功山，由三阳坝经崖背后、夏家沟、柴家坝、严河上泥功山的路。根据这三条路线的所经之地以及距泥功山的远近，我判断：诗圣走的是由下巷、二垭子、曹阴、谭家河经张家场上泥功山之路。此外，刘师还向我们讲述了泥功山的天里天的 72 寺院和天外天的 36 寺院的传说，并指认了一些古寺遗址所在。

泥功山八卦悬亭　2013年9月26日摄

第三天，我早早起床，拎上相机，独自上了山顶观日出。一眼望去，40 多里外的成县县城尽收眼底，雄伟的鸡峰山苍苍茫茫，漂浮在云涛雾海之中。东方的浓云间透出了一点红光，随即变成了一条红线，其后这条红线消失在密布的浓云之中。我大失所望，为没有看到日出而叹息。突然间，山下的云窝和雾带迅速爬升，齐向泥功山奔来。不多时分，云雾从西山门涌入，翻越山顶垭豁，把一个八卦悬亭团团围住，此时悬亭像漂浮在万顷波涛中的蓬莱仙岛，忽隐忽现，美轮美奂。我正在欣赏瀑布云从西坡爬上，又向东坡滚落的美景时，老伴儿喊我赶快下来吃饭，饭后下山。我虽不舍这难得一见的景观，但又恐“大雾过后，有大雨”，就悻悻而归。

道长原本要给我们做浆水面，老伴拒绝了。我们只吃了一点自带的小饼，喝了些罐罐茶，等侄媳把山上的陈面粉罗筛完毕，把要蒸的馒头放在锅里后就起身。刘道长派吕师为我们带路。为了乘车方便，他吩咐我们从东面下山。行前吕师为我们各找了一根拄棍。我们跟着吕师出了东山门，说是山门，实际上没有门，只是下山的一个路口。路上长满了野草，根本看不出哪里是路，哪里是沟。吕师将我们的相机与小包全装在背篼里背着，走在前边用棍子打野草、清横枝、除刺蔓等，为我们开路。

东山路比西山更加艰险，有几处路段是在悬崖边伸出的枝条上行走，枝条下是悬崖深涧，我们不敢向下看，好在浓雾沉沉，看不清脚下的惊险绝壁和万仞深沟。然而清晨的一阵山雨为水分饱和的山体与路面又注入了新的水分，雨后又未露一丝阳光，使湿漉漉的路面更加湿滑、陡峭与难走。老伴儿胆小，一直猫着腰，拄着棍，小心翼翼地向前挪步，结果一次又一次地滑倒。因为路面实在太陡太滑，看上去是一层没有雨露的厚厚枯叶，踩上去枯叶跟着脚一起滑走，原来枯叶下是积水稀泥。为了相互借力、确保行走安全，我在前边拉着老伴的手，侄媳在后面扶着她的臂，就这样，我们三人在浓雾中慢慢地向前移动。我正鼓励老伴儿：“挺起腰板，越大胆越不滑。”话音未落，我却又一次滑倒，多亏老伴儿拉着我，才未滑向深沟。每到危险处，吕师就提醒我们，或将我们一个个扶过危险路段。

走了近两个小时，我们到了断壁崖，吕师告诉我们已经走过一半了，前边的路比较宽，但依然陡峭，注意跌滑。我们仍不敢迈腿大步走，时时留神，尽管千注意万小心，老伴儿又跌倒了，我也滑了一跤。幸好侄媳一路平安，没有跌滑。吕师背着沉重的东西却如履平地，一则他比我们年轻 10 多岁；二则他天天行走在这陡峻险绝的山路上，环境锤炼了他的身板和腿脚，我从内心深处佩服和感谢他，没有他的帮助，我们是很难安全下山的。

到了一块草深林密之处，吕师说："这里是去'云梯崖'和下山的分路口，你们去不去'云梯崖'？"这里全是没过膝盖的野草，哪里是分道，我们根本看不清，可见去的人很少。我很想去"云梯崖"看一看，那里有几块重修云梯崖庙的古代石碑，况有吕师的引导与帮助，但道路湿滑，我们还饿着肚子，又听说庙官不在，大门紧锁，故打消了念头。

约莫又过了一个小时，我们走出了森林，草坡上有一头无人放牧的大黑牛正在吃草。它看见陌生的面孔后，静静地望着我们，直到我们走出它的视线后才去低头吃草。我们从半山腰就听到潺潺的流水声，越走水声越大，可见此山涵养水量之多。快下山时，路与水道重叠，我们在蜿蜒曲折的水道中寻垫脚石而走，有些垫脚石被水淹没，需要迈腿跳跃。大约走了5里，终于下了山，来到二郎河边。这里既没有桥，又没人行路，我们跟着吕师脱鞋过河，过河后老伴儿和侄媳向泥功仙山作揖告别，感谢神灵保佑，使我们平安下了山。其后，我们沿着地埂走到武坝村去二郎乡的公路上。

从上午9点启程，到午后1点下山，我们整整走了4个多小时，实感困乏，很想坐下来休息一会，但考虑到还要乘车去成县，就想及早赶到二郎村（乡政府所在地）去找车。吕师还想再送一程，我们知道他要到武坝背上面粉后，返回山顶寺院，就谢绝了他的好意，并给他送了点心意，让他买双球鞋及香烛、食品，但他不肯收，在我们的再三劝说下才勉强收下，然后握手告别。望着他离去的背影，我们真有些依依不舍，这位不幸而可怜的人，是如此厚道、纯朴与诚实，我们从心底感谢和敬重他。

我们步行到二郎村，本想找一家餐馆吃点东西，结果不凑巧，未能如愿，大家饿着肚子坐上了去成县的车。原想到县城把她俩犒劳一下，吃点荤，解解馋，但她俩却愿品尝地方小吃，我的计划落空，便随她俩而去。饭后，我们到县车站坐车返回西和。

夫人与侄媳(右)在山顶 2013年9月25日摄

这次登泥功山，圆了我的梦，我非常欣慰，但又内疚。为了实现我的一个小小心愿，侄媳和老伴儿付出了不少艰辛。我悔恨自己把梦想建立在亲人的痛苦之上。侄媳挑着沉重的东西上山，粗糙的挑棍把肩膀压得红肿起皮；老伴儿下山时摔了好几次，衣裤沾满了泥巴；最使我难受的是她俩枵腹下山。刘道长要给我们做早饭，老伴儿拒绝了。她不是不想吃，而是为了给刘师节省口粮，我明白老伴的意思，就只喝了些茶水，起身了。出了山门，老伴儿对我说："山上的吃食紧缺，即使有钱也变不成食品。"侄媳一上山，不顾肩痛和疲乏，就打扫院子、擀面、包饺子、做饭，她说这是做功课，积功德。她们的行为和情操，给了我温暖与自信，也令我欣慰与感动。没有她们的伴行与帮助我绝不会登顶！当我们感谢她时，她却说："我不敢把你们两位老人放走，陪你俩是我们小辈应该做的事。"

这次登山虽然惊心动魄、吃尽苦头，但登顶纵目、收获颇丰，不仅洗涤了灵魂深处的私念和迂腐，特别是对苦乐观的认识有了新的坐标与参照系，而且对诗圣《泥功山》诗有了深刻理解。对泥功山名的本意和诗圣上泥功山的线路有了清晰判断：

其一，泥功山的本名应是"泥公山"。我目睹了"泥翁立石"的原址和"天然鬼怪形"的"泥石"。"泥公"即"泥翁"，"泥翁山"衍化为"泥公山"，因“公”与“功”音同，故讹为“泥功山”。

其二，诗圣由积草岭到同谷经过“泥功山”，只是经过了泥功山张家场、垭豁梁，而没有上山顶，更没有去“云梯崖”，因为从张家场上山顶是几条路中最好走的一条路，但骡马是无法通行的，况诗圣带着妻室和10来岁的小儿子，根本不可能也没有必要登顶。由谭家河翻越泥功山张家场、垭豁梁到野荒沟山底，足足35里，如到店子村，整40里，够杜甫跋涉一天，“朝行青泥上，暮在青泥中”符合实情。

其三，杜甫没有登顶，不知道泥功山的极峰绝险，怎么会写出“哀猿透却坠，死鹿力所穷”这样的诗句呢？是杜甫的妙笔生花、虚构渲染，还是实况写真？余以为是真实场景的记录，杜甫从积草岭（今焦山沟梁）出发经六汉堡，翻越了二垭子（成县人叫药山）约40里，大概住在了泥功山脚下的潭河村，从群众口中知道了泥功山的峭壁险恶，曾有猿猴和野鹿坠落摔死的事，便将此事写入诗中。诗圣“图经”的显著特色，就是各地特色实景的展示与再现。

2013年10月

寻访积草岭札记

在杜甫陇右纪行诗中，绝大部分纪行诗的今地，学界已形成共识，基本确定，唯独《龙门阵》《积草岭》二诗的当今地址尚无定论，恰恰这两首诗都是杜甫从西和到成县的行旅中写的。我经过 3 年多的努力，于 2009 年 7 月基本完成了《龙门镇》一诗的今地考证工作，并形成了三篇《杜甫陇右诗“龙门阵”今地考》拙文，相继在数家刊物上发表。我们在考察“龙门镇”的同时，也注意了“积草岭”的今地问题，当“龙门镇”的今地考证基本有了眉目后，就将注意力集中在“积草岭”的今地问题上。然而，“积草岭”的今地考证是一个难啃的骨头，前人留下的文字资料少得可怜，地方史志亦是一片空白，实物遗迹毫发不见。过去的杜诗评注或研究，都在《积草岭》题下注：“同谷界”“无考或待考”。《通志》：“岭在旧天水至同谷之间”；《中国古今地名大辞典》：“积草山在甘肃徽县北四十里，与成县接界。”包括方志在内都无确切记载。

已故当代杜甫研究大家萧涤非教授率领的山东大学《杜诗全集》课题组，甘肃杜甫研究专家兰州大学教授林家英率领的兰大考察团，天水师院教授聂大受率领的“天水杜甫研究会”考察团等先后对杜甫陇南行踪进行了考察，但都对“积草岭”的具体地址没有明确论断。

天水师院教授、《杜甫陇右诗注析》的第一作者李济阻在《杜甫陇右行踪示意图》一文中说："杜公此行由西北入同谷，可是这里山岭重叠，古今道路变异又大，在前代文献没有记录的情况下，当地的杜诗爱好者见仁见智，各人有各人的考察结果。我们在《杜甫陇右诗注析》和《杜甫陇右行踪通考》中虽未敢轻下论断，但由于相信了龙门镇即成县西七十里的府城集，因而对此诗中'卜居尚百里'表示不解，是倒置了本末。现姑且虚拟在石龛和泥功山之间，以待高人确考。"

20世纪60年代成县的文教局局长赵国正先生1991年在《西北师院学报》社科版第四期发表大作《杜甫陇右诗作中的积草岭考》，认为"积草岭"的当今地址是成县展山梁。说："古积草岭今展山梁"，"它起于龙门镇北草坝村，止于南天门侧灵关峡，全长十公里，总名叫药山"，"积草岭与泥功山隔河对峙，旌旗相望，鼓角相闻"，"积草岭系天然牧场，传说'昔日黑胡子大人曾于此处屯兵养马，因储放饲草叫积草岭'"，"上有寺庙展山梁"。并说：杜甫《积草岭》诗中的"山分积草岭，路异明水县"之句，"山分""路异"是诗人用来表示积草岭与此前所经"道弥恶""苦厌山"的区别，"明水县指积草岭水"，"县者，悬挂之意"。

2008年8月中旬，酷暑已过，我与夫人一起离开金城，前往西和考察。首先在西和老家小住数日，走访亲友，参观风景名胜。8月22日，我们租来一辆小车，在妻妹夫王瑛的带领下，前往成县纸坊、马莲垭豁，府城和石峡库根，进行寻访考察。8月24日，我与夫人又乘车到石峡，然后徒步上焦山沟考察。

赵国正先生的论断是否正确，我不敢妄加评说。王钰先生在《天水杜甫研究会考察小组陇南考察纪行·同谷"群英会"》一节中有几段话："有的说：有人在《西北师大学报》中将积草岭的地点没考证清楚，就乱发表，极不严谨"；"成县人把成县的地名都搞不清楚"。这些犀利言辞是成县学者在"天水、同谷杜甫陇右行座谈会"上的发言。可以看出，赵国正先生的观点就连成县学者也不太认同。

成县原副县长高天佑先生于2002年4月出版的《杜甫陇蜀纪行诗注析》就未采用赵的观点，云：“关于此地，方志没有确载，时贤所释，各不相同。《诗编》（成县人所编·历代咏成州诗编）认为：‘古积草岭即今殿山梁’，在今成县纸坊、沙坝乡之间。而依原著应在城县西北，原同谷县边界上。”

次年盛夏，我带着寻访积草岭的不了情节，与夫人第三次到西和进行实地考察。8月11日，我们一行四人前往成县考察展山梁。我们先到了成县纸坊镇，受到了镇党委书记李元同志的热情接待，他找熟人、打电话、发信息为我们寻找向导，了解展山梁的具体地理位置、通行路线。一周之前，成县遭受了特大暴雨的侵袭，二郎乡是重灾区，原有道路水毁严重。李元书记不知打了多少个电话去询问，才为我们确定了去二郎乡的最佳线路，并安排了数位向导在村头等候。

李书记在与二郎的数位知情者或村主任通话中得知，当地群众不知道“展山梁”和“展山梁寺庙”在何处，也不知道黑胡子杨大人屯兵养马的地方。据赵先生说，展山梁上有香水洞。李书记又打听香水洞所在地，结果二郎乡有两个香水洞，一是韩河村的香水洞，二是潭河村的香水洞。据赵说，积草岭在同谷西北90多里处，与泥功山相连和西和接界。我们决定向与西和接界的潭河村的香水洞行进。

由于抛沙到二郎的道路受损严重，我们只好把车开进县城，经陈院镇去二郎。根据向导的电话通知，我们没有去二郎乡政府，于二郎店子村左拐，翻越牛星山去潭河村。车约莫行驶了5公里，到了一个村庄，不少路段被水摧毁，两座桥梁被摧得无影无踪，金矿派出的修路工人正在抢修部分路段。我们的车驶过了两道河水，在被摧得坑坑洼洼的土路上颠簸，又在开始爬山的路面上，遇到了两处烂泥坑，经过一番努力后，车冲出了泥坑，再不敢前行了。我们走进了野荒沟村，向村民了解了一些关于牛星山、潭河村香水洞的情况后，连夜返回西和。车在电闪雷鸣中行驶，走进县城，雨脚变小，回到家中已是午夜时分。我们悬着的心终于放了下来，因为数天前舟曲县遭遇了大暴雨，周边的礼县、成县都受到暴雨侵袭。这次考察因水毁路断没有进行下去，遗憾地收场了。

根据杜甫“发秦州”纪行诗的排序，积草岭当在石龛与泥公山之间。石峡八峰崖至今留有魏晋时期的佛龛和石窟雕像或泥胎塑像，是杜甫诗《石龛》的当今地址，确定无疑。成县牛星山自古就有泥公庙，至今犹存，杜甫诗《泥功山》的今地是牛星山的判断，也是确切无误。既然八峰崖和牛星山是两个铁定判断，积草岭就应当在八峰崖和牛星山之间，这是寻找积草岭的第一个标准。

有人提出，八峰崖东面是悬崖峭壁，羊肠鸟道，杜甫根本不可能驱车上八峰崖。这一质疑符合实情，百分之百正确。我们根据诗意，实地调查，另辟蹊径，解开了疑惑。

八峰崖下的吉祥寺遗址石碑

2013年8月24日摄

八峰崖石龛

2013年8月24日摄

杜甫《石龛》诗云:“天寒昏无日，山远道路迷。驱车石龛下，仲冬见虹霓。

伐竹者谁子？悲歌上云梯。为官采美箭，五岁供梁齐。”此段诗意给我们提供了三条信息：一是杜甫是驱车前往八峰崖石窟的；二是岐道多而复杂，路程偏远；三是杜甫描写的全是石龛脚下的事。

根据这三点，我们实地考察，发现杜甫“驱车石龛下”没有错，是有路可行的，这条路是客观存在的。当年诗圣就是带着妻儿驱车沿高河水（古龙门水）而上，经小石、高河、真武天翻缓坡至袁坝、关坝，顺铜厂坝水而下，至喜集村，水注入洛谷水，再沿洛谷水南行，经杨嘴，到仇池古国的核心之地羊马城（今灯塔村），继续南行至娄房里，折转向东，沿寺儿沟水驱车至八峰崖下石龛与吉祥寺。这一地域是仇池古国的核心，早在魏晋时期车路网格纵横，交通发达。八峰崖石龛寺庙群包括仇池国祭祀宗庙和一龛一寺，石龛在八峰崖的山上、山脚都有，山脚石龛的西面是规模较大的吉祥寺。唐代之前，这里香火旺盛，信众攘攘。杜甫在吉祥寺小息数日，得到了生活上的补给，同时也了却了拜谒“万古仇池穴”的心愿。

基于以上认识，我们判定今之八峰崖就是杜甫笔下的“石龛”，只不过杜甫拜访的是八峰崖脚下的石龛和吉祥寺。寻找积草岭的起点应该是八峰崖山脚的吉祥寺。

除了这一标准之外，还要确立一个原则，这个原则就是整体性原则，也就是说，要从整体上考量和把握杜甫行旅的线路、寓居的地点，前点与后点的关系，不能偏离或背离行旅的总体方向。

同时，根据杜甫《积草岭》“连峰积长阴，白日递隐见。飕飕林响交，惨惨石状变。山分积草岭，路异明水县。旅泊吾道穷，衰年岁时倦。卜居尚百里，休驾投诸彦”诗句，还要满足以下条件：

一、有连峰长阴，白日可以看见。也就是说，岭上可以看见峰体相连，且是多峰沿岭依次排列，白天可以看到山峰间阴影长有，这峰一坡日照明亮，一坡阴影显现，那峰同样随着太阳的运行，一坡转亮，一坡变阴，此峰转亮它峰变阴，总可以看见相连的峰峦间光明与阴影交替出现、不断变幻的景象。

二、山上林木繁茂，可以听到林风交响或飕飕的林风。

三、有与众不同的山石，令人有凄凉之感。

四、此山梁的前后或两面都叫积草岭，也就是积草岭横跨此山梁的两面。同时又是走泥功山、同谷县和明水县的分路口。

五、此地距同谷大概还有 100 里的路程。

六、由于诗人行旅此地时，正处在经济拮据、年迈体弱之时，不可能走弯路、走远路。

这一个标准、一个原则和六项条件，是否妥当，赵国正先生是否认可，还有必要继续商榷。但笔者认为：这一个标准、一个原则和六项条件是突破寻找积草岭瓶颈的斧钺或利器。我们承认，诗人描写景物，肯定会有夸大、渲染的成分，但以上六种景象绝不是诗人凭空想象或臆造的，一定是触景生情，有感而发的。所以，我们计划按上述标准、原则和条件去寻找。

首先，我们根据积草岭必须在八峰崖（石龛）与牛星山（泥功山）之间的标准去寻找。

然而，八峰崖几乎是垂直数百米的峭壁，无路可通，由崖脚下的吉祥寺到山顶石龛，只能徒步到牛儿坪村，再由牛儿坪行至八峰崖石龛，约 10 里。但这是人行步道，有些路段只许一人通行，十分危险。若从东崖下山，经八峰沟去石峡镇的路亦很艰险，没有驱车通行的大道。要去“积草岭”，必须要经羊马城、喜集、关坝、高河，返回石峡即龙门镇，再由龙门镇出发去积草岭、泥功山，最终抵达同谷。因此，积草岭的实际地理位置，就在石峡与牛星山之间。杜甫造访石龛，是专程访问，由龙门镇出发，参访后又回到了龙门镇。

鉴于此，确定“龙门镇”的地理方位就十分重要，它的正确与否，就成了寻找与判断“石龛”“积草岭”的关键。前面我们通过寻找“龙门水”“龙门谷”，对“龙门镇”的方位已有了基本判断，但为了尊重《一统志》意见，我们应先到成县纸坊镇，考察《一统志》和赵国正先生认定的府城是龙门镇的观点，把寻找积草岭的起点定在府城，考察府城到石龛，到展山梁（积草岭），再到牛星山的路线。

左一：席保仓，左三、左四：笔者，左二：苏效伯，右一：赵志明
2010年8月27日摄

我们先走访了石峡街年逾古稀又通晓当地古地名和历史的数位长者，其中，席保仓是20世纪60年代石峡街的党支部书记，赵志明是八峰崖石龛的负责人，苏效伯曾帮我拎包，护送我翻山越岭赴洛峪。他们向我介绍了不少当地的历史文化知识，赵志明还让儿子开车并与席老领我们上牛儿坪、八峰崖考察，又让儿子开车送我们到焦山沟寻访，还为我们安排住宿等。从他们口里得知，古时候由石峡街去泥功山（牛星山）的路，通过的山梁基本符合上述条件的主要有三条：一是成县纸坊镇马莲垭豁（展山梁的西端），二是石峡镇库根梁（包括建华山、川儿梁在内），三是石峡焦山沟梁。只要能认定哪个山梁是杜甫去泥功山所经之地，哪个山梁就是“积草岭”。据此，我们对这三个山梁一一进行调查。

我们驱车到成县府城，因为有一种观点是“龙门镇”在府城，于是府城就是寻找积草岭的出发点。我们有必要先考察确定府城到底是不是“龙门镇”。

府城在纸坊镇南5里，为纸坊的一个村。府城要去成县县城只能向北先到纸坊镇，再从纸坊乘车或步行；向南走数十里则是滔滔的犀牛江（西汉水）。若从犀牛江再到成县县城那就要绕很远的路。要考察府城到展山梁、牛星山的路线就必须以纸坊为起点。由于展山梁、牛星山都在二郎乡，所以我们只要询问纸坊到二郎乡的路就可。

午饭时分，我们到达了纸坊镇。今天不逢集，街上人不多，卖食品的人也很少，就随便买了点小吃。吃饭间，向数位老人询问附近有没有石窟或石龛。

答：附近没有，听说石峡八峰崖有石窟。

问：过去，当地人到展山梁、牛星山从哪条路走？

答：这里去展山梁、牛星山，要从吊沟沙坝、抛沙走，先到成县县城，再由城里走牛星山；此地没有直接走牛星山的路，从古至今都是这么走。

问：这里到成县县城有多远？

答：有 60 多里。

然而，杜甫当年是先走积草岭、泥功山（牛星山），后到成县凤凰村（凤凰村在成县城南 7 里处）的。成县县城是他“休驾投诸彦”的落脚点，如果到了成县，他还会拖儿带女再去积草岭、泥功山吗？实际上，他的体力、精力、资费等状况不容许他往返折腾。

我们用完午餐，向南驱车 5 里，到了府城。府城处在东西两山之间的河谷地带，山势平缓，林木繁荫，川谷田禾茂盛，道路宽阔，房舍整齐，有一弯弯左右横陈的绿树掩映其间，显得优雅恬静，同时气候温湿，有几分南国风貌。我们到了主街的一块照壁前，有几位老人在一起聊天，还有人在照壁前的水井里打水。照壁上原写有杜甫《龙门镇》诗文，现被白灰粉过，一字无存。这里大概是府城的中心点。几位老人看到我们走来，便笑眯眯地迎向前，与我们搭话，当我们问到府城的古地名与河水时，他们既相互交流，又相互补充，认真地讲述了府城的地名演变，河水发源地、流向与入江口。年过八旬的梁振华老人还领我们去看了龙门寺的遗址。

纸坊镇府集村、府集河　2009年8月22日摄

梁振华老人，原是成县邮电局职工，1989 年退休，在家已整整 20 年了。虽说已年逾八旬，但岁月的沧桑给他古铜色的脸庞留下的痕迹并不多，肤色的油润光泽洋溢着健康之美，走路十分矫健。他给我们讲解了府城的历史沿革和古今知名人物，还把我们叫到他家，沏茶倒水，拿图片影集和画册让我们看，正准备为我们播放介绍府城的历史沿革，却发现光盘被人借走。梁先生的小孙女刚从天水林校毕业，在家准备招聘考试。她和爷爷一样，十分热情，多次提出要给我们做饭。梁老一家对几个素不相识的人火一样的热情，使我们非常感动。如今这个社会，中国广大农村群众依然保持着仁爱、亲善的传统美德，我们感到特别高兴与温暖，也进一步体会与理解了“有朋自远方来，不亦乐乎”的真谛与力量。

梁老不仅是一位纯朴、善良和热情的人，而且是一位有高尚情操且自强不息的人。退休 10 年后，也就是 70 岁的那一年，他从电视上看到孙玉德大师教观众画牡丹，就跟着学，并从县城书店买了一本孙玉德画牡丹的教材，天天临摹研习。“皇天不负苦心人”，十年的刻苦，十年的努力，十年的坚持，十年的心血，使他获得了成功。他已基本掌握了绘画的技巧，画出的牡丹形神兼备，活灵活现，成为四邻八乡小有名气的画家。2008 年抗震救灾中，他被县上邀请去作画义卖，为救灾筹集资金。事后县上给他颁发了证书和纪念册，褒奖了他为救灾所作的贡献。他的精神又一次震撼我们的心灵，一位70岁的老人，坚持学画10年，80岁成功，彻底打破了“三十不学艺”的旧观念，而且他参加救灾，作画义卖，多么不易，多么高尚。在他的精神比照下，我深感惭愧。对于进入耄耋之年的老人来说，想的都是身体保健、颐养天年之事，哪有心思和精力去学艺呢？我怀着崇敬的心情观赏了老人的作品和纪念册。我不仅欣赏他创作的赏心悦目的作品，还敬佩他锲而不舍、老当益壮的精神、情操与自信。

从老人家里出来，我们按照村头群众的指引，沿河道向纸坊行走，以寻找旧时的老路、石门和栈道。大抵在距村头1里处的河道上我们看见两块巨石对峙，形似石门，附近石崖上有栈道痕迹。我们很高兴，确认府城有石门、有栈道，况这里气候温暖、雨量充沛，“细泉兼轻冰，沮洳栈道湿”的景象是很有可能的。这段河床全是硬石，两岸多为石山或悬崖，河水清澈见底，小鱼自由潜跃，蜻蜓在水面追逐嬉戏，蝴蝶在岸边的花草中栖息或翻飞，四野一片沧海绿浪，头顶又是白云浮游蓝天；河流中还出现了几处小瀑布，浪花飞溅，潭水回流，有一处三层叠瀑由缓到急，依次排列，十分美丽。这里，无论你把镜头放到哪个角度，随便摄来，都是一幅俊美的画面。置身于此，大有心旷神怡、宠辱皆忘之感。对于我们生活在尾气、粉尘和噪声笼罩下的城市人来说，这种清雅幽静实在太可贵、太难得了。令人遗憾的是上游的垃圾、塑料袋顺着涨水漂流下来，挂在岸边的树梢上、草丛里，或漂浮在滩涂水面，大煞风景。由此可见，工业文明的废弃物已进入山乡僻壤，危害着我们的美丽家园。

府城镇虽具有《龙门镇》诗中提及的某些地理特征，曾建过龙门寺，又有一定的文化底蕴，民情淳朴敦厚，但它绝不是杜甫旅陇期间的“龙门镇”，因为龙门水没有经过此地，龙门寺又是北宋开宝三年（970年）所建，比杜甫发同谷晚211年，不足为证。因此，府城是“龙门镇”的观点不能成立，作为寻找积草岭起点的观点也不能成立。

从纸坊镇寻访的结果看，纸坊镇也不可能是杜甫去泥功山的起点，因为它没有直接到二郎乡的路，也就是没有直接去积草岭和泥功山的路。

府城、纸坊考察结束后，我们于下午 4 时许驱车到了马莲垭豁。这里只有一家磨坊和一家小卖部，磨坊里有一位看磨的老人和两位等着磨面的人，小卖部里有几名顾客和一位营业员。我们把几位老人叫到一起，寒暄了一会儿，然后转入正题：

问：这里去二郎乡有没有便道？

答：有。

问：这里有没有通过二郎去成县县城的便道？

答：有。

问：这条路好走不？能骑上骡马走吗？

答：非常不好走。那是一条穿越大森林的羊肠小道，骑上骡马无法通行。

问：这条路走的人多不多？

答：不多。20 世纪 60 年代初，我们庄里有一位到县邮电局工作的人，回家探亲常走这条路。老人退休后再无人走过。

问：现在还有人走便道吗？

答：现在没人走了。

问：为什么？

答：因为这里到二郎要通过一片大森林，过去这里的人常到林里去拾柴，后来烧煤了，再没人去了。

问：现在这里的人到成县县城怎么走？有多少路程？

答：通过吊钩、沙坝、泡沙到县城，有 75 里路。

通过调查，马莲垭豁没有去泥功山的路，也就不可能是“积草岭”。

其后，我们驱车到了川儿梁，对建华山、库根梁一并进行走访调查，从调查结果看，它们和成县纸坊、府城、马莲垭豁一样，均不符合一个标准（积草岭在石龛与泥功山之间）、一个原则（杜甫行旅路线的整体性原则）和六项条件，也就是说，它们皆不是杜甫寓居的“积草岭”，亦不是杜甫去泥功山的起点或出发点。

一天的寻访调查结束，目的尚未达到，我俩将继续栉风沐雨，寻找新的线索，不达目的，绝不停步。

心中有目标，脚板窥茫然。精卫能填海，愚公可移山。侪辈愚顽人，翰墨乎其浅。风餐补其拙，哧哧守恒元。

附：寻访日记

1.2008年8月22日，与夫人及妻妹夫王瑛走访了成县府城、纸坊镇马莲垭壑，知道了府城与马莲垭壑皆无去牛星山（即泥功山）的道路，不论古今。

其后，又去西和石峡镇川儿、库根、建华山梁考察，了解“连峰”“石状”“道路”，查看是否有“连峰积长阴，白日递隐现”和“山分积草岭，路异明水县”的自然景观。

2.2008年8月24日，与夫人到西和县石峡镇焦山沟去考察，亲眼看到了“连峰积长阴，白日递隐现”的地貌特征，并了解到有去明水县的古道。

3.2010年8月11日，与王瑛及外甥女徐小英（甘肃省地域文化联谊会理事）驱车赴成县泥功山考察，由于道路泥泞不堪，车到泥功山山腰的野荒沟后，知难而返。

4.2012年6月4日，儿子张军寻车送我们到西和六巷乡下巷二垭子考察，寻找1949年前通过牛星山去成县的古路，亦即杜甫从龙门镇、石龛去泥功山的旧路。

5.2012年6月6日，张军送我们去泥功山，车行至泥功山野荒沟，路烂泥滑，无法前行，我和军儿步行一个多小时至牛星山垭壑，查看了牛星山背面（即西面）上牛星山的路。

6.2013 年 9 月 10 日，与夫人重上焦山沟实地察看去明水县的老路。从焦山沟梁向东直接下山 5 里就是下巷；从焦山梁向南继续爬山至磨刀石梁，然后再沿荒野山谷前进到库根，这就是去明水县的老路。在焦山好心青年何历强的带领下我们登上了磨刀石梁，后又在瓢泼大雨中行走了两个多小时，到了库根。肯定了“今日荒野路就是昨日的商旅大道”。

7.2013 年 9 月 16 日，和夫人乘车到六巷乡花桥子村，再登银子崖去成县刘坪、王家沟，察看六巷去牛星山的另一条路。

8.2013 年 9 月 24 日，在侄媳何彩琴的引领下先乘车到成县，后租车到牛星山张家场。下车正午时分，即刻寻路攀爬，经过四个多小时的跋涉，登上了山顶。25 日雨后，天空晴朗，视野清晰，远处的山峦看得一清二楚。道士刘国正领我们到西山门玉皇殿，指认从西和到牛星山的各条道路及所经村庄。我们在山上住了三天两宵，完成了考察计划。

2013 年 10 月 11 日

西县古道寻遗踪

西县古道，亦即祁山古道，有许多精彩的文化遗存，也有一些疑云迷雾，为了弄清这些遗存的地理方位和历史价值，西和县志办组织了一次考察活动。

2020 年 7 月 26 日，星期日，天气晴好。县志办主任袁智慧同志带领热爱家乡历史文化的六位专家去寻访西县古道的文化遗存，参加者有省作协会员徐小英、县文化馆原馆长蒲立，以及县文史学者魏泽民、王力、杨英雄，我也参与其中。早餐后，我们一行七人由县城出发。

上午 10 时许，我们坐车驶出塞峡（亦名寒峡），抵达长道镇。醒目的古镇牌楼首先映入眼帘，匾额上赭红色“古西城”三个大字格外鲜亮。这里是诸葛亮首出祁山引大军入屯的“西县故城”（简称“西城”）。与秦皇祖陵西垂——“礼县大堡子山”隔水（西汉水，亦名漾水或盐官河）相望，与秦先祖贵族陵“圆顶子山”近在咫尺。秦昭襄王二十八年（前 279 年）置陇西郡时，改西垂为西县，治地由礼县赵评（西新邑）迁到东边一里多的长道永兴地界。这里有“西县”“戎丘”姊妹城遗址。当地群众称西县故城为“古城”，戎丘为“新城”。双城皆保护不好，但遗痕可觅。

西和长道街牌楼 2020年7月20日摄

东汉建武八年（32年），光武帝征隗嚣，嚣败逃这里，汉将岑彭水灌西城，未克而走。

蜀汉建兴六年（228年），诸葛亮首出祁山，败绩，拔西县千余家，还于汉中。

蜀汉建兴九年（231年），诸葛亮再出祁山，传说在这里上演了“空城计”，以一张古琴，镇定自若地弹奏，惊退了司马懿的二十万大军。

其后，这里曾多次设郡，设县，可谓历史悠悠。

1956年盛夏，这里出现了一件令人惊奇的事。长道小学学生义务劳动时，在南城门护城河挖出了一只成年老龟。由于龟常年在地下，全身变为土色，当时无人知晓它是何物。学生将此物交给了老师马家骥（上海支边青年），马老师把它放到水盆里，搁到太阳处一晒，此物伸出了头与四脚，在水中缓慢地游动起来，方知是龟。在这里挖出成年汗龟，实属罕见，也是破天荒的奇事。为了弄清真相，徐小英同志即刻与远在上海颐养天年的马家骥老师接通了视频，马老师虽年逾八旬，但思路敏捷，语言清晰，说：“确有此事。1956年我带学生在南城门劳动时，挖出了一只土色老龟，大家诧异好奇！事已过去64年，但当时的情景仍历历在目。”有人以此龟为据，撰写了《千年龟精卧古城》一文。此龟的出现，使我们更加笃定“西县古城”

的地理位置就在此处。

遗憾的是用“古西城”三字命名此地不甚确切。因为“古西城”在陕西汉中地区，秦惠文王更元十三年（前312年），击楚汉中，取地六百里，置汉中郡（同设西城县），始理南郑，后移西城，汉末为“西城郡”，东汉郡治复迁南郑，有“古西城”之称，其历史久远。而长道“西城”，本名“西县”，秦昭王二十八年（前279年）置，《史记·秦本纪》《汉书·地理志》与皇甫谧（215—282年）《列女传》皆称“西县”为“西”。三国以后，才有人将“西县治地”简称为“西城”，首用简称的是西晋人陈寿（233—297年），在《三国志》中一面说“闫温字伯俭，天水西城人也”，用简称；一面又说“亮拔西县千余家，还于汉中”，用本名。晋人王隐（284—354年）在《晋书·地道记》中说“天水始昌县，故西城也”，其中的“西城”就是“西县城”。南朝宋人范晔（398—445年）在《后汉书》中，也是简称、本名同用。北魏郦道元完全吸纳了《后汉书》及以上诸书观点，在《水经注》中一边说“陇西西县”“西汉水，迳西县故城北”，一边又说“隗嚣将妻子奔西城”“吴汉之围西城”，其中的“西城”就是“西县城”，只是简称而已。由此可见，包括皇甫谧在内晋初之前的著述中，没有人用简称，入晋以后才多有简称，但他们都坚持与本名同用，其目的就是与“汉中西城”相区别。《后汉书·郡国志》亦坚持用本名。鉴于以上史实，愚以为题“西县故城”或“古西县”较为确切，与此地的历史文脉比较契合。

其后，我们驱车前往礼县固城。车先跨过永兴桥，沿西汉水而下，我们隔窗观望秦皇先祖的首座陵园“大堡子山”和“山坪遗址”，两山高耸壁立，夹水相对，犹如金汤雄关，十分险要。我们佩服秦先祖的眼力，选择此处作为落脚之地。

西汉水穿过山坪峡，在大堡子山脚拐了个弯，与固城河相会。固城河在大堡子山北面，与盐官河基本平行，是西汉水的一条重要支流。我们沿固城公路高速前进，路在两山间，沿河道而建。新雨过后的两山，山峦葱茏，岭岭碧翠，镶嵌在蓝天白云的画布上，美不胜收。空气更加清新可人，无一丝城市的纤尘与异味。

我们驾车在车辆稀疏的路面上疾驰，不觉间已驶过了平泉、衙里、永坪，来到了固城镇。恰遇该镇逢集，市面上，服装鞋帽、日用百货、手机家电、山货古玩、瓜果蔬菜、糕点食品，琳琅满目，应有尽有。我们在一家小吃店用过午餐后，即去参观古镇的城垣、民居及村貌。

我们还未起步，冲出古镇屋脊的一片碧绿夺人瞳眸。我们朝绿荫走去，绿荫在古城里，先得入城，方可亲临目睹。古城保护较好，城门处的墙高约 4 米，城门宽约 3 米，墙基厚度 6 米，其中城墙厚度 3 米，城门内垛 3 米。城内居住着数十家村民，巷巷相连，家家相通，屋舍俨然，院落小巧，依旧保持着古色古香和淳朴风格。高大城墙在各家院内或地边，很少破坏。

礼县固城古槐　2020年7月20日摄

“凌云半天青”的古木在城内的一个小巷里，距城门约 40 米。这是一株千年国槐，树围需六人合抱。树干两米处分杈，两股均匀生长，皆郁郁葱葱，伸向蓝天。树下民居连片，和善亲睦，犹如一家。

固城，是上古时期的一个交通枢纽。距武山洛门 60 里，距大堡子山 42 里，秦先民商奄之族东迁，经冀（甘谷）朱圉，到洛门，直达西垂地域，这条路比较省力；或翻朱圉山，经关子镇、红河，到漾水流域安居。

固城，是秦、汉时期的一个重镇，距古西县（长道镇）50 里，距陇川要塞落门聚（洛门）60 里；西县距洛门 100 里，洛门距陇西 80 多里；西县到陇西不到 200 里，秦昭襄王设陇西郡，将西县划归陇西。至此，我才真正理解了这一设置的合理性，一是西县距陇西并不远，二是道路相对好走。

固城，是诸葛亮“六出祁山”、北上伐魏的主要线路与关口。蜀汉建兴六年(228年)，诸葛亮驻守西城，遣马谡守街亭，与魏张郃战。马谡引大军不可能只走一条道，也许有一队人马就是走固城、洛门道，到达街亭（今秦安陇城）。

礼县固城古城门　2020年7月20日摄

考察了固城，进一步领悟了诸葛亮坐镇西县的用意，为什么不屯驻祁山、卤城、罗城或红河呢？这与诸葛亮的战略思想有关，诸葛亮没有采纳魏延的“子午策略”，就是因为危险系数太高。由于蜀汉综合国力相对薄弱，人口少，兵源有限，不敢冒险，主张“十全无虞，平取陇右”，再以陇右为桥板，进取中原。常言道：“进军打仗，先寻败路。”诸葛亮首出祁山，不知魏军底细，更加谨慎。于时，魏军进攻诸葛亮有五条路可选，一是由武山，经礼县，出山坪峡攻西城；二是由洛门，经固城，出山坪峡，攻西城；三是由甘谷出兵，经红河、卤城、祁山，攻西城；四是由甘谷出兵，经关子镇、牡丹园、罗城、卤城、祁山，攻西城；五是由上邽发兵，经铁堂峡、罗城、卤城、祁山，攻西城。

如果诸葛亮屯驻卤城、祁山，蜀兵败绩。魏兵从上邽，经铁堂峡、罗城来攻，或从甘谷，经关子镇、红河来，或经关子镇、木门、罗城来。诸葛亮可从祁山之南，入川口，沿南鸡谷水（大柳河），或入塞峡，溯建安水，安全退兵。倘从武山，经礼县，出山坪峡，或从洛门，经固城，出山坪峡，围堵塞峡和川口，就可截断蜀军退路。

为了防止魏兵出山坪峡，截断退兵后路，诸葛亮只能屯驻西城，这是万全之策。也是孙子“全军为上”军事思想的运用与体现。

参观完固城，我们原路返回，准备从祁山南的川口进入，溯大柳河（南鸡谷水）而上，考察“葫芦峪”。

我们驾车出了山坪峡，朝祁山驶去。举目东望，九州名岨，天下奇峻的祁山堡越来越近，当年金戈铁马的厮杀声犹在耳际；木牛运粮队的形影似乎仍旧在天嘉川、卤城道吱吱咕咕；蜀汉的“祁山南围”，曹魏的“祁山大寨”仿佛依在袅袅炊烟之中，隔水对峙。

过了祁山大桥，向南进入大柳河道。鸡谷门是宁家庄，这里是新石器时期仰韶文化的聚集区，曾发现了大量的石器、玉器、骨器、陶器和象征氏族部落首领权力的权杖头。

谷口是川口村，这里曾设过最早的水南县。古人类遗存颇丰，多为仰韶文化。

其后是刘磨村，我们参观了农民收藏家沈从文先生的珍贵藏品。

西和大柳河（南鸡谷水） 2011年8月24日摄

再后是大寨村，这里是鸡谷水两源相汇之处，一源是陈沟水，一源是包集水。相传这里因古代设寨屯兵而得名。

这里的新农村建设别具特色，与刘磨村整齐划一的建筑截然不同，这里多是点窝状欧美别墅式建筑，或红砖蓝瓦，或绿瓦红砖，或清一色的红瓦，或清一色的蓝砖，

大柳葫芦峪（凤凰山峡） 2020年7月20日摄

高低错落，色彩搭配，布局格调，甚为漂亮。同行者羡慕不已，这就是昔日的穷山沟，今日成了别墅群。

美丽村庄，绵延数十里，直到陈沟村。我们在杨英雄老家用了晚餐，大家同声感谢他的热情款待。

然后我们返回大寨，进入凤凰峡，参观葫芦峪。到达时，夜幕初降，丹霞崖壁上凿刻的“葫芦峪”三个字亦近昏暗。我们唯恐夜色完全昏黑，大家抢速合影，尽快观察葫芦峪及周边。谷口狭窄陡峭，峡长百余米。其后是小峪村，再经石崖，到包集。好像这里是诸葛亮火烧司马懿父子的发生地。

原来没有听说这里有“火烧葫芦峪”的传说，也没有其地貌特征。1996年我在《诸葛亮木牛流马制造地考辨》一文中否定了此地与西和石峡的上方谷、徽县的龙潭坝等。今有人提及这里有可能是“葫芦峪”，当地便请名家书写竖款，凿于此丹岩峡壁之上。

事实上，“火烧葫芦峪”史书上无一字记载。它出自罗贯中的“演义”，是罗先生编造出来的“历史故事”。他说葫芦峪即上方谷，在“祁山前、渭水东西”。偌大的一个地域，在这数千平方公里的地区内，只要有葫芦状的地形特征，“虚构”或“演义”一个“旅游景点”未尝不可，用史学家的眼光去甄别，去约束当地的发展，不可取。因为“火烧葫芦峪”本身就是“演义”，放在什么地方都是“虚构”。不仅西和大柳的葫芦峪是虚构的，礼县宽川的火烧寨也是虚构的，陕西宝鸡的葫芦峪同样是虚构的。

在史学研究上，我一贯反对“编造史实”“制造谎言”。坚持“以史为据，论从史出”和“求真、求实”的原则，这既是我们的天职，也是我们从业的良心。让“谬种流传，模糊真谛，扰乱视听，贻患后世”，是我们的罪孽，是历史的不幸。而“火烧葫芦峪”则是演绎出来的一种“文化现象”，是发展旅游经济的一粒金豆，与史学研究是两码事，不能用史学家的清规戒律去扼杀它。史学与文化各有分野，不能同轨、同规，更不能混同。就让“火烧葫芦峪”的故事去丰富人们的精神生活，表达人们的思想倾向吧。

葫芦峪啊，葫芦峪！人们热衷于寻找你，是希望葫芦峪中的山火猛烈燃烧！把诡谲于世、心怀不轨的司马懿化为灰烬，让光明磊落、赤胆忠心、爱民如子的武乡侯有施展才能的广阔天空。然而，天意不公，偏偏要龙宫埋伏一团黑云，泼出倾盆大雨，浇灭熊熊大火，将陷入火阵、命亡一线的“诡谲”救起。这盆雨泼进了武侯的心扉，他浑身凉透了，仰天长啸：“天不灭司马！”焉有何方?

陈寿曾说：“亮之素志，进欲龙骧虎视，包括四海；退欲跨陵边疆，震荡宇内。”但对亮之事业未成，也只能遗憾地说：“盖天命有归，不可以智力争也。”杜甫亦说：“运移汉祚终难复，志决身歼军务劳。”孔明虽是智慧化身，却无力回天！汉室的大运已经转移，诸葛亮很难复兴，结果只能是“志决身歼”。“谋事在人，成事在天”，亦是不可违背与抗拒的人间“大道”。

事实上，诸葛亮托孤辅政后，被后主封为武侯。史称“管、萧之亚匹”。诗圣对他五体投地、崇拜至深，赞曰：“功盖三分国，名成八阵图”；“诸葛大名垂宇宙，宗臣遗像肃清高。三分割据纡筹策，万里云霄一羽毛。伯仲之间见伊吕，指挥若定失萧曹”。亮承继先主遗愿，以“鞠躬尽瘁，死而后已”的决心，六出祁山，北上伐魏，平定中原，兴复汉室。在六出祁山的过程中，人们看到了诸葛亮的赤胆忠心。后人常常寻踪访胜，以悟先哲的聪慧与盛德，让他的精神与世永存，光耀千秋。

在夜幕中，我们坐车再由包集出发，翻山越岭，经石堡，回到了原点，结束了一天的行程。

一天的旅行，使我的思绪豁然开朗，教条主义的阴霾被实践的阳光逐出脑际。看到精准扶贫、美丽乡村建设的雨露洒遍华夏的山山峁峁，我感到无比幸福与自豪!

2020 年 8 月 4 日于西和北川贤任俊峰家

西和汉代鸡蛋出土记

1968年，西和县革委会设立了“五七”干校，抽调全县各类干部分批分期进校学习和劳动锻炼。第一批抽调的主要是县、公社党政机关及企事业单位近百名干部。他们被分为两个排，一排在县农场，有50多名干部学员；二排在麻池坝苗圃，有40多名干部学员。与原农场和苗圃职工同吃、同住、同劳动、同学习，实行军事化管理。原农场和苗圃受干校统一领导，农场并入一排，麻池坝苗圃并入二排。

我参加了首批学习，被分配到第一排，任排长。我们入校后，农场人员猛增，职工宿舍远远不够。农场将储存农具与杂物的仓库、窑洞腾空，住学员。我与王树立等6人同住一间仓库，睡在一个不到5米宽的土炕上，十分拥挤。相对而言，我们的住房是比较宽敞的，也有四五个人挤在一间单身宿舍里，这样的生活条件严重影响着干部学员与原农场职工的休息与健康。

面对住宿极度紧张的状况，校领导与姚场长商定：在农场北面崆峒山脚的一处台地上先打几孔窑洞，以解燃眉之急。

定下之后，就在学员中寻找会打窑洞的人。原县手工业管理局局长礼县人田映旭同志曾经打过窑洞，有一定经验，就请他规划、选址。计划先打一孔2米宽、2米高、3米深的窑，看看土质是否适宜打窑。说干就干，先打一孔看看。他察看了台地四周，选好了第一孔窑洞的方位，就挥镐挖洞，我给他打下手，提铣铲土。我们一上午只挖了 1 米多深，到翌日下午 4 点，推进了两米多，雏形已现。我和田局长在洞外休息时，忽然听到洞内一声巨响，部分洞顶与南壁塌落。庆幸，我们躲过了一劫。

西和县文化馆原馆长蒲立提供图片

过了一会儿，穹顶稳定了，再无土块掉落，我俩进洞清理落土。清理到一半时，我们发现南面洞壁上有一陶罐露出半身。我们将它取出，揭掉盖子一看，里面装着半罐粟米，米上放着 5 个鸡蛋。鸡蛋已成空壳，特别轻；粟米亦像空壳，整体轻飘飘，仿佛是一只没有盛物的空罐。

附近劳作的几位学员听到窑洞垮塌之声，担心我们的安危，跑来察看，见我们无恙，松了口气，说了几句笑话，并叮嘱我们要时时小心，防止意外，又回到各自的岗位，继续劳动。后来有人听说我们挖出了文物，纷纷跑来观看。我怕干校学员和农场职工七八十号人都蜂拥而来，人多会有不慎，又恐鸡蛋风化变成粉末，即想派人将此物送西和县文化馆收藏，以保证此物的安全。派年长一点的，他们来去走路有点吃力；派年轻一点的，他们一般要骑自行车，比较莽撞，怕摔坏鸡蛋；遣农场工人去，他们找人办事不方便。我的思想比较偏执，派谁去都有点不放心。

我曾经被派往西成公路指挥部政治处工作，即到石峡乡去修公路，达两年之久，因此进出县城驾轻就熟。况我是县城人，西和县文化馆的文物管理员王忠继（后为副馆长）是我的老同事，与我在西和县民政局共事 4 年多。我想来想去，觉得自己是最合适的人选，不管走路，还是寻人，都比较方便。

我决定进城，将陶罐亲手交给王忠继同志。

于是，我将打窑洞的事交给田局长一人，并请他向姚场长转告一声，再没有向任何人打招呼。我找来了一个布袋，将陶罐连同鸡蛋装入，徒步行走。那时正是我“吃饭不饱，做活不乏”的年庚，走路轻快，办事利索。农场距县城 5 里多，不到半小时，我就抵达西和县文化馆，小心翼翼地将陶罐交给了王忠继同志。

王忠继同志初步判断：鸡蛋与陶罐大概是汉代的。他说：“多亏你徒步行走，坛罐和鸡蛋没有受到伤害；2000 多年前的鸡蛋，蛋清蛋黄已全部蒸发，壳薄如纸，十分脆弱，经不起路途的颠簸（那时西和县的公路全是土路，县城的街道尚未硬化），要是骑自行车，坛罐和鸡蛋必然会破损。”

西和县博物馆文物管理员王武江提供图片

后经省文物专家鉴定，确定该鸡蛋与陶罐为汉代文物，并将三枚鸡蛋送甘肃省博物馆借调展出。

当时，我只是为了文物的安全考虑，火急火燎地将其送达西和县文化馆，这件事鲜为人知。两月之后我被列为第一批解放的县委干部，派到新成立的乡镇革委会当秘书，后来也很少向人提说此事。致使与我同期进入干校的部分学员和农场职工，不知道西和县博物馆展柜上陈列的汉代鸡蛋是从西和县农场出土的。半个多世纪之后的今天，我想起此事，心里不是滋味。

20 世纪 90 年代的一个夏天，我回西和故里探亲，在南门口碰见了退休之后的田映旭局长，说起当年我俩在农场打窑洞之事。他哈哈大笑，说我们福大命大，躲过了一险。他依旧是那样的亲善、谦虚和乐观。我想起了那个热火朝天的年代，人们是那样的纯朴、敦厚，无限忠诚于党。党要你去哪里，就去哪里；党要你干什么，就干什么；没有一声怨言，没有一分私利；人与人之间是那样真诚坦率，当面一套，背后一套，尔虞我诈之事很少很少！

2020 年 7 月 10 日

注：此文由西和县县志办加了《编者按》在《西和史志通讯》2020 年第 7 期、以《西和县博物馆汉代鸡蛋出土记》为题刊发。

隍城漫步

西和隍城　2009年8月29日摄

我退休后成了闲云野鹤，不再去思考那些令大脑发蒙的课题，不再为办理那些永远办不完的日常琐事而苦恼，也不再为糊口而奔命，只想顺从天命，颐养天年。然而另一种刻在骨子里的“情愫”无法割舍，故乡的明月，故乡的流云，故乡的山山水水勾牵着我固执而迟钝的灵魂。泰山庙的戏楼、观山的天爷楼、隍城的十二连城、岷郡山的萨真人墓、城隍庙的古柏、夫子庙的雄伟殿堂，以及与儿时好友在清澈见底的漾水河游泳玩水的情景常常闯入梦乡，难以忘怀。

我的故乡在“和仲宅之西”①，即今甘肃西和县城，这里蕴藏着厚重的伏羲文化、乞巧文化、三国文化、仇池文化等，在我的血管里流淌着探索这些文化的血液。近年来县上的经济文化、民生市政与生态建设快速发展，东西两山已建成美丽的森林公园，成为全县人民休闲、游览、散步的乐园与天然氧吧。这些常使我魂牵梦萦，无时不想。由于故乡情结的驱使，我每年都要回故里看看。和往年一样，一到初夏，我们两个相依相伴的古稀老人又带着相机与行李，启程寻找往昔记忆与儿时旧梦了。

一

又是一年新绿时，西汉水南源的乞巧之乡正值田禾抽穗、万木向荣之际。原本郁郁葱葱的隍城经过一夜风雨的洗涤，更加一尘不染。我们早早起床，踏着清风晨露登隍城，去感受都市人感受不到的“空山新雨后”的清新洁净与绿海波涛。为了快速登顶与减少同熟人打招呼，我们选择了大水街登山小路。

路边草丛中，大田禾苗上，树叶上，花朵上，晶莹的露珠遍地闪耀。它们有的悬挂在树枝上招摇，有的滚动在叶面上熠熠，在晨曦中变成了五彩斑斓的琥珀与玛瑙，其透亮明净更是世间罕有，一生难得见几次。两边山谷里的岚气初萌，形成了半遮半开的纱帘，悬挂在村庄周围，围绕在树梢枝头，全然是一幅亦隐亦幻的水墨画。随着岚气的升腾和晨光的增加，山谷的雾岚又向峰顶缓慢游动，此时的隍城更像黄山云海，万壑涌动，白练漫卷。

隍城游人　2009年9月16日摄

在隍城至晚霞湖的公路上，靠路的一面伫立着一排盛开的紫树槐，好像一列着装艳丽的迎宾女郎，花枝招展，笑迎游人；身后又矗立着一排队列整齐的香柏，像一列威武庄严的战士，执勤站岗，保卫行人安全。最靠路边的是花坞带，已撒种了山菊花的种子，料想不久这里将会鲜花铺路，彩带飘飞，笑迎八方。

二

不知夜雨有何神奇功力，满山松杉抽出了不少新枝，原有的嫩黄吐出了新的嫩黄；无边青草竞相放青，含玉顶珠，绿海荡波。此刻，新芽仿佛从心扉里萌发，嫩黄从心田里滋生，绿海在心底里荡漾。似乎整个心房成了绿色的海洋，全是新枝复新芽，新绿添新绿，嫩黄增新黄，整个心扉都绿透了，连维系生命和营养周身的膏汁和血液都成了绿色。顿觉心房有些狭窄，难以尽数容纳无垠的绿海波涛和落英缤纷。此时我多么希望心房扩容或膨胀，能将万顷绿涛收入心扉，天天在这蓊蓊郁郁的绿波中荡舟，在荡舟中慢慢地枯萎、沉睡和羽化，最后也转化成绿色的细胞，融入绿色海洋，参加“吐故纳新”与“碳汇”的大军，成为自然界能量转换和人类绿色长城中的一个细胞。

自私的人类，一味地喜新厌旧、吐故纳新，造成了“绿色缺损”与“生态失衡”。岂不知“吐故纳新”与“纳故吐新”也要相辅相成，平衡发展。没有“纳故”就不会有“吐新”，没有“纳故吐新”也不会有“吐故纳新”，“新”是在“故”的母腹里孕育出来的。也许是人近“黄昏”，对故旧总是念念不忘，怀旧的情绪往往外溢，甚至泛滥成灾，湮灭思想园圃里辛勤培植的一方新绿与青苗，让“老气横秋”更加“老气横秋”，直至腐朽。

三

“暮云惨淡”的情绪无法掩盖眼前“山山槐花怒放，弯弯芳气袭人”的现实图景。隍城碑林楼阁正在花海里漂浮，一片片紫槐把它团团包围，偌大的碑林只有顶楼浮出花海。小隍城下环绕着一棵又一棵的槐柳，最高一台丝绦披拂，中间白玉织锦，底台红霞抹秀，层次井然，画意天成，诗韵天赋。

盛开的紫穗槐　2015年5月23日摄

在一段山梁上矗立着一排紫穗槐，像穿着节日盛装的少女在湛蓝湛蓝的天幕里婆娑，又像洞房花烛下的新娘在白纱飘逸的穹庐里撒娇，她们的秀色与美丽，使亭亭玉立、娇艳妩媚等褒奖之词显得逊色与乏味。山梁上的红槐、聚贤、凤鸣等大大小小的山庄农苑，梁东边的冯家庄、白家山，梁西侧的何家台、代家沟、张家庄，以及周边的村村社社，处处槐树合围、万绿掩映；处处槐花尽放、馨香盈盈；处处燕飞鸟鸣、花闹蜂蝶。这一卷卷秀色美景吸引着我贪婪的眼球，总觉得看不完、看不够。

四

“嗨！你看！”老伴儿指着前边一枝被折断的紫穗槐喊。顺着她气愤的目光望去，我的心“咯噔”了一下，像是被刺了一针。一枝盛开的紫槐从树干上耷拉下来，仅连着半片皮。多么残忍，好似我的胳膊或腿被折断了；多么可惜，好端端的一枝正在怒放的花枝夭折了。

是谁断送了她的青春年华？是狂风？是雷暴？是恶雨？不，前几日风平雨疏，昨夜依旧皓月当空，不是风雨造的“恶”。是儿童采花或嬉戏时的不经意？不，那么高的树枝他们够不着。是游山的青少年吗？我想他们下不了手。这鲜活活、嫩闪闪、香气扑鼻的花枝与他们一样青春朝气，怎么会舍得摧残呢？想不明白是哪只黑手造的“孽”，也许是采花时的粗心或用力过猛造成的意外，也许是一股突如其来的恶风袭击。

不论是有意或无意，也不管是哪种原因，凡看见的人都要从心底里抱怨几句，是谁这么残暴、心狠？是谁这么缺德、手辣？是谁这样没文化、没教养？并从心底同情、惋惜那枝折断倒挂着的槐枝，同情她青春的不幸，惋惜她风华正茂时的噩运。

然而它具有百折不挠、顽强生存的精神，虽与主干只连一块树皮，但树叶依旧生机勃勃、鲜活嫩秀；花朵依旧绚丽绽放、芬芳飘逸；竭力把自己融入万山锦绣的海洋中添绿，融入嘉木吐芳的丛林中放彩增香，把一切献给自然、献给社会、献给人类！

路人看到了它的顽强与高尚，无不敬仰、钦佩与赞叹。它不仅仅是我们生活、生命的榜样，而且是我们做人的楷模。面对它我欲言无词，觉得衰朽年轮中又萌动着朝气与活力的嫩芽，灵魂中又多了几分淡定中的坚强。感谢自然的抚育，感谢自然的教化。

五

丛林绿野与烂漫山花引来了百鸟流啭，树木减少与生态恶化时期飞离西和的候鸟，现在又飞来了。在漫步中，我听到了多种多样的鸟鸣声，有些是从未听过的，有些只能在山林中听见。最叫我欣喜的是听到了“旋黄旋割”和“喉喉”。

小时候，常听父母说：每到小麦收割之前，一种鸣叫“旋黄旋割”的鸟，都要飞抵西和，提醒人们要“边黄边割”，防止“天打（暴雨侵袭）”。我不知道此鸟的学名，有人说是杜鹃，有人说是“黄褂鹭”。它只在麦收前鸣“旋黄旋割”，麦收后再听不到这种鸣叫声。是飞离还是停叫，我不知道，但自幼就爱听它动听的啼鸣声，爱看它漂亮的黄色羽毛与姿态，也深爱它的灵性与善良。今年在隍城山脊我又听到了绝迹40多年的此鸟的美妙啼叫声，勾起了儿时的美好记忆，该是多么欢心与爽快。

隍城山上的喉喉鸟 2012年5月22日摄

令我爽心的不只是听到了“旋黄旋割”，还看到了“喉喉”。过去我从未见过“喉喉”鸟，因为它只在丛林中栖息与鸣叫，现在隍城变成了一望无际的绿海，成了名副其实的森林公园，“喉喉”自然在这里安家落户。这次回故里，在县城周边的不少村庄听见了“喉喉”的鸣叫声，但真真切切看到“喉喉”是在隍城山梁。它的学名叫什么，我们不知道，只是从它的叫声去名之，也是父辈们的叫法。今天看见了它的真身，脖子与腹部铁灰色，头与其他部位皆为黑色，形体似斑鸠，却比斑鸠小，叫声像“布谷”，但又不敢肯定，因为我俩从来没有见过布谷鸟，就依儿时的印象，仍叫“喉喉”吧。

我俩在散步中忽然听到“喉喉”之声由远及近，就举目追寻，忽然发现一只像斑鸠的鸟停在不远的电线上，鸣叫时头向前伸，脖子一鼓一鼓，翎翅一张一合，尾巴一开一合，好像全身都在用劲。它发出的声音正是“喉喉”。

我亲眼看到了“喉喉”及它鸣叫时的姿态，内心的激动无法形容，真想跳起来大喊大叫。儿时的愿望和70多年的夙愿无意间实现了。但我不敢出声，也不敢乱动手脚，唯恐惊走了它。大概是它察觉了我在注视，便展翅飞走了。望着它远去的身影，我懊悔自己的笨拙和莽撞，一生不会隐藏与掩饰，往往弄巧成拙，良机顿失。

我们向前走了一段后折转返回，在返回的路上看到喉喉鸟又站在那根电线上鸣啼，它发现我们走近时又飞向了远方的树林。在隍城森林中还有“麻鹩儿”“火炎鸣”“倒水瓶”等多种鸟，有的在草丛，有的在树梢，有的在崖畔。动听的鸟语莺啼此起彼伏，有时单音嘹亮，有时群声合奏，真是“百鸟啼鸣林木深，芬芳盈袖一山花”。

步入隍城森林公园，仿佛进入了花的世界和鸟的王国。但最叫我流连忘返和无法忘怀的是“喉喉”鸟，它没有漂亮的外衣，也没有鲜艳的羽毛，但它鸣叫时一伸一缩的姿态印在了我的脑海，拨动了思想的琴弦。

一般禽鸟鸣叫时多为“雄鸡报晓”式，只是昂首引颈，“喉喉”不仅伸头伸项，而且要振翅撒尾，浑身用力，表现出吃力辛苦的样子。

物不平则鸣？世间的“鸣”声不论大小，都要付出艰辛的劳动。要让人知道你的存在就得发出声音，要发出“一鸣惊人”之声，就要像“喉喉”那样，全身投入、全神贯注、全身用力。然而“喉喉”的鸣叫绝不是为了“一鸣惊人”与“炫耀辉煌”，因为它栖居于鲜为人知的丛林深处，啼鸣只是向同类传递一个生命存在的信息，也许是为寻找伴侣或求爱而鸣唱，为区分四季而歌唱，为自然生态和谐而歌唱。

我爱听它不甚优雅的叫声，羡慕它全力以赴与坚持不懈的精神，崇敬它不为“惊人”而“留声”的情操。任凭天荒地老，它一如既往地栖息丛林，一如既往地鸣叫“喉喉、喉喉”，直到生命的尽头！

为了多看几眼不为卖弄风骚、哗众取宠而坚持辛劳放歌的“喉喉”，我们一连三天破晓踏雾，登隍城森林公园，聆听鸟语，品味花香，感受自然，滋润心田。

注：①和仲宅：即和仲的居地，也就是先秦时的西陲，后称西县。和仲，是帝尧任命的管理西土的官员，居嶓冢西县，西和正在西县之西。《史记·五

帝本纪第一》载：乃命羲、和，敬顺昊天；分命羲仲，居郁夷，曰旸谷；申命羲叔，居南交；申命和仲，居西土，曰昧谷；申命和叔，居北方，曰幽都。

又据《史记集解》徐广和郑玄注，“西土”之西，即天水之西县或陇西之嶓冢。笔者在《长道地望与西陲新邑》一文中，有较详细的说明。

2012年6月于金城

故乡的洋槐花

五月，西和东西两山，槐花竞放，满城飘香

立夏后，金城的洋槐花已经凋零，沁人心脾的芳香亦随之消逝。在山东工作的二姐和儿媳妇于 2011 年 5 月 8 日来金城看望我们，没有享受到金城黄河“百里风情线”与街道社区槐花的余香。13 日，我与爱人陪同二姐一起坐长途大巴去了西和老家探望亲人，透过车窗偶尔看到路边矮小洋槐树上挂着稀稀疏疏的槐花，想起了家乡大片大片的槐树林，那是多么壮观，多么芳香。车一出甘谷县城就下起了蒙蒙细雨，路边的洋槐树在飕飕的冷风中摇摆着枝叶，尽力抖落身上的雨水；初绽的花蕾也在雨雾中滴着冰凉的水珠，竭力保护自己的香囊不被风吹雨打去。我们只顾看了窗外的风飘雨洒，好像风雨透过了车窗，觉得阵阵心寒，没有去注意路边的洋槐花。大巴在风雨中又跑了两个多小时，到站时雨脚如麻，我们踩着积水下了车，拉上行李匆匆出站找“的士”。回家后，我们赶快脱掉淋湿的衣服，换上羊毛衫和羊毛裤，并打开了电褥子的开关，调在高温档上，赶快保暖驱寒。

疾风骤雨带来了逼人的寒气，迫使我们草草用餐。晚饭后，我们赶忙钻进暖烘烘的被窝，听着滴滴答答的雨声，享受着床铺的温暖。时大时小的淅沥之声把我带进了童年，如烟往事在脑海里一幕幕播映。

小时候，我最爱夏天的雷雨，只要雨一停，就跑到河边的树林里捡蘑菇。那时县城北边的白水河与东边的漾水河畔是茂密的大树林，林子里多半是粗壮高大挺拔的白杨、顺杨、青杨、榆树和柳树，国槐与其他杂树寥寥无几，根本没有洋槐树。一到初冬，严霜降临时，满河滩的杨树叶齐唰唰变黄，我与小伙伴们在这金色童话世界里嬉戏玩耍。当霜叶在阳光的照射下纷纷飘落时，我们就抢着用竹棍扎串树叶，比赛看谁串得多。特别是大风刮起，金黄色的树叶哗哗飘落或随风曼舞，此刻我们尽情地享受“无边落木萧萧下”的壮观。最让我们讨厌的是头顶树枝上的乌鸦，它们不仅叽叽喳喳地叫个不停，而且不停地拉屎，一不留神，鸟粪就会落到身上。我们一看到树梢上有寒鸦，就摇树或打石子，驱赶它们。它们飞起来铺天盖日，黑压压一片，不知有多少只。尽管老师讲：“神鸦社鼓”是先民崇敬的鸟与物，但我们还是不喜欢乌鸦，总认为喜鹊是吉祥之鸟，讨厌乌鸦“哇——哇——”的叫声，因为自小听老人说“乌鸦叫，没好事”，这一俚语对我们的影响太深了，很难改变。傍晚，城墙上落满了乌鸦，在不停地啼叫，一位哨兵孤零零地站在城头的余晖中，正像杜工部笔下“日色隐孤戍，乌啼满城头”的秦州城，此种夕阳晚景映入眼帘，萧索凄凉之感便油然而生。

据说，县城和郊区的杨树都是民国王汉杰任县长时栽植的，到 20 世纪 50 年代树木成材，林密叶茂；到 20 世纪 60 年代多半已长成一人抱不拢的参天大树，成为环绕西和县城的一道美丽风景线与森林氧吧。然而“大跃进”时期西和县“缺粮、缺菜、缺油、缺柴”，城乡农民食不果腹。饿急了的群众操起斧头和大锯把树木砍倒，拿回家烧水做饭、热炕取暖。大队、公社和政府看到饥民的无奈，也没有制止和追究。就这样，环西和县城三面河滩（北、东、南）的数平方公里的树木被一砍而光。

三年困难时期过后，即1962年，县政府组织城镇居民与机关干部在原址上栽植洋槐树。

隍城洋槐花　2011年5月21日摄

洋槐是一个速生树种，西和又是一个雨量充沛的地方，用了不到10年时间，环绕县城的三面河滩上已是茂密的洋槐林。每年立夏后，槐花绽放，香气袭人，整个西和城都散发着沁人心脾的芬芳，十里之外都可闻到它的香味。我家住在东河边，躺在床上就可以看到河堤槐树上一串串洁白的槐花，花的馨香飘进了院子、堂屋、枕头边，飘进了每个人的心窝里，也飘进了十里八乡。浓香四溢的槐花，吸引了无数的养蜂人。每年槐花初放时，不少养蜂人装载好自己的蜂箱，千里迢迢、日夜兼程，从四面八方赶来西和，有的从山东、河北、河南来，有的从四川、安徽、浙江来。来得最早的先占据县城河堤，把蜂箱放在河堤两侧，光东河堤至少有三四家蜂农放蜂。他们沿大柳河、长道河、漾水河“安营扎寨”，凡是槐花飘香的地方就有星罗棋布的蜂箱。蜂农收获的蜜一般交给了当地的供销社，那时长道、石堡、城关、十里、何坝等供销社和县农副公司每年都要收不少的槐花蜜，这不仅活跃了西和的县域经济，而且保障了西和市场的供应，西和人吃到了醇香甜美的槐花蜜，不再眼巴巴地望着每月二两的糖票发愣。山东莱阳蜂农王家舜因在长道养蜂成绩突出，被长道供销社聘用，办起了全县供销系统首个养蜂场。槐花蜜是仅次于狼牙刺的上等蜜，营养价值高，市场广阔，很受消费者的青睐。收蜜期间，有些市民拿着瓶或罐到蜂农处直接购买槐花蜜，河堤成了交易市场。西和人吃着这些当地自产的纯天然、无污染的蜂蜜，真是甜润滋心、乐不合口。就在这个季节，河堤与河滩上休闲散步的人也增加了许多，他们不仅享受着充满负氧离子的新鲜空气，而且还享受着浓郁的芳香与透心的甜美。

改革开放的春潮兴起后，整个社会充满了活力，国家建设和民居建设双马并驰，西和县河边的洋槐树林也被合理或不合理、公开或暗地里砍伐或损毁，大部分河边林地上建了私房或公房，有些河边住户还想方设法蚕食林地，他们先是将院墙偷偷向外拓展，把树包在自家院子里，过段时日，再将树偷偷砍掉。那时的法律还不健全，有些人钻空子化公为私，将高大的槐树砍伐了不少，使茂密无隙的森林变得稀稀疏疏。森林面积大大萎缩还有一个重要原因，就是一位杰出护林员离去了：自槐树苗栽下，西和县农业局的一位事业心、责任心强的老同志穆占林担任了护林员，他每天五更起床，披着满天星斗到树林去巡逻；当县城人已进入梦乡，他还在月光下守护着河边的树木，防止有人在林中取土或盗伐。他每天要从南边的黄磨到北边的鱼磨、王磨数公里长的路上查看好几回，唯恐有人在林子里割草、取土、放羊，损坏树苗；如发现有人攀折树枝或损坏树苗，就严肃处罚，毫不留情。不管是谁家的孩子，只要毁坏了树苗，一定会将孩子领到家长面前，说明情况，进行教育，严肃处理。在“文革”期间，他依然坚持如故，没有丝毫的松懈；退休之后，他仍坚守在护林员的岗位上，披星戴月，风雨无阻，寒暑不辍。他把养护槐树林当作自己毕生的事业和神圣职责，他“视林如子，爱林如命”的行为与情怀，全县无人不晓。正是他数十年如一日的精心看护，环城的槐树林茁壮成长，到20世纪70年代时，这里已是遮天蔽日的大森林。这是他一生坚守、一生辛劳和一腔热血的结晶。每当我们在槐林中踱步的时候，特别在槐花飘香的日子里享受扑鼻芬芳的时候，就会想起这位敬爱的老人，感谢他向西和人民奉献的这片绿荫与芳香。

由于工作关系，我们多年没有回故乡。2009 年盛夏，我们铆足了劲，回到阔别多年的故里，一下汽车便被眼前的景象怔住了：宽阔的马路有了绿化带、人行道和红绿灯，路两旁是错落有致的崭新楼房，我们完全不知眼前的这座现代化小城何时从地下冒了出来。我们找不到回老房子的巷道了，是出租车司机帮我们认出了新建后的巷道。回到了自家院子里，突然发现原来能看到的洋槐树没了。我家距东河堤不到 20 米，以前站在院子里就可以看到院墙外高大的洋槐树，今天看到的竟是一片空旷的蓝天和远处的山峰。吃罢晚饭，我带着好奇心走上河堤，去看究竟。我发现河堤上、河道边的槐树所剩无几，河床西侧还铺上了水泥石子路，成为市民的健身场所。我没有为市民河床健身长廊的落成而高兴，却为槐树林的消失而痛惜和惆怅。

翌日清晨，我与夫人穿上了运动鞋，到县城西边的隍城去爬山，看到一条宽阔的水泥路蜿蜒而上，直通山顶，又延伸到晚霞湖。进山门不远是一块面积很大的市民健身广场，沿路两侧是一片片洋槐林、落叶松或柏树林，但面积最大的是槐树林；第三天破晓，我与夫人又去登县城东边的朝阳观，发现观山也被建成了森林公园，有亭台楼阁和健身广场，同样路面硬化，直伸山顶，路的两侧也是槐树、柏树、松衫等。为了浇灌方便，还建了不少集雨池。两山公园的马路旁安装了太阳能路灯，大大方便了晨练和傍晚健身的群众。站在山顶，一座全新的县城尽收眼底：一幢幢大楼毗连数里，俨然有序；一条条公路纵横交错，畅通无阻；数座跨河大桥凌空而起，形如彩虹；不

朝阳观　2009年8月27日摄

少巷道民居，白墙红瓦，焕然一新。这是我们过去从未见过的故乡模样，今天装扮一新，格外妩媚。

至此，我们似乎理解了县上的意图：在旧城改造中，县上重新布局了农林水路及市民休闲场所，以提高县城的整体功能和形象，更好地利用城市土地空间，增强交通能力与防洪能力。槐树林的搬迁与重建是可以理解的，但那年和其后的2010年，我们回故里太晚，错过了槐树的开花期，没看到漫山遍野的槐花绽放，没有嗅到浓郁似酒的花香。

今年正逢其时，回家第二天，雨过天晴，空气格外清新，天空格外湛蓝，我们踏着晨晖爬上了观山，路边的野草山花含着晶莹的露珠向我们点头，山弯的洋槐树刚刚绽开了花蕾，笑呵呵地迎接缕缕晨光与游人。特别是大片的紫穗槐摇曳着一串串、一片片紫红色的花蕾，十分鲜艳夺目。纵目望去，一块块“雪白梨花”，一块块“紫红嫩玉”，相互交错，相互映衬，十分美丽，十分壮观。这种无一纤尘的空气，香气透脾的芬芳与透蓝透蓝的天空，在中国的大城市很难找到。在山顶，我们做了几个深呼吸，感到非常的清爽与快活，更感到故乡的美丽与可爱。

第三天，即5月15日，我们一行10多人乘车前往晚霞湖游览，沿湖到处都是槐花垂条，吐香争艳。放眼四顾，近村远山，都是一堆堆、一弯弯的洋槐树，我们仿佛进入了槐花王国，眼前身后，怒放着洁白的槐花。花的香气在湖面荡漾，在高空涌流，随着微风飘向四面八方。在芳气袭人的湖畔，我们漫步游览，穿过了水榭、亭台、长廊，正巧碰上天水电视台的记者在景观处采访、录像、制作节目，为了不影响他们，我们选择了最靠边的一条线

小白鹭在晚霞湖上空翱翔　2011年5月20日摄

路，就在这条线路上我们看到了10多只白鹭在槐树林中觅食。大家没有因看到湖畔盛开的莲花和美景而放声，却为看到白鹭而大呼小叫，兴奋不已，因为二三十年没有看到它了。其后，我们又参观了湖边织女的汉白玉雕像，织女神态栩栩如生，十分俊美。像前是浩渺的湖水，犹如一道天河，织女深情地望着虚幻缥缈、遥不可及的牛郎，身后是无垠的槐花簇拥。

接着我们乘车前往隍城一处农家乐用餐，隍城漫山遍野是槐树，农家乐自然处在槐花的包围之中。我们就在这处处槐花扑面，院院芳气袭人的农家乐玩了一天，享受着大自然的纯情、率真、豪爽与坦然，内心真有说不出的惬意和爽快。

第四天下午，我与夫人去上坟，因走错了路，到了李家山麓，又因无正路可走，就顺势沿着地埂前行，突然，看到一只黄鹂在崖下的一棵槐树枝头悠闲觅食，我急忙从包里拿出相机，正在设制程序时，黄鹂飞向了远处的另一片槐树林。没有记录下这一美好画面，我感到遗憾和沮丧，但又为看到这一画面而高兴，因为真真切切地看到了近三四十年做梦都想看而一直没有看到的黄鹂鸟。

20世纪50年代，西和的生态不比江南差，绕城的白水河与漾水河清波涟漪，常年奔流，我们常在大孩子的带领下到杨家磨或徐家磨的水坝里游泳。那时，县城居民的吃面全靠水磨磨制，北面有王家磨、徐家磨，东面有鱼家磨、杨家磨，南面有黄家磨、孟家磨。其中王家磨、杨家磨、黄家磨是双轮磨。环城的杨、柳、槐、榆、椿，以及桃李松柏很多，树林中有各种各样的鸟，每年春暖花开，候鸟飞抵，清脆之声，不绝于耳，其种类不少。但我们最喜爱的是黄鹂、画眉与八哥（鹦鹉），用弹弓石子打鸟时，从不对准它们。20世纪60年代，我们结婚时，房子是租的，桌椅板凳是借的，非常寒酸和简单，但我俩在新华书店买了几张画贴在墙壁上，叫人赏心悦目，其中有一副四扇屏，画的是古诗词中的经典美景，最让我爱恋的一扇是杜甫“两个黄鹂鸣翠柳，一行白鹭上青天”的画卷。四扇屏贴在堂屋的侧墙上，一看到它，生活的苦涩和工作的烦恼就减少了一半。这幅画贴了好几年，后来搬家时，我又轻轻剥下，带到了新屋。

20 世纪 40 年代，我家住在北关村邱家东院的北房里，南面有一桃树，正对房门，院外是一片偌大的梨树园。每年春暖花开时，不少鸟儿飞抵果树林觅食栖息，有时也会飞到我家院子。我常常坐在窗口观看黄鹂在桃花间追逐旋飞，嬉戏流啭，也常常被如云似雪的梨花、红红艳艳的桃花，以及美丽可爱的黄鹂而勾魂摄魄，忘乎所以。童年的烙印铭心刻骨，终生不忘，这就是我对黄鹂情有独钟的原因。

由于地球人口的膨胀和生态环境的恶化，20 世纪 60 年代，北美出现了“寂静的春天”。“寂静的春天”是工业文明的后遗症，而 70 年代末的我国正处于现代化建设新时期，但“百鸟鸣春”的自然现象也快销声匿迹了。就连多得无法计数的麻雀、乌鸦、喜鹊都不见了踪影，更何况对自然环境非常挑剔的黄鹂和八哥了。我担心：过去随处可见的黄鹂今后再也看不到了，故乡的孩子不知道黄鹂为何鸟，不知道“黄鹂鸣柳，白鹭上天”的情景是虚构还是事实。这次回故里，我们不仅看到了白鹭，而且看到了黄鹂。事实证明，我过去的担心是“杞人忧天”，也深信随着环境的不断改善，人与自然的不断和谐，飞走了的白鹭、黄鹂、画眉、八哥等一定会飞回来的。如今随着槐树林经济功能、生态功能、美化功能的不断提升，西和县的综合实力与整体形象又上了一个新台阶。

第五天，我们一行 10 多人乘车前往礼县翠峰观游览，一路上槐树葱茏，槐花竞放，槐香尽吐。当车驶上祁山大桥时，诸葛先生率军营建的祁山故垒映入眼帘，山堡被绿树层层点缀又层层包围，绿荫中最多的是洋槐树，远远望去洁白的雪花飘落在一片片绿玉上，十分美丽。不一会，我们坐车离开了西汉水河畔，向一座小山丘驶去，这座小山丘就是历史上有名的“西垂大夫”居住地“西垂宫”或“西犬丘”，是秦先祖的坟园，山脚下三面被西汉水围绕，十分险要。我们的车在山坡的槐林中蜿蜒穿行，盘旋而上，路边的槐树就像蛰伏的龙蛇蜿蜒曲折，此情此景，十分壮美俊秀，好看极了。上古时“犬丘”一名“废丘”，亦曰“槐里”，说明这里的槐树不少，而且槐树是当地的代表性植物，至今大堡子山下的一个村庄名仍叫“龙槐”。西礼两县是秦人的发祥地，是秦皇故里，是槐花飘香的地方。因之这里是槐树的故乡，简称“槐里”。无独有偶，陕西雍州始平县东南10里（在今扶风县内）也曾有“犬丘”之名，周懿王都之，秦人东入关中，改为废丘，项羽立雍王，章邯立都于此，刘邦暗度陈仓，剿灭章邯，因其地槐木广袤而更名为“槐里”。山西洪洞县因其大槐树而名播四海。可见槐木在人们心目中的位置。

5月18日，我们乘大巴返回金城，车一离开县城车站，就奔驰在槐荫夹道，槐花溢香的公路上，走过了礼县，走过了天水，直到过了甘谷县城，槐树才离开了我的视野。但我依旧恋恋不舍地回望着故乡槐花，思念着晚霞湖的白鹭，李山村的黄鹂，很想再看看它们漂亮的身姿和在槐树林中活动的状况。我想着想着进入了梦乡，似乎又健步上了观山，在紫槐林中品评花的香气，鉴别到底是白槐花香还是紫槐花香；仿佛又登上了隍城，在槐树林边的健身广场，与故里同学、亲友交谈纳凉……

“人间四月芳菲尽，山寺桃花始盛开”的诗句，使庐山名扬天下，成为中外闻名的避暑胜地。庐山的海拔比周围的荆楚、江淮、江汉平原高了1000多米，平均气温比周围低了不少，其他地方的桃李早已凋谢，而这里正是春光明媚，鲜花盛开的时节，是夏天消闲度假和避暑的好去处。西和县是西汉水的发源地之一，比毗邻的徽县、成县、礼县的海拔都要高，是省内避暑的好地方。西和又是人文始祖“伏羲生处”；先秦文化的源头之一；“仇池古国”的故地；是诸葛亮“六出祁山”与魏争雄的屯兵之地；是诗圣杜甫和诗词巨星苏轼向往的“避世桃源”与“送老福地”；也是中国民间文艺家协会命名的“中国乞巧文化之乡”。这里有独特淳朴的民俗文化、历史遗存与自然景观，旅游资源丰厚，相信在不远的将来一定会展翅腾飞。

故乡的洋槐给我的印象太深，我深深爱恋着它和它飘香的季节，也深深期盼着故乡的崛起与辉煌！

2011 年 5 月 30 日

我爱阶州的山和水

1990 年 3 月下旬的一天，我辞别了西城漾水，驱车前往阶州，一路上凉风习习，细雨蒙蒙。车轮不停地撕裂着路面上的泥巴和积水，向前疾驰。

车奔驰了 6 个多小时，行至米仓山。这时，天公收起了断续风中的断续雨，而雾童云女们却在那里舞蹈狂欢，一会儿在这个山弯戏绕捉迷藏，一会儿又在那个冈峦卿卿我我，嬉戏言欢。快乐的汗水挂满了枝头，洒满了草坡。快乐深深地凝滞了，汗水久久地凝滞了。凝滞的汗水琳珑剔透，爬上了树梢，挂满了枝条，覆盖了整个山峦的荆棘和春草，我透过车窗望去：啊！眼前竟然是水晶世界，“树树结珍宝，峰峰显荧光，草草衔翠珠，弯弯是琼宫。”我怎么会闯入龙宫仙境，真有点不敢相信。

多么壮丽的景观啊！在我游历了大半个中国的记忆里，还从未有过如此美丽、如此圣洁、如此玲珑剔透的水晶奇观。它像凌霜，又不是凌霜；像雾凇，又不是雾凇。凌霜、雾凇都是洁白的，而它却是透明无色的，犹如玻璃，宛若水晶。但它和凌霜、雾凇一样，都是大自然鬼斧神工的杰作。后来才知道，这是“冰挂”。这是我人生中第一次看到的冰挂，它不仅使我一时陶醉、迷恋与震撼，而且镌刻于肺腑终生铭记。

车行至米仓山半山腰，风轻雨歇，日破层云，把金辉洒满了山弯，冰挂的景观全然消失，映入眼帘的却是另一番景象——“杏花春雨江南”。

我孩提时就曾背诵过这句诗，却没有见过杏花春雨时的江南。今天，当漾水河畔还是麦苗盖地皮，鸡峰山下仍是枯枝弄清风之时，这里已是杏花春雨、麦苗青青的江南风光了。

我们坐车继续奔驰在杨柳抽丝吐翠的马路上，把桃花、杏花与绿树浓荫装点的水村山郭一个个地抛在了车后。

午后，车开进了地委党校，一树桃花伸出了墙外，分外妖娆；院内的橘树林一片青绿，路边的樱桃花又竞相怒放，争奇斗艳；白龙江畔，更是一片又一片的油菜花。面对“嫩黄染大地，幽香溢阶州，青青娥儿水，田垄耕作稠”的图景，我从内心深处发出了赞咏之声：“多美啊！阶州的春天。”

过了一会儿，一群祖国的花朵在老师的引导下来东江春游。他们在田埂上穿行游览，欢快地观赏花的海洋。不一会儿，他们聚集在花红柳绿的树林里跳舞唱歌，使这里的春色更加烂漫，一点不输“千里莺啼绿映红”的江浙。这里是名副其实的“陇上江南”。

我置身于美景之中，凑成了一首“东风送暖入阶州，蜿蜒白龙杨柳中，水秀山清无限好，童面桃花映彩虹”的拙诗，以表心情。

我爱米仓山的晶莹世界，我爱阶州的杏花雨，更爱五凤山下勤劳纯朴的人民，他们的心扉就像米仓山的水晶奇珍，透明纯真。

我爱阶州的山与水！

1990 年 5 月 19 日

徽县秋色

——徽县旅游散记

青泥岭公园中的诗仙、诗圣雕像　2015年10月28日摄

寻访诗仙、诗圣陇右行的足迹，是我们两个老骨头后半生的心愿。带着这个心愿，我俩于2015年盛夏走访了徽县青泥岭、嘉陵江、白水江、两河口、虞关、木莲花掌和栗亭，考察了李白、杜甫在徽县留下的闪光履迹与古道遗存。由于天公不作美，连续数日阴雨霏霏，天光不开，青泥隐匿，嘉陵雾锁，梦中的三滩盛景未入眼帘。第四天，我俩带着游兴未尽的遗憾，离开了徽县。临别时，挚友刘浪先生说徽县的秋色更美，并邀请我俩中秋

再来看红叶。

徽县使我魂牵梦绕的不只是山光水色，还有诗仙、诗圣的足迹。太白与少陵旅寓之乡或所经之地，山河增耀，文化生辉。徽县是我省唯一一个青莲与子美都卜居与走过的地方，其文化底蕴与内涵更加深厚与丰富。况蜀道自五丁开创以来，长存数千年，拥有灿烂的古道文化，其徽县境内的青泥古道是最为辉煌的一段。它位于蜀道北口枢纽：南下可进入巴、蜀、渝及南越；北连祁山道，直通秦、陇；西入武都、阴平道，直至岷、洮及西域、河源、流沙，也可南入天府、蛮禺；东接故道，直入汉中、咸阳，以及吴、楚；且东、北、西三面均可到三秦、三辅与河、洛。徽县的丰富内涵与深厚的历史文化就像一块巨大磁石，吸引着我的灵魂，我不能不去，也不能只去一两次，而是要多去几次。我与夫人下决心要再次前往，亲身感受“青泥何盘盘，百步九折萦岩峦”的艰险与神奇，亲身体验“栗亭名更佳，下有良田畴。充肠多薯蓣，崖蜜亦易求。密竹复冬笋，清池可方舟”和“况闻山水幽”的殷实与娇美。

中秋过后，我们依照刘先生的建议，于10月27日启程前往，这是徽县“万山红遍，层林尽染”的最佳观赏期。从金城到徽县需要六七个小时。当大巴在高速公路上奔驰了5个小时，翻过了天水稍子坡，远处青苍的山峦上镶嵌着一块块淡红色的针叶林，苍黛与淡红已透露出浓烈的秋韵。进入徽县地界，公路两侧树荫中铮亮透黄的银杏叶，一次次地从身旁闪过。这种黄绿相间的美色使旅途的疲劳顿时消失，便睁大眼睛，观看前方的银杏树和两边的山村秋色。当晚，我们与刘浪先生会面并要求他为我们作向导。会面后，方知刘先生最近接待了数个考察团与友人，已经嗓子沙哑、神态疲惫，明天又有两个摄影团要求他引领；面对我们两位年逾七旬的老人，他只好谢绝了两个团的邀请，并联系了两位有摄影专长的同志替他去接待引领。对此，我们深感愧疚与歉意，硬着头皮接受了他的美意。行程、线路全由他负责安排。

28日清早，刘浪先生为我们租了一辆七座面包车。我们随便买了点早餐带上，便驱车前往，目的是看青泥古道中的嘉陵秋色和天音红叶。徽县所有景点的行走路线以及春、夏、秋、冬的最佳观赏地，他了如指掌。

车先到了青泥河店子梁，蜿蜒曲折的嘉陵江尽收眼底，对面山峰间雾气升腾，流云驰渡，甚觉壮美。嘉陵古道弯弯曲曲，盘绕而上，很有特色。然上苍不开眼，黑云压顶，光线极差，美丽的红叶又无法显示秋天的盛装，不可能拍出好作品。我们没有逗留，便抓紧时间赶路，原计划直接上严坪和天音寺，再看气象万千的秋云秋雾。但到了老深沟村，那全县造型最美、最能上相的一棵银杏树，吸引住了大家的眼球。我们即刻下车，踏着一层厚厚的黄叶，向那棵树走去。

老深沟村的古银杏 2015年10月28日摄

此树像一个威武强壮的猛男，顶天而立，十分潇洒；又像一位体态丰满而又娇美的少妇，婀娜多姿，人见人爱。我的12—24mm的广角只能照她的半身，而不能全部入镜，实感遗憾。其树叶半黄半绿，显得更加清纯诱人。周边的小银杏树大多已黄，有的是从四围开始向中间依次变黄，有的由上而下黄，有的由下而上黄，有的从内向外黄，有的则是整体推进。总之，半弯银杏树，黄得各有特色，使我大开眼界。更让我心花怒放的是，与银杏相伴而生的柿子树挂满了红彤彤或黄灿灿的果实，二者相互映衬，漂亮至极，美色如画。苏凯辉先生用手机拍摄了这一画面：在湛蓝的天空中，一枝脱落了树叶的柿子树枝条上悬坠着红彤彤的果实，下面是娇美俊秀、亭亭玉立的银杏树。在阳光的照射下，柿子光鲜晶亮，银杏叶鎏金溢彩，好似出镜的“画中人”依栏而立，又像举步轻盈的金枝玉叶，那样标致、典雅、水灵。其画面结构清新合理，光色布局灵巧，引人入胜。凡看过此画的人，无不怦然心动。

在老深沟村逗留了半个多小时后，我们坐车直奔上头村。快到村头时，严坪村东面的画壁山腰出现了瀑布云，我跟随刘先生下车，进入一块黄豆地向高处走。雨后，土壤水分饱和，我们踏出一条泥坑印，向正在地里收获黄豆的主人表示歉意，主人说："不要紧。"刘馆长与主人聊起了家常，我却静静地注视着对面山腰瀑布云的变化，期待着出现牛背山那样的瀑布云。起初，一股流云分成了数道，很像"白波九道流雪山"的样子，但很快又聚拢起来，且云雾慢慢变稀变薄。我们等了半个时辰，瀑布流云终未现身，只好起身向天音寺进发。到了天音寺停车场，我们带上相机，开始爬山。到山顶寺庙约 3 里路，我们走了 40 多分钟。

天音山，海拔 2200 多米，是徽县第一高峰。诗圣在《木皮岭》中说："始知五岳外，别有他山尊。"天音山就是其中之一，它比木皮岭、铁山还要高数百米。举目四望，群峰拱揖，苍穹浩瀚，天地静音，唯鸟鸣不绝；林深树密，松柏环围，浓荫遮道。尽管游人较少，但道路台阶打扫得干干净净。各类树木尽显秋色秋韵，低矮的枫树在参天古木下燃烧着火焰，映红了半坡枯草藤蔓；高大的杨树把一片黄云托向天际，与松柏争星抚斗；而松柏亦脱去了夏装，披上深秋的外衣，黛染万木，苍涂千山；远处的峰峦犹如被泼上了一盆水墨，变成了墨色。突然间，一团流云从远山的垭豁里爬出后奔流直下，形成了壮观的瀑布云。我抓拍了这一瞬间，留下了一张宝贵的"水墨画"，记录了"高秋绿黛泼水墨，苍山不老听天音。百鸟深鸣怜秋尽，瀑布流云洗

天音寺菩萨殿　2015年10月28日摄

红尘”的时刻。

天音寺海拔1900米，建在大殿山峰腰石窟里，佛窟规模较大，国内罕见。主殿全为金佛，乾坤洞用钱币形塑壁一分为二，巧妙隔开，前后两窟各塑彩像，形象逼真，生动如活。秋风秋雨使寺院格外庄严、肃穆与冷清。万木萧萧、寒气森森，在这里表现得最为明显，也许就从这高山之巅发端，向山谷、川原与河道延展秋韵。

29日，我们乘车去看青泥岭红叶和它的主峰——铁山。车在飒飒秋风中疾驰，不多时分越过了水阳乡，爬上了泰山庙右侧梁顶。忽然，一股青雾从谷底爬上来，刘先生叫我们赶快下车向山顶走，我带上相机跟着他在雨后的山坡草丛中快步前行。我们先走过了一段松软的山坡地，两脚和裤管沾满了红泥，又走过一段蔷薇刺蔓地，我们的衣裤被划破露出了线头。司机见我行走困难，便走在前边为我开路，还将我的相机包拿去背上。经过一番努力，我摆脱了刺蔓的纠缠，登上了梁顶。

站在梁顶，视野无限开阔。浩瀚的天宇让紧闭的心扉豁然洞开，使城市的喧嚣、压抑、紧张、刺鼻的尾气与烦人的PM2.5销声匿迹，心情格外爽快、舒坦。向北望去，横陈的山峦层次分明、排列有序，升腾起的轻雾徘徊在山谷间，像大海波涛在峰巅翻滚，极其壮美；县城参差不齐的高楼掩映在云涛雾海间，忽隐忽现，明明灭灭，宛若海市蜃楼漂浮在云海里。我被千变万化的云海晓雾所吸引，静静地站在长满荆棘的山梁上，目不转睛地盯着取景器，捕捉镜头。刘先生更是不顾扎在衣裤上的刺蔓，心无旁骛、聚精会神地搜寻着美丽光影。过了一段时间，刘先生提醒我，前方还有更好的美景与云海，

青泥岭上的一峰冲天　2015年10月26日摄

我们得抓紧时间抢拍。并说，他准备向政府建议，在此建一个“观云台”景点，让外地游客在此观赏徽县的云海胜景。

我们很快上了青泥岭，参观了青泥古井、青泥村新貌、青泥公园及诗圣在徽县的行走路线图解等，然后驱车沿青泥古道探索前行。行进中，我们先后参观了路边的“远通吴蜀”“修路碑记”“新刊修路碑记”以及“玄天神路摩崖碑刻”等。这些历史遗存见证了青泥古道的繁荣与辉煌。此时，阳光突破了厚密的云层，射到了对面山坡上，显现出层林尽染、绚丽斑斓的美景。我一时高兴，希望午后有一个好太阳，能够看到日思夜想的“红叶芦花塞古道，碧空黄云出青岫。秋实碌碌依千村，日照铁山披锦绣”的美景，本想黑云退去后拍照留念，可不到5分钟，那束从云隙中挤出来的阳光又被浓云收了回去，黑云将太阳包得严严实实。

我们继续沿古道前行，两面山崖上的红叶秋色在阴暗的天光下失去了绚丽的本色。走过了一段硬化路面，便是乡间小路。我们的目标是经三泉村去看青泥主峰——铁山，据路边的老乡说，前面修路，禁止通行。我们便下车，参观了路旁的青泥河源头——水帘洞，然后调转车头，返回青泥村，再从他路经黑崖，去铁山。不巧的是前方也在修路，车道不通，我徒步爬上了一道山梁，远瞧了一阵。

铁山，一名巾子山，海拔1746米，徽县第二高峰，是去陇蜀古道的必经之路。该山高耸入云，双峰突兀，徽县境内皆可看到。因山石铁青，巍峨庄严，令人敬畏。远处眺望，该山又蒙上了神秘面纱，更加令人向往。我没有看到它的芳容与近影，带着几分遗憾走下山梁，坐车返回。刘馆长为我们选择了一条去大河乡中学的山间小路，也是青泥古道中的另一分道，亦是秋意盎然的回城之路。回还时，老天仍阴着脸，但云层薄了许多。由于雾气散尽，空气清新，视野亦可极目，两边峰峦的色彩不再隐晦，还有农家在院子里晒起了粮食。

这条路萦回于山弯与山梁之间，山山相连，弯弯相接；山山林木茂盛，五颜六色，非常漂亮；弯弯庄稼丰收，青草盈盈，绿中带黄，黄中有绿，三两户人家居住其间；房前屋后或玉米、辣椒悬挂堆砌，或柿子树硕果招摇，或银杏舒枝展叶、闪耀金黄。正是“天宫落珠玑，青泥藏碧玉，山山蕴画意，弯弯有诗情”，俨然是一条十里画廊。我走过张家界等不少“画廊”之地，这里的“画廊”别有一番滋味。坐车驶过了丹青着彩的冈峦和吟诗唱赋的山弯之后，我们仍不愿离去，真想回头再看看这十里画廊。

30日，从早到晚淅淅沥沥，雨脚未断。10月31日至11月1日，我们去了两当云屏。11月2日重返徽县。由于天色不尽如人意，前三天的旅游给我们留下了一些遗憾，没有看够秋高气爽、风轻云淡中金徽县的绚丽风姿与娇柔妩媚，于是决定再游一天。刘先生看了当地的气象预报，明日晴天，提出清晨六时半出发，再去青泥古道、嘉陵江畔与元观峡，看云海苍狗、虞关红叶和木皮寨杜甫钓台。

秋天的收获　2015年10月28日摄

11月3日，我们早早起床，简单洗漱后就下楼去买早点。我刚到大厅，刘先生已到门口，叫我们上车出发，在行车途中买早餐。车在大雾弥漫中行驶，一个多小时后，到了大河店欣赏云海雾幔的山梁。然而事与愿违，茫茫大雾越来越重，我们等了半个多小时，大雾没有消散的迹象，眼前依然是灰蒙蒙一片。原计划到虞关上高速，看红叶，再从伏镇下高速。但此路不通，只好原路返回县城，再到伏镇草坝。因草坝至杜公钓鱼台没有公路，其土路狭窄，又布满泥水深坑，只能徒步行走。

我们从高速公路桥下穿过，到了元观峡口，一对白鹭雄飞雌从，一会儿环绕山谷，一会儿沿河面低飞，一会儿进入草甸湿地。我被它们自由飞翔的美丽身姿所吸引，停住了脚步，双目随着它们飞飞停停、起起落落而转动，直到它们飞进丛林，消失在视线之中，才又迈开双腿。我们逆洛河水沿沟而上，大约走了 50 分钟，需要涉水过河，河对面就是杜甫钓鱼台。但因秋冬之交的河水冰凉，我们不敢涉水，就缓步向木皮山寨（今名梁家山）走去，山寨下洛水激流，碧潭相连，鸟鸣幽谷，鱼翔浅底。相传杜公在公元 759 年季冬由同谷入蜀时首站到栗亭木皮寨，因妻子染疾，暂居该寨山坡的一所茅屋为其养病。在此期间，杜甫除掘冬笋、捡橡栗外，还到木皮寨下元观峡里的一块大石台上垂钓。后人在此台面水一侧的石壁上镌刻了“少陵钓台，宛在中央”的八个大字，至今犹存。每年夏天都有人来此观光、游览，也有垂钓爱好者来此垂钓。

经过一小时的攀爬，我们登上了梁家山后坡。举目远望，我兴奋不已，惊喜之事接踵而至。其一，我弄清了杜甫钓台与梁家山的关系。据梁家山村侯主任讲，山下的杜甫钓台属他们管。“文革”前，钓台前有两通石碑，分别由县、乡两级政府所立，还建有保护墙。其二，我弄清了木皮寨与梁家山的关系。由杜甫钓台的具体位置可以判定，今日的梁家山就是唐朝的木皮寨。其三，我基本弄清了杜甫南登木皮岭的线路。该村一位年已半百的妇女给我们一一指认了元观峡周围的村庄，栗川、范家山、洛河及元观峡两山的山形地貌尽收眼底，连栗川中学的教学楼都看得清清楚楚。元观峡的北峡口，正在栗川的西边，与杜甫《木皮岭》诗“首路栗亭西”相合。木皮寨在栗川的南面，与“南登木皮岭”亦相吻合。其四，我看到了“万山红遍、层林尽染”的自然景观。洛河两岸的山山岭岭，五彩纷呈，秋色秋韵，令人尽饱眼福。其五，我登上山顶约一小时后，云开雾散，阳光洞照，使木皮寨的红叶像燃烧的火焰，映红了半边天。我们拿上相机，把原来已经拍过的景色又重新拍了一遍。“皇天不负苦心人”，我们终于等到了阳光灿烂之时，看到了“霜叶红于二月花”的美景，看到了金徽县的妩媚与绚丽，前几天留下的遗憾全部被抛在了九霄云外，心情格外舒畅。

徽县的秋色美煞人，徽县的人民更亮豁。我四次到徽县考察和旅游，深深感受到徽县人热情好客、宽厚朴实、善良纯真。2015 年荷月，我与夫人到徽县寻访诗圣陇右足迹，没带任何手续，就去找徽县文化馆的曹鹏雁馆长，曹馆长没有询问和考察我的身份就接待了我，并介绍了他近年研究的新成果，还为我找来了熟悉路线的出租车司机，向司机安排了行车路线和注意事项，我与夫人都很感动。更让我们感动的是徽县文化馆前馆长刘浪先生，他已退休 7 年，身子骨虽硬朗，毕竟年近古稀，况有 88 岁的老母需要他照顾，我们到徽县后，他竟把家事搁置，全力为我们作义务旅游指导，我与夫人对他肃然起敬，由衷感激。

我和刘先生相识在 1991 年，我担任撰写《甘肃窟塔寺庙》部分文稿时到徽县考察，那时他在徽县文化馆供职，在他的鼎力支持与帮助下我完成了任务。25 年过去，我们故友重逢，倍感亲切。11 月 3 日，我们到梁家山考察，他比我们先登上梁家山后坡，踩到一处拍摄木皮寨红叶及其远景的点，但前方灌木丛生，挡住了视线，怕影响我们拍照，他徒手将这些枝条一一折断，枝条下却是悬崖。在前方拐弯处的山坡上，他发现了野猪用嘴掘出的土坑，便当即提醒我小心，叫我不要单独过去，或走远，并给我找了一根棍子拿上，以防万一。

我们这次到徽县，不仅饱览了别具一格的秋色美景，看到了青泥古道的历史遗存和其昔日的辉煌，看到了诗仙、诗圣的足迹和带来的辉耀千古的文化，而且还感受到了徽县人的人品之美，特别是身边人的人品之美，身边人的善良与友爱，身边人的平凡与伟大！

2015 年 11 月

游徽县青龙山与严家坪

2015年6月，我与老伴儿到徽县考察诗圣的行踪，6月28日行程结束，准备返回。而外弟婿何彦明夫妇却挽留我俩再住一天，盛情难却，便随他们去青龙山（一名火焰山）与三滩严家坪游玩。我们一行4人于当天租车前往。徽县乡村公路多数硬化，路况好，雨天行车没有任何问题。出租车司机是位有20年驾龄的中年妇女，技术娴熟，对路况了然于胸，翻山越岭、拐弯转向都很利索。约半个时辰，她把我们送上了青龙山。

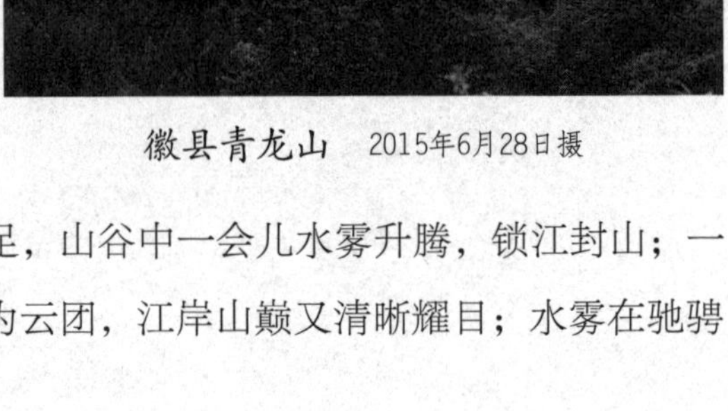
徽县青龙山　2015年6月28日摄

寺庙建在最高峰，古朴典雅，又肃穆庄严，游人不得不顶礼膜拜。我与外弟婿都是摄影爱好者，我们无心参观佛像与庙宇，直奔庙后观景台。站在满是积水的观景台上，俯视蜿蜒曲折、围山而转的嘉陵江。头顶上时而小雨淅沥，时而雨歇。随着雨滴的飘洒与驻足，山谷中一会儿水雾升腾，锁江封山；一会儿水雾消散或集结升空，变为云团，江岸山巅又清晰耀目；水雾在驰骋或升空的过程中，不停地变幻着形态，绘制出一幅幅美丽图景，这些意想不到、神奇莫测的图案瞬息万变，让人目不暇接。我紧紧地盯着这些扣人心弦、千变万化的图景，不敢走神，不敢转睛，更不愿离去，唯恐错失美丽的瞬间。

徽县三滩月亮峡　2015年6月28日摄

摄影人最爱护相机，当雨脚稍大一点时，我就将相机藏在外衣内或腋下，但后来完全忘记了时停时下、时大时小的雨脚，常常被夫人提醒。观景台上没有排水孔，积水较深，我们全然不顾，久久地站在那里，湿透了鞋袜，当脚掌感到冰凉时，仍站在那里，不停地搜寻，不想让任何一个构成美丽图景的瞬间从指尖溜走。

一个时辰后，雨脚如麻，水雾完全封锁了峡谷山岳，眼前白茫茫一片，我们只好乘车离去。约莫 20 分钟，我们到了著名的三滩大门口。继续前行，便是美不胜收的月亮峡，峡内湍流瀑泻，巨石阻激，白练翻舞；湖边莺鸟飞旋。忽然，一只蓝色的翠鸟映入眼帘，它站在湖中的一条小枝上，是那样美丽可爱，我兴奋得几乎大叫起来。但我不能喊叫，尽力压制内心的激动，举起相机，让师傅缓缓向前开，准备长焦抓拍。车还未到抓拍的理想位置，机灵的翠鸟已飞进林中，等了几分钟，不见飞回，顿时一种莫名的失落感油然而生，因为这种鸟在西北地区很少见。

峡内峰峦叠嶂，峭壁千仞，青峰对峙，石门列阵，大有一夫当关之势。有的峰峦天光一线，有的峰峦绝壁葱茏，有的峰峦水锈结石，真是鬼斧神工，奇趣天成。

出峡后，我们坐车驶向严家坪，继而又向天音寺进发。行驶不多时分，大雾从山顶压了下来，车已被浓雾包围，视线受阻，车再无法前行，我们只好调转车头，离开这大雾弥漫的世界，撤回严家坪。我为没有登上“耳闻天鸡鸣，下窥万籁寂”，“举手抚明月，俯瞰众山小”的天音寺而遗憾，但环顾四野，又使人心花怒放。严家坪南面是一座高耸云天、长达数十里的悬崖绝壁，犹如一块画布悬挂太空，画布上云舒云展，雾聚雾散，绘制着变化莫测的奇妙美景。这是我一生中看到的最美丽、最逼真、最神奇、最自然的山水画卷与自然风光。

山顶上飞瀑直下，如同天外流泉，高逾万仞。山岩上清泉奔涌，湍溪争流。绿荫中镶嵌着红瓦黄砖白墙，或灰砖灰瓦白墙。各色的山菊花、大碗花、大丽花、杭梅掩映其中，真是美丽如画，秀色迷人，相映生辉。

严家坪如此俊美，如此秀丽，似人间诗画，词穷的我却不能清晰透彻地表述与描绘它的内涵与外延。在此，我还品尝了比美国虹鳟鱼还要好吃的冷水七彩鱼和当地特有的一些山珍野味。

这里的人淳朴善良、敦厚热情，小伙儿不仅壮实如山，且有玉树临风之态；姑娘们个个如出水芙蓉，似从画屏中走出，光艳照人。严家坪真是“山清水秀人更秀，鸟语花香饭亦香”，给我留下了美好而深刻的印象。

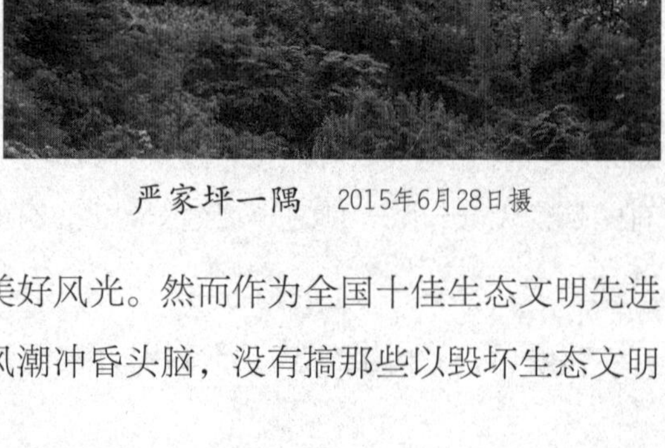
严家坪一隅　2015年6月28日摄

我敬畏大自然，更爱大自然的纯朴、真实与娇美。只要你爱护她，她就会向你馈赠无限美好和财富。“守住了青山绿水，就是守住了金山银山”，这是一条颠扑不破的真理和自然规律。令我心酸的是不少地方的自然风光已惨遭破坏，铜臭可以摧毁一切生态文明和美好风光。然而作为全国十佳生态文明先进县的徽县没有被“大开挖”的风潮冲昏头脑，没有搞那些以毁坏生态文明为代价的开发项目，坚守着经济与生态协调发展，使青山更青，绿水更绿。

徽县不仅是陇原经济与生态融合、协调发展的典范，而且代表了未来县域经济发展的方向！

2015年7月于金城青青斋

神奇的胡杨

胡杨的风采 2009年10月11日摄

6500 万年以前，广袤的沙漠戈壁也是一片汪洋，且与地中海相连，这里长着一种身材高大、枝繁叶茂的杨树。后来，随着喜马拉雅山脉的隆起，大海变成了沙漠戈壁，这种杨树的生存环境由湿润的海洋性气候变为干燥的沙漠气候。大部分的杨树适应不了这种变化，大片大片地死去。然而，有少部分在“物竞天择、适者生存”的演进过程中，慢慢地适应了由湿润到干燥的剧烈变化，存活了下来，这就是今天被誉为活化石的胡杨树。在漫长的演进过程中，在年均降雨量不足 37 毫米、蒸发量高达 3700—4000

毫米的恶劣环境中，该树形成了一些特有的生物特性。

在这种气候条件下，减少叶面蒸发，保存体内水分，是生命的需要。因此，胡杨树的机能发生了渐变，渐变积累，最后形成了具柳树与杨树于一身的形态特征：主干是杨叶，侧枝是柳叶；上枝是杨叶，下枝是柳叶；老枝是杨叶，新枝是柳叶；上部是杨叶，下部是柳叶；或者今年全是杨叶，明年全是柳叶；或者大部分年头是杨叶，少部分是柳叶。总之，它能够根据自身得到的水分多少，改变树叶的形态，改变杨叶与柳叶生长的比例、部位等。因为柳叶总比杨叶消耗、蒸发的水分要少。除了长杨柳叶外，有时还生枫叶，所以，它又增加了一个名称——“三宝树”。

复活的胡杨　2009年10月11日摄

它还有一种特性，“千年不死，死了千年不倒，倒了千年不烂”。它的生命意识、生命能力、生命耐力与韧性，都是自然界屈指可数的。整个树干枯了，树腰和树梢仍发枝吐芽，延续着生命。我们看到了这样一株树，主干已经腐朽，被风化所掏空，仅剩半张树皮，皮上又长出了一丛新枝新叶，秀色迷人。像这样死而复生、化腐朽为神奇的胡杨不是个案，凡有胡杨林的地方，就可看到这种生命奇观。当你走进额济纳旗的怪树林、枯木林或七道桥，就会被“死而不倒、倒而不烂、死而复生”的生命现象所震撼，就会被千奇百怪的生命张力与毅力所折服。它不仅是长寿之树（当地有一棵被土尔扈特人膜拜的胡杨神树，高近28米，直径2.7米，树围6.5米，树龄已逾800岁，至今枝繁叶茂，郁郁葱葱），而且是抗风沙、抗干旱、抗酷热、抗严寒的英雄。在高温40摄氏度，低温零下42摄氏度至零下49摄氏度之间，它生命无碍；在积水中浸泡150天，它亦枝叶如旧，活力如常。

它还有一个特点，就是到了深秋季节，树叶由绿变黄，初为嫩黄，后为金黄，最后橘黄。特别是寒露过后，好像一夜秋风，十里八乡的胡杨，千树万树，都变成了玉枝金叶。在阳光的照耀下，金叶透亮，金色灿烂，镶嵌在透蓝透蓝的天空里，倒映在清滟滟的河水中，挺立在软绵绵的沙堆上，真是如诗如画，美不胜收。在我贫乏的词库里找不到恰当的词汇来形容，总觉得自己在梦中遨游金色斑斓的天宫林苑，在万籁俱寂的童话世界里穿行。第一次看到这一景象的人，也许这种感受更加深刻。

古老的胡杨树没有因环境变迁而死亡，完全在于它生命的顽强性与灵活多变的适应性。它不仅为地球村保留了一个可贵的物种，见证了自然变化、物种演进的规律与法则，而且还创造了一种精神。这种精神是人类长久生存、永续发展的乳汁。适应性、变化性、灵活性是物种与人类共同的生存之道，与时俱进、与地球同行、与自然和谐相处，更是人类永恒的生存之道与原则。只有适应不断变化的环境，才能发展自己、丰富自己、壮大自己。没有适应性、灵活性、变化性，奢望任何发展与成功都是泡影。随着时代潮流的方向前行，跟上社会前进的步伐，是我们应该具备的素养，也是一个聪明的人、智慧的人、成功的人必备的素质。抱住过去不放，墨守成规，鄙夷新潮和以不变应万变的人，不可能赢得未来，甚至会被时代前进的大浪所淹没，沉入海底泥沙。

神奇的胡杨还有一种高贵品质，它从不计较获得自然资源的多少，无怨无悔、日复一日地吞噬着二氧化碳，释放氧气。它得到的雨水少得可怜，是其他乔木的二十分之一，或者更少，有时吝啬的天雨一年只光顾一次，甚至不光

静谧的金色世界　2009年10月11日摄

顾，而他依旧生枝育叶，吸碳吐氧，是自然界低碳消耗、低碳生活的榜样。贪得无厌的人类应该好好学习胡杨的品格，尽快改变无限掠夺自然资源、破坏生态环境、损害生态平衡的“高碳生产方式”；奉劝那些社会的宠儿、时代潮流的幸运儿和“高碳族们”尽快转变消费理念，改变豪华奢侈、纸醉金迷的“高碳生活方式”，减轻地球的负担；希望地球村的村民立即行动起来，大力节约水资源和一切自然资源，不要让地球上的最后一滴水成为人类的眼泪。让勤俭节约之风、艰苦朴素之风重新回到我们的行为理念与生活方式中来。

内蒙古额济纳旗是著名的旅游胜地，是摄影家的天堂，金秋时节是摄影的最佳季节。2009 年国庆过后，我与老伴儿也跟随人流，前往额济纳旗看胡杨林，经过两天的辛劳，到达了额旗所在地达来呼布镇。一下车，我们就被特别湛蓝、特别通透、特别遥远、特别浩瀚的天空所震慑，被特别清爽的空气、特别整洁的环境与道路所吸引。我们办理住宿后，未让老骨休息，匆忙拎上相机，前往镇边的一道桥。

这时正值夕阳晚照，幽静的黑河水倒映着金色的世界，霞光穿透树林，洒满河面林梢，水天相接，景色相连，绚丽无限。那河畔的胡杨，像是夕阳中的新娘，更像天界出浴的仙女；波光里的艳影，在每个参观者的心头荡漾！与徐志摩《再别康桥》中“河岸上的金柳”相比，这里的胡杨、胡柳更胜一筹，让人留恋，让人回味，让人不知回返。

在百米桥面上，特别是两端的桥头，脚架林立，“长枪、短炮”密集，大家争先恐后，射杀菲林的景象十分壮观；在长长的河堤上，散布着不少摄影家，在认真地选景抓拍；在树林里，在马路上，也有不少人群，但大多数是摄影爱好者，他们都在四面环顾、左右搜索，寻找拍摄的镜头，捕捉美好的瞬间与画面。因为晨光与夕阳是摄影的最佳时刻，又因光线瞬息万变，扑光捉影必须要从快抢时。

与此同时，林间还有三三两两的老年朋友与青年伉俪逍遥信步，尽情地领略与欣赏“出浴少女”“沙漠脊梁”“绿洲守护神”的风采与神韵。

在其后的三天里，我们租车参观了二道桥至七道桥的胡杨林带，八道桥的沙漠风光，红城、黑城、大同城遗址，以及怪树林、神树与天鹅湖等。路上碰见的几乎全是游客和摄影爱好者。在四道桥，我们遇见了数辆“敦煌国际摄影创作团”的旅游大巴，一车一车的摄影专家下车拍照，他们拿着名贵、高档或新款的照相机与摄像机，有些摄影器材我从来没有见过。他们记录的不仅仅是这个星球快要消亡的美景，而且在定格这个已不多见的自然与艺术紧密结合的时空，创造美的艺术，唤起人类的良知，唤醒那些沉醉于灯红酒绿的“高碳族们”，以节能减排的实际行动，以“低碳生产、低碳经济、低碳生活”的行为与理念，实现“碳达峰、碳中和”的目标；拯救地球，不要让地球升温，不要让海岛湮灭，不要让气候异常，减少那些令世界痛心的环境灾难，开创一个人与自然和谐相处、赓续发展的新机制与新时代。

我们远离了城市的喧嚣与尘霾，在寂静的金色世界里，感受了现代城市无法感受到的东西。进一步认识和理解了自然法则的不可抗拒性，亲眼看到了“顽强拼搏、不懈奋斗”精神的永垂不朽。对于“自信人生二百年”的前卫思想来说，“千年不死、千年不倒、千年不烂”的精神犹有榜样的作用。我们必须牢记：没有胡杨精神，就不可能赢得未来！这是一条颠扑不破的真理，也是一条往往被现代人所忽视的自然法则。

不祈求雨露恩赐的胡杨树不仅震撼了我的灵魂，而且净化了我的心灵，让我对当前的“低碳生活”状况感到满足和欣慰。

任凭高碳奢华激浪起，只享低碳陋室清贫福！

任凭弱水三千，我只取一瓢饮！

知足常乐，知足长寿！

2009年冬月

小草青青，依依可爱

“没有花香，没有树高，我是一棵无人知道的小草……春风啊春风你把我吹绿，阳光啊阳光你把我照耀。”这段歌词无人不知。

人见人爱的小草　2009年1月10日摄

的确，青青小草没有凌空挺拔的树干，没有遮天蔽日的树枝和树叶，也没有绚丽芬芳的花朵，相形之下，自惭形秽。然而青青小草有着许许多多的可爱可敬之处，一望无垠的绿茵茵的草原和重峦叠嶂的山岳同样景色迷人，勾人魂魄。每到东风徐来，大地回暖的时节，当“远看草色近却无”的景象呈现在你的面前时，该有多么欣喜与激动：小草萌动，山河复苏，眼前的一切焕发出勃勃生机。这时的你，收获的也许不仅仅是陶醉，可能还有大自然的“活力素”激活了你的活力神经元，感到周身的每一个细胞都充满了朝气与力量，格外爽快，格外惬意。

天涯何处无芳草！河岸边，山坡上，马路旁，房前屋后，随处可见。顽强的生命力使它的足迹遍及天涯海角，遍及人迹罕至的地方，遍及地球村的各个角落。在峭壁上，在石隙里，在屋顶上，在瓦沟里，在雪线以下树木不能生长的山峰上，在荒原里，在戈壁滩上，都有青青小草的身影，甚至在其他生命几乎绝迹的沙漠里也会有孤独的青青小草。啊，我不知道它们的籽种是从哪里飞去的，是怎样飞去的；我只知道它随着苔藓地衣向生命的禁区拓展。它不怕空气的干燥，不怕灼热的砂砾，在松散的砂砾间扎根发芽。

青青小草，是生命中的豪杰。它虽然是默默无闻、平凡无奇的小草，但从不畏惧狂风掠地，恶雨倾盆，绝不怕霜冻雪封，大不了随着恶雨横流漂泊，在新的彼岸落户；大不了暂时休眠，待到冰雪融化时，以新的姿态破土拔苗；它更不怕星星之火，或燎原之火的焚烧，凤凰涅槃是它的赞歌，在来年的春风中，又获得新生，绿油油地占领了应该占领的所有地盘。唐代诗人醉吟先生16岁就洞察到了它的可贵精神，“野火烧不尽，春风吹又生”成了千古名句。

青青小草，是生命的守护者和养育者。你去过额济纳旗的黑城吗？你到那里就可以看到一种守护生命的奇观：一堆一堆的小土丘星罗棋布，一株胡杨树或是一丛红柳与梭梭草及其他草紧紧地抱在一起，长在距地面三四米高的土丘上，下边则是平展展的戈壁，戈壁上均匀地分布着薄薄一层碎石。这是数百年来，一次又一次的风暴把树草周围的土壤吹走，形成了高高的土丘，正是树与草的根系紧紧地抱成一团，保护着土丘，守护着生命，留下了令人敬畏的守望生命的奇观。难道这样的小草不值得敬仰吗？如果所有的沙丘戈壁有小草的保护，沙尘暴不会这样嚣张，不会扬尘数千公里，使人们大受其苦。

每当春光明媚的假日，青年男女、童叟或妇孺围坐在草地上，或躺在草坪上，享受着“吹面不寒杨柳风”“人面桃花相映红”的感觉。这时，有谁不觉得小草可爱，小草可贵，小草温馨呢？然而她的可贵之处还在于她养育了地球村无数的牲灵，马牛羊豕及所有的食草动物都是吃着它的躯体生存和繁衍的，我们喜欢的长颈鹿、斑马、牛羚、鸵鸟、藏羚羊、中华对角羚，以及河马、海牛等，无一不是靠吃它的躯体成长与生存的。

青海大通的草地 2004年7月12日摄

青青小草，具有高尚的品格和宽广的胸怀。它任人踩踏，任动物咀嚼，毫无怨言。它奉献了自己，供养了他人。我们吃的牛羊肉与喝的牛奶都是青青小草的转化物，没有青青小草，就没有食草动物，也就没有家禽家畜，人类就没有肉吃，没有奶喝，自然界的食物链、生态链就会断裂。

青青小草，处在食物链的最底层，维系着自然界的生态平衡与延续。它是真正为自然界和别人而活着的！它是我的老师，教会了我如何去面对人生，面对生活，面对社会。我愿做一棵无人知道的小草，做一名奉献者，只要有益于社会生态的平衡与进步。

愿社会更多的人理解青青小草，爱护青青小草！尊重青青小草！小草会对你笑得更甜！

2010 年 3 月 24 日

后记

我们原想出一本散文集，不料篇幅太少，就将几篇叙事文、杂文收了进来，有点不伦不类，这就为书名犯了难，苦思冥想数日，找不出一个合适确切的书名，索性就取杜甫描写故乡仇池山中的一句作名。诗云：“万古仇池穴，潜通小有天。神鱼今不见，福地语真传。近接西南境，长怀十九泉。何当一茅屋，送老白云边。”故以“仇池十九泉”名之，表达我们对故乡永远的怀念。

故乡，是辞书宝典中一个美丽而动人心弦的词汇，珍藏在每个人的心灵里。它是童趣童乐的大观园和万千记忆的博物馆，那里有温暖的阳光和甜美的乳汁，那里有父亲壮实的双肩和无微不至的母爱，那里有皎洁的月光、秀美的山川、无尽的力量以及取之不竭的乡味、乡音、乡亲、乡愁及似水柔情，有谁不热爱自己的故乡呢？

我的故乡在仇池山下，西汉水南源（建安水，今人沿用《禹贡》之名，即“漾水”）。仇池，一名瞿堆，人文始祖庖牺氏降生于此，山下洛谷响水潭的巨石上庖牺母华胥所履的“大人迹（大足印）”依稀可见。其山“积石嵯峨，嵚岑隐阿；绝壁峭峙，孤险云高，形若覆壶”，上有平田百顷，煮土成盐，且清泉涌沸，润气上流者也。《山海经》所说在建木西的“氐人国”，“秦汉以来，世居岐陇以南，汉川以西”，就是今天的甘肃天水、陇南一带，这里聚居着与汉人比较亲近的氐族部落。仇池山是他们心目中的圣山，古老的氐族部落围绕在它的四周而生息繁衍。汉武帝克西南夷在此建立武都郡，辖九县。尽管西汉政权因氐人的反叛将其徙迁酒泉、关中等地，但庞大的氐人族群落依旧以仇池圣山为活动中心。东汉建安年间，略阳清水（今甘肃秦安）氐帅杨腾率子孙与族人万余徙居仇池，其孙杨千万被曹魏封为“百顷王”，后因随马超抗魏兵败逃蜀。千万孙杨飞龙逐渐强盛，被晋武帝假平西将军，还居略阳。其后，飞龙之子杨茂搜为避乱率部族四千家还保仇池，自号辅国将军右贤王。至此开国，历经134年，世居其地，显赫于时，成为我国民族史册中的重要一页。

杨姓氐族为什么要在这个百顷弹丸之地建国，且能绵延100多年呢？其中一个重要原因就是看中这里独特的自然地形，《仇池记》曰：“天形四方，壁立千仞。自然楼橹却敌，分置调均，竦起数丈，有逾人功。”冷兵器时代，地理位置与地理形势对一个部族的生存和发展十分重要，“天形四方，壁立千仞，自然楼橹却敌，有逾人功”的地方并不多见，这里有剑阁“一夫当关，万夫莫开”之奇，在这“出可攻，退可守，居可安”的环境中生活与驻防相对安稳。这是氐人选此立身安命的一个重要因素，另一个重要因素是仇池圣山的强大的精神吸引力令氐人无法抗拒。其间，多少杨氏精英为开疆拓土、保卫家园、发展沿袭，呕心沥血、冲锋陷阵，奉献了毕生精力与生命，他们创造的历史文化和人文精神，是我们华夏文明史中的重要一章，也是我们仇池故里人值得骄傲和永远学习、继承与发扬的。

正因为仇池有这样奇特的自然景观和杨氏的英雄史诗，诗圣由秦州至同谷行旅期间，特地造访了仇池古国的政治中心羊马城（今西和县喜集乡灯塔村），写下了著名的《仇池穴》，并设想在这“仇池福地”营造茅屋，安度晚年。杜甫寓居秦州时读了不少有关仇池的文章、史料、碑记等，说：“藏书闻禹穴，读记忆仇池。”他对仇池的历史文化、自然地理和民俗了如指掌，并产生了强烈的兴趣与向往。他向往仇池的洞天神鱼、清泉涌沸、清风朗月和蓝天白云，多想喝一杯西石勺中的无根水，多想看一眼万古仇池穴中的小有天，多想在伏羲崖下结一草庐，与悠悠白云为伴，在万籁俱寂中悠闲自得地度过残年余生。然“致君尧舜上，再使风俗淳”的抱负并未完全泯灭，“读书破万卷，下笔如有神”的他也不可能彻底舍弃滋生于骨髓里的宏愿，对唐王朝还抱有一线希望，没能去隐匿或淹灭自身，实现“送老白云边”的意愿。

仇池不仅是杜甫向往的人间福地、避世桃源、理想归宿，而且是他的“粉丝”、北宋大诗人苏东坡梦中的灵魂归宿，说：“梦中仇池我归路。”并在《和陶桃花源》诗前注引了工部侍郎王仲至对他说过的一段话：“吾尝奉使过仇池，有九十九泉，万山环之，可以避世如桃源也。”

仇池不仅有美丽的神话传说和人文历史，也有奇特的自然风光与物质资源，杜甫笔下“神鱼今不见”中的“神鱼”至今仍在清明前后鱼贯而出。真正的“仇池石”虽与苏轼在扬州获得的纯绿背透被他命为“仇池石”的风格迥异，但其五色变幻、纹路图形、色泽亮丽、细腻润滑、稀缺程度等，不亚于他视若珍宝的“扬州仇池石”。

我的故乡有两个传统文化区，以横岭、古塘梁为分水岭，南部是仇池、氐羌文化区；北部是关陇与中华文化区。我家在西县之历城，也就是帝尧时期的“和仲宅之西”。“其仁如天，其知如神。就之如日，望之如云。……百姓昭明，和合万国”的帝尧，“命和仲，居西土，曰昧谷。敬道日入，便程西成。”和仲是尧申派驻西土，主管西方的官员。西土，即陇西西县，亦即西垂，或西犬丘。今之西和正在西土、西垂，或西犬丘之西，也就是和仲宅的西边。周成王时，大批嬴秦先民即商奄之民西迁漾水（西汉水）河畔，屯边守土。位于西汉水南源的历城，自然有大量的先秦部落移居，蒹葭苍苍的漾水河畔是他们放牧、渔猎、农垦及种植桑麻的理想家园。秦风民俗给这里留下了丰厚的文化遗产，以秦人始祖女脩为原型的“巧娘娘”融入漾水河两岸人民的血液。“乞巧节”的民俗，“鹊桥相会”“织女”等传说深入民心，世代流传，直至今日，每年农历七月初一至初七的“乞巧节”活动如期举办，其中的接巧娘、拜巧娘、生麦芽、跳麻姐姐、猜花瓣、迎水、送巧娘等活动的内容与程式，亦保留千年未变的古风古韵，堪称乞巧民俗的“活化石”。2006年，中国民协正式命名西和县为“中国乞巧文化之乡”，2008年西和乞巧节被列入国家第一批非物质文化遗产名录。

20世纪80年代，发现的与祁山隔水相望、和秦安大地湾同期的宁家庄古人类遗址，面积约1.7万平方米，大部分遗存属于距今五六千年的仰韶文化范畴；位于古历城之郊的西峪坪遗址，面积约2万平方米，属仰韶、齐家文化；位于仇池山下的栏桥文化遗址，位于蒿林乡栏桥村，属仰韶文化、寺洼文化遗存。以上三处均为省级文物保护单位。此外，县内还发现了一些面积较小的史前文明遗存或文物。这些足以证明西和是我国文明开化较早地区之一，《路史》“伏羲生于仇池”的记载并非毫无根据。

故乡西和，位于陇蜀毗连地区，古代时为蜀，时为陇，战略位置十分突出，历史文化可谓丰富而悠久。汉高帝刘邦“明修栈道，暗度陈仓”时，遣樊哙“别击西丞白水北”。这个“白水”就是建安水（西和河）的支流，发源于苏合、姜席，流经卢水、王磨，于西和城东南汇入东河（即何坝、十里河）。

东汉末，天水人姜叙，为郡抚夷将军，驻守历城（今西和）。杨阜，天水冀县人，姜叙姑母之子，少小时生活在历城舅母家，成长于历城，时任郡参军，家住历城（西县城）。建安十六年（211年），马超兵败陕西渭南，还归陇上，郡县多应之，并在汉中张鲁的援助下攻陷冀城（时为凉州与天水郡治所，今甘谷县城），因背约诛杀州刺史韦康及郡太守等，激起了民愤。杨阜悲其惨状，便暗与姜隐、赵昂、李俊、梁宽、赵衢等人结谋，准备起兵讨伐马超。适逢其妻病亡，便借赴西县为妻治丧之由，向马超请假出城。出城后，经西县而未入城奔丧，疾赴历城劝说表兄姜叙出兵卤城，讨伐马超。马超中计率兵出冀城，攻卤城、祁山不下，还攻冀城不克，便袭取历城，杀害姜叙母亲及其叙子，并放火烧城，随即南下投奔汉中张鲁。这是历史记载故乡经受的第一起兵燹灾难，也是父老乡亲记忆中的第一桩伤痛。

实际上，西和是古蜀道的北出口之一，两汉三国时尤显重要。诸葛亮“六出祁山”，北上伐魏，走的就是这条路。他经过深思熟虑确定的“平取陇右，十全无虞”战略方针，是效法秦人与汉高帝“先取陇右，再图关中，统一四海”的进军路线。建兴七年（229年），诸葛亮派遣陈式攻取武都、阴平二郡，自率大军出至建威（即历城，后改为建威、建安）。魏雍州刺史郭淮率众欲攻陈式，闻亮已兵至建威，既不敢与亮交锋，又无法越亮而去击陈式，只得引军退还，亮遂有二郡，使蜀汉的版图向北推进了四百多里。自此，诸葛亮北上祁山之路畅通无阻，亮曾设想在建威的兰坑派兵屯田，以解北伐军粮之困。其后姜维多次经此城出军陇上，延熙中又在此设立围戍，遣征西将军张翼督围一十八载。

纵观华夏史册，西县之历城不仅有许多华彩亮点，而且涌现出了不少风云人物和文化珍宝。其名较显者有东汉辞赋家赵壹，上禄县令和海，蜀汉名将张翼，仇池国王杨茂搜、杨盛、杨难当，北魏名将杨大眼，五代名臣、诗人王仁裕，南宋清官王公仪，清乾隆进士任尚惠等。

特别一提的是诗圣杜甫于乾元二年（759年）初秋，由于避乱和仕途不顺，西行赴陇，寓居秦州，艰难度日三月余，后又想徙居比较温暖、物产比较丰盈的南州（指成州）度过余生。其年十月初，他携带家眷离开秦州，向成州同谷县移徙。经两天的辛劳跋涉，走出了秦州“铁堂峡”，进入成州府（辖汉源、上禄、同谷三县；府治与上禄县均在建安城，即今日西和；汉源县由原长道县更名；同谷为下辩，即今之成县）地界，经过了卤城、寒峡、石城、青阳峡，抵达龙门镇（亦名石门、石峡）后，特地驱车前往八峰崖参访石龛与寺庙，途经大名鼎鼎的飞龙峡“仇池古郡”，即今之喜集灯塔村。再沿寺儿沟到八峰崖下，参拜了八峰崖下部石龛与吉祥寺，写下了《石龛》诗。在飞龙峡旅居数日后，又回到了龙门镇，再翻越积草岭、泥功山，前往同谷凤凰村。在今之西和境内写下了《寒峡》《法镜寺》《青阳峡》《龙门镇》《仇池穴》《石龛》《积草岭》七首纪行诗。

杜甫在食不果腹、衣不御寒、生计十分艰难的严冬流寓南州（今之西和、成县、徽县），留下了一串文化墨宝珍珠。正是这一串珍宝，使故乡的山河至今熠熠生辉。无形的岁月能够风化销蚀金刚之躯或万物，唯独不能吞噬毁灭文化的光辉。文化是历史与万物的保鲜剂，杜甫的足迹所到之处，爱国主义的文化之光就在那里洞照。因为诗圣留下的不仅是大好山河的"图经"，而且充溢着爱国主义的热血。他虽处"寒硖不可度，我实衣裳单"，"食蕨不愿余，茅茨眼中见"的拮据状况，却时时惦记着黎民的疾苦、山河的光复与国家的安危，说："嗟尔远戍人，山寒夜中泣"，"奈何渔阳骑，飒飒惊蒸黎"，"熊罴咆我东，虎豹号我西，我后鬼长啸，我前狨又啼"。还直抒胸臆、公开表态说："所重王者瑞，敢辞微命休"，"再光中兴业，一洗苍生忧。深衷正为此，群盗何淹留"。然而他的一腔热血和耿耿丹心以及"读书破万卷，下笔如有神"的渊博学识并未得到当权者的赏识与重视，但他"忧国忧民"的初衷纹丝不动，恪守到终，期盼天下的"寒士"都能过上"衣食无忧"、居有定所的生活；将"致君尧舜上，再使风俗淳"的政治抱负深埋心底，不因穷困潦倒而忘却或废弃。

我崇敬仰慕这位"艰难苦恨全不计，一腔热血忧黎元"的现实主义伟大诗人，对他寓居我的故乡所经历的今地予以考察，写了几篇考察记事文，又写了一些故乡的人和事，以及其他感触较深或一时心血来潮所想的东西，撮合一起，编成此书，似乎格调不协，就算杂糅乱弹吧。

我的父母非西和籍，但我生于西和，是西和的膏粱与乳汁抚育我长大成人。我的血管里流淌着西和的文化血脉与文化基因，西和就是我的故乡。我常常想起西和初级中学的老师和校长，他们春风化雨，因材施教，哺育我们茁壮成长。1955 年 6 月，我与部分毕业同学去天水市参加中考，两天后榜示，我们全部被录取，大家非常高兴，准备次日凌晨起床，返回西和。天水至西和约 100 公里，需走两天。那时西和还没有通车路，我们只能徒步跋涉。正当我找同学商量第二天启程之事，忽然，校方一位工友找我说："学校教务处让你明日上午九点来一趟。”我问何事，他说：“不知道。”我心里犯毛！一起的同学给我壮胆说：“别怕！我们都没有作弊。”次日，我准时去了学校教务处，一位和蔼可亲的长者接待了我，他就是大家敬爱的教务长任佩璋。他说：“你们西和的同学考得很好，上届的也特别优秀，想了解一下你们学校老师的授课方法。”听此，我紧绷的心弦全然获释。

先前天水地区十二个县市的中考成绩常是甘谷和秦安两县夺魁，自 1954 年起，连续两届都是西和考生名列榜首。1954 年考生录取公告是按考试成绩名次公布的，1955 年进行了改革，榜示按姓氏笔画排序。我们不知道考试成绩，也不知道名次，从教务长口里才得知我们西和同学的考试成绩位列前茅。他问了一大堆问题，尽我所知，一一汇报：我们的老师都很优秀，特别是语文老师姜锐、代数老师周孝贤、几何老师陈增吉、物理老师张皓月、植物老师潘惠民、美术老师张梦骥，个个出类拔萃，具有丰富的人生阅历，教授初中课程绰绰有余；校长鄢雨民、教务主任孙学仁领导管理有方。幸运的是我在初中就得到了这样一批学识饱满、人品高尚的老师的教诲。有这样一批良师执教，是我们西和学子与人民的福气。

更幸运的是我还得到了天水中学的特别关照。1955 年初，国家正在百废待兴、恢复创伤之际，我们家同样处在特别困难时期，大兄一家六口在外地生活，自顾不暇，生活亦很清苦；二兄一家四口，在家无业，生计十分艰难；三兄参加了志愿军；我们年纪较小的姐弟三人尚在家乡读书，一家人的生活就靠父亲的小摊维系，根本无力供养我赴天水读书。1958 年之前，天水各县没有高中，要读高中就得上天水中学（1958 年改为天水市第一中学）。考上天中后，学校向县上了解了我的家庭情况，给我评上了每月 13.5 元的特等助学金（一等 10 元，二等 7 元，三等 5 元），解决了我上学的全部费用。在全校 1300 多名学生中只有两名学生获得了特等助学金，一名是烈属子弟，一名是我。班主任魏润洲老师把我当作他的小弟弟看待，亲自发函与西和县民政局联系，了解了我家的实际情况后，对我倍加关心。不仅为我申请了助学金，还在思想上引导我进步，培养我加入共青团，让我当班里的学习委员；并指导我参加数学、物理课外活动小组。每当物理实验时，他总来我身边亲自指导操作。他是我的恩师，我常常怀念他，也由衷地感谢党的好政策。没有党的阳光雨露，就没有我上学的机会；没有魏润洲老师的关注，我不可能踏进天水中学的校门，不可能接受一流名师的栽培。遗憾的是一年后，我敬爱的班主任调走他校，再未谋面，但他的形象与恩情镌刻在我的心扉，一生不忘。

天水，是陇原南部经济、文化中心；天水中学，是当时陇南的最高学府，汇聚了一批学界精英，执教鞭者多为各个学科的佼佼者。化学老师萧祖怡、萧铭九叔侄名响全国，每年我校的高考化学成绩名列全省首位，国家编修化学教材或测试命题，常邀请萧祖怡老师参加；语文老师王锦是民国《甘肃日报》的总编，李绍桐是古文专家，对甲骨文的研究很有建树；三角老师张文明本是海军学院调往甘肃师范大学任教的，因同乡学友挽留与对家乡的挚爱而委身留任天水；制图老师李景杭是留德学生；物理、代数、历史、地理、俄语、体育、音乐等都由经验丰富、才德兼优者担任。可以说，那时天水中学的师资力量能与其后新建的一些大学比肩，教学质量与设备条件属于上乘，为省内重点中学。与我们同年考进天中求学的有13个省30多个县的学生，我们班就有来自江苏和山东、河南、陕西的学生。那时，教师们尽职尽责，殷殷施教，学子们立志成才，发奋学习，一派欣欣向荣。然而“文化大革命”期间，我校100名教员中49人被送到了酒泉夹边沟劳动改造。“文革”结束，他们重回自由。我常为他们的不幸遭际和知识的荒废而感到悲伤与惋惜，幻想他们若生活在尊师重教、尊重知识、尊重人才的今天，那该多好！不过江山代有才人出，长江后浪推前浪，今日天水、陇南的文化教育事业突飞猛进，人才更是波推浪涌。然对老师的思念之情却依旧在心底涌动，永志不忘。我对大学和研究生时导师的怀念同样日夜不辍，感谢他们的浇灌栽培之恩，由于中学阶段老师的遭遇给我的印象太深，同情与尊敬之情交织在一起，更觉走心。

青壮年时，我忙于学习工作，一门心思扑在事业上，故乡的味道无暇品尝，退休之后思乡之情愈来愈浓，儿时的经历往往在梦中再现。我常常想起秀玉般的小县城被东北两河紧紧搂抱，两河川的杨树林又将三面包围得严严实实，林中栖居着数不清的乌鸦和喜鹊，飞起来遮天盖地，十分壮观。深秋，杨树林一片金黄，犹如童话世界，令人眼迷心醉；春夏，清流环绕，绿树掩映，鸟落城头，薄雾炊烟，如诗如画；三九严冬，漫天飞雪，白茫茫一片，城边银链交会，昏鸦聒噪，又是那样苍凉古老，原生自然；年关时节，家家剪窗花，写对联，贴门神，挂红灯；户户蒸花馍，炸油馃，炖大肉，做美食；人人穿新衣，戴新帽，走亲访友；城内街道与四周村社扭秧歌，闹社火，耍龙灯，舞雄狮，锣鼓喧天，好不热闹。这些都镶嵌在脑海深处。

在脑际不时浮现或播映的还有：在白水河边捉泥鳅，在东河杨家磨游泳、打水仗，在观山天爷楼上捉迷藏，在岷郡山荡荡沟凉水泉掬水喝，在稍峪荣华山千仞天桥上跑步比胆量，在石峡八峰沟捉螃蟹，在十里横岭山麓寻九眼泉，在大桥神鱼洞找神鱼，在仇池山巅探访小有天、西石勺、无根水和十九泉，以及看乞巧、看庙会等，是何等的爽快！也常常想起故乡的杠子面、锅盔馍、腊汁肉、野鸡豆腐脑、酿皮，以及中山何嘉子与北关孔胜家的烧鸡、刘安安家的油酥饼、赵祥盛家的扁食和包子，南关的麻糖与麻烧饼，白家山的鱼儿凉粉，长道镇的火烧、燕麦甜醅等小吃，是那样的好吃！

月是故乡明，水是故乡甜，人是故乡亲。这话一点儿不假，随着年轮的增加，我思乡恋土之情愈来愈深，总是期盼着故乡的生态金山和文化金山青春永驻、健康发展，人民的物质生活与文化生活越来越丰富，越来越美好，对国家的贡献越来越巨大。

2020 年孟春